PRIMEIRO AMANHECER

ROBERTO CAMPOS PELLANDA

PRIMEIRO AMANHECER

O ALÉM-MAR
LIVRO DOIS

Copyright © 2022
Todos os direitos dessa edição reservados à AVEC Editora

Nenhuma parte desta publicação poderá ser reproduzida,
seja por meios mecânicos, eletrônicos ou em cópia
reprográfica, sem a autorização prévia da editora.

PUBLISHER
Artur Vecchi

REVISÃO
Kátia Regina Souza

ILUSTRAÇÃO DE CAPA
Chris Rawlins

CAPA, PROJETO GRÁFICO E DIAGRAMAÇÃO
Inari Fraton - MEMENTO DESIGN & CRIATIVIDADE

Dados Internacionais de catalogação na Publicação (CIP)

P 385

Pellanda, Roberto Campos

Primeiro Amanhecer / Roberto Campos Pellanda. – Porto Alegre : Avec, 2022.

ISBN 978-85-5447-089-0

1. Ficção brasileira   I. Título

CDD 869.93

Índice para catálogo sistemático:

1. Ficção : Literatura brasileira 869.93

1ª edição, 2022

IMPRESSO NO BRASIL
PRINTED IN BRAZIL

AVEC EDITORA
CAIXA POSTAL 7501
CEP 90430-970
PORTO ALEGRE – RS

contato@aveceditora.com.br
www.aveceditora.com.br
Twitter: @aveceditora
Instagram: /aveceditora
Facebook: /aveceditora

Para a minha mãe, que me ensinou a acreditar em Prana.

SUMÁRIO

PRÓLOGO	10
A CIDADE DO CREPÚSCULO	20
VISITANTES INDESEJADOS	42
CRISTOVÃO DURÃO	48
A TABERNA "A SOMBRA DO MAR" NO MAR DO CREPÚSCULO	60
A TABERNA "A SOMBRA DO MAR" NO MAR NEGRO	70
BRAD, O ATCHIM	78
O BIBLIOTECÁRIO	100
O RECITAL	108
LIVROS DE VERDADE	124
OS GUARDIÕES	132
A CIDADE DO CREPÚSCULO SE FECHA	142
UMA TRAGÉDIA, DUAS HISTÓRIAS	158
NASTALIR	172
CAMINHOS ESCUROS, ENCONTROS ESCUROS	196

O RETORNO À CIDADE DO CREPÚSCULO	202
O HERÓI COM A FRIGIDEIRA	218
PALAVRAS AO MAR	224
ROHR TALIR	230
A FÁBULA DOS TRÊS GUERREIROS	236
UMA JANELA PARA O MAR NEGRO	244
A BATALHA DE NASTALIR	252
O ULTIMATO DE MAYA	268
A DEFESA DE NASTALIR	276
OS ÚLTIMOS GUARDIÕES	286
OS LIVROS DA CRIAÇÃO	292
O RETORNO AO MAR NEGRO	298
O HERÓI IMPROVÁVEL	302
O REENCONTRO	312
O MAR MORTO	340
O PRIMEIRO AMANHECER	356
PRANA	364

PRÓLOGO

Cristovão Durão sentiu a brisa do mar acariciar-lhe o rosto assim que entrou na rua do Porto. Atravessou-a em direção ao mar e percorreu o calçamento de pedra a passos firmes, mas não apressados, embalados pelo ritmo das ondas. Seguia rumo ao norte da Vila e sabia que aquilo que buscava estava a poucas quadras de distância. Permitiu-se relaxar um pouco e olhou em volta.

Era o início de um horário de descanso, e a Vila suspirava melancolia após longas horas de trabalho. O perfume doce da madeira do píer se misturava ao cheiro da água do mar. A temperatura amena combinava com o ar repleto de maresia e umidade. O céu estrelado abraçava a rua do Porto, enquanto uma tímida meia-lua preparava-se para mergulhar no horizonte, banhando a cidade apenas com uma tênue luminosidade prateada. Após a sua despedida, seguia-se a promessa da escuridão quase absoluta a que estavam todos tão acostumados; naquele momento, porém, a lua consolava a cidade, afugentando as sombras e pintando o oceano de branco, como se tentasse dizer que no dia seguinte renasceria um pouco maior e mais brilhante.

A cena era silenciosa e exalava boas lembranças e recomeço. Os lampiões marcavam o caminho e revelavam calçadas desertas, tanto do lado do mar quanto junto à rua. O povo da

Vila recolhia-se ao abrigo de suas casas, acendendo lampiões que faziam as janelas criarem vida com um brilho amarelado. A cada instante, uma nova abertura iluminava-se, expandindo o mosaico de luz que escorria das residências enfileiradas ao longo da via.

Cristóvão saíra à procura da esposa quando não a encontrara em casa meia hora antes. Perguntara a alguns amigos e vizinhos, mas ninguém sabia dizer nada a respeito do paradeiro de Joana. Ao vasculhar sem sucesso os lugares óbvios, porém, conhecendo a mulher melhor do que todos, sabia onde deveria ir para encontrá-la.

Depois de caminhar quatro quadras, vislumbrou uma silhueta solitária sentada na mureta de pedra que separava a calçada do mar. Estava um pouco encolhida, como se sentisse frio, com as mãos pousadas sobre as pernas. Fitava imóvel, alheia ao mundo exterior, o movimento que se iniciava em uma casa do outro lado da rua.

— Joana — chamou em uma voz suave.

Ela ergueu os olhos, e seus olhares se encontraram. Cristóvão viu no rosto da esposa, além de um sorriso, a mesma doçura de sempre, contudo, misturada com certa vergonha e muita tristeza. Vergonha por ter sumido sem dar notícias e tristeza pelo motivo de sempre.

Em silêncio, sentou ao seu lado e puxou-a para junto de si, aconchegando-a com um abraço. Ela repousou a cabeça em seu ombro, e Cristóvão sentiu o sopro suave da respiração de Joana sobre o pescoço. Estavam virados para a pequena casa do outro lado da rua; o sobrado era humilde, precisava de uma pintura e de reparos na porta e nas esquadrias que sofriam com a exposição constante à maresia da rua do Porto. Uma placa enferrujada anunciava em letras pálidas, quase a ponto de sumirem por completo, o propósito daquele lugar: "Creche da rua do Porto".

Pouco depois de se acomodarem, um movimento de ir e vir teve início junto à creche. Homens e mulheres, sozinhos ou aos pares, aglomeravam-se na calçada em frente à entrada da casa. Sem nenhum aviso, a porta da frente se abriu e as crianças começaram a sair. Algumas disparavam em direção à rua, cheias de energia, e dardejavam entre os adultos até encontrar seus pais; outras arrastavam os pés, exaustas, em busca do conforto do pai ou da mãe e, de preferência, de um colo que as poupasse da caminhada até as suas casas. Um abraço apertado e uma miríade de beijos sinalizavam que mais uma família fora reunida.

Assistir àquela cena, mais do que qualquer outro, era o motivo que trouxera Joana até ali. A razão era aquilo que havia tanto tempo se interpunha entre eles, pairando como uma sombra sobre suas vidas: não podiam ter filhos.

Eram ambos jovens e saudáveis, mas, por mais que insistissem, nunca tinham tido sucesso. Somavam cinco anos de tentativas infrutíferas, durante os quais recorreram desde a cirurgiões reconhecidos da Vila até a curandeiros de reputação duvidosa. Experimentaram uma grande variedade de remédios, poções e unguentos; receberam todo o tipo de conselhos, desde sugestões pertinentes, até disparates completos. Nada funcionara e, já fazia algum tempo, Cristóvão se conformara com a situação.

Na realidade, uma parte de si não apenas se resignara, mas também acabara por achar que era melhor daquela forma. Suas convicções pessoais o haviam levado a trilhar um caminho que o envolvia em atividades perigosas, que iam de encontro à doutrina Anciã. A possibilidade de que algum mal viesse a lhe acontecer era concreta, e a perspectiva de deixar Joana e um bebê abandonados no mundo doía demais.

Para Joana, porém, a situação era diferente. Criada no orfanato das morfélias, ela nunca tivera uma família de verdade. Era a mais velha de um grupo grande de crianças e, desde cedo, tinha se envolvido no cuidado dos menores. Tudo o que as morfélias não podiam oferecer — afeto e carinho — Joana dera de sobra aos seus "irmãos" e "irmãs". O desejo de ter filhos, para ela, era tão óbvio que não podia nem ser considerado uma escolha: não passava de uma consequência natural de estar viva.

Minutos vieram e se foram em silêncio e, aos poucos, a rua tornou a ficar vazia. A porta da creche foi fechada, extinguindo o manto de luz amarelada que pintava o calçamento de pedra. A lua havia se posto e o brilho pálido que ainda persistia no horizonte começava a se desvanecer. As sombras se acentuavam na Vila e, como de costume, a única fonte de luz com que se podia contar eram os lampiões pendurados nos postes.

Cristovão decidiu permanecer em silêncio, na posição em que estava, abraçando Joana. Daria a ela o tempo de que precisasse; quando estivesse pronta para ir embora, ela diria. O cansaço do fim do dia atenuou os sentidos; viu-se à beira de cochilar. Embalado pelo arfar suave da respiração da esposa contra seu tórax, sentiu os músculos relaxarem e os olhos tencionaram a se fechar.

A audição preguiçosa e a vista sonolenta captaram ao mesmo tempo o sinal de que algo estava fora de lugar.

Um farfalhar tênue se misturara ao quebrar das ondas contra as pedras da mureta logo abaixo deles. O ruído pertencia a um pequeno vulto que se materializara na escuridão do oceano, a poucos metros de distância. E continuava a se aproximar, oscilando ao sabor do mar calmo.

De alguma forma, nesse instante, mesmo estando virada para o lado oposto, Joana percebeu a estranha silhueta. Seu corpo se retesou, soltando-se do abraço, e ela se pôs em pé. Seus olhos cravaram na pequena forma que flutuava em direção à mureta; iria encontrá-la quase no ponto onde estavam.

No segundo seguinte, o semblante de Joana tornou-se rígido; suas feições tomadas de pânico. Ela soltou um grito abafado:

— Cristovão!... Temos que buscá-lo!

Paralisado pela ausência completa de sentido daquelas palavras, Cristovão não respondeu, apenas fitou o objeto flutuante mais uma vez. Mesmo à meia-luz, agora podia ver do que se tratava: das sombras que repousavam sobre o mar, desenhou-se o contorno de um bote de madeira. O pequeno barco derivava como se estivesse vazio e abandonado.

— Escute! — Joana ajoelhou-se junto à mureta e agarrou seus ombros com força. — Você está ouvindo? Temos que ir buscá-lo!

Ela tinha os olhos vidrados, fixos nos dele. Um choque de pavor tomou conta de Cristovão: teria o pesar da situação roubado a razão da esposa?

Ele tentou falar, mas ela o interrompeu com um gesto rápido de uma das mãos.

— Apenas escute — disse com a voz reduzida a um sussurro.

Permaneceram em silêncio absoluto por vários segundos, até que enfim Cristovão escutou. Era inacreditável; não poderia estar acontecendo. Ficou em pé, as mãos cobrindo a boca, que nada tinha a dizer frente ao inconcebível.

Viu-se imaginando como teria sido possível que Joana houvesse percebido aquele choro tão fraco, quase sem vida, tanto tempo antes dele. O som que a despertara era o soluçar inconfundível de um bebê; vinha do bote que agora navegava perto da mureta.

Cristovão foi golpeado por uma onda de terror. Seu coração disparou, os músculos de todo o corpo se tencionaram e o forçaram a dar um passo involuntário para trás. O fato que testemunhavam era um acontecimento extraordinário e sem precedentes. Segundo a Lei Anciã, não havia vida no Além-mar, excetuando-se os monstros. Afirmar qualquer outra coisa era considerado uma blasfêmia passível de punição severa. O esperado seria que qualquer cidadão respeitável, frente àquela cena, tivesse corrido para chamar os Capacetes Escuros.

No entanto, ali se achava o escaler, proveniente da escuridão do oceano, trazendo uma pequena vida desesperada em seu interior. A embarcação já tinha atingido a mureta e golpeava as pedras com um ruído seco a cada investida impulsionada pelas ondas.

Devia pensar rápido; não havia tempo a perder. Apesar disso, ficou paralisado, alternando o olhar perplexo entre a esposa e o bote. Joana debruçou-se sobre a mureta, quase que pairando acima do mar, e olhou para baixo. Ela tinha o olhar e a atitude resoluta de quem já sabe o que quer. E Cristóvão sabia muito bem o que era: ficariam com o bebê.

— Eu posso vê-lo! — disse ela no mesmo instante em que pulava da mureta para o convés do bote, um metro e meio abaixo de onde se encontravam.

— Joana! — exclamou, disparando até a esposa.

Ao virar-se para baixo, viu Joana em pé no bote, cercada por cabos e apetrechos náuticos molhados. Ela envolvia um embrulho de tecido nos braços. O som do choro havia parado por completo.

— Cristóvão, pegue aqui... Tenha cuidado — pediu, esticando os braços e entregando o embrulho.

Já o tinha nos braços; não pesava quase nada. Encontrava-se tão mergulhado nas cobertas úmidas que ninguém teria adivinhado que se tratava de um bebê.

— Ajude-me a subir.

Cristóvão acomodou o bebê em um dos braços e usou a mão livre para auxiliar Joana a se erguer de volta para cima da mureta. Assim que retornou à calçada, ela retomou o embrulho, aninhando-o com força contra o peito.

— Joana...

Ela o interrompeu com um sorriso carregado de alegria e um olhar luminoso de quem acaba de se apaixonar.

— Fomos destinados a tê-lo. Não me importa de onde veio. Está quase morrendo de frio, não vou entregá-lo aos Anciãos.

Seu tom de voz era definitivo. Cristovão conhecia sua força e determinação e sabia que nada seria capaz de impedi-la. Estariam ligados àquela criança para sempre. Seria o filho que nunca tinham tido.

Deu um passo à frente e disse:

— Eu quero vê-lo.

Joana afastou as cobertas, revelando o pequeno corpo do bebê. Era um menino.

Quando o olhar de Cristovão encontrou os grandes olhos inquisitivos do bebê, sabia que já o amava mais do que a própria vida. Era como se, de algum modo, sempre o tivesse conhecido; como se ele sempre tivesse existido em sua vida, mesmo quando não existia. Imaginava que era assim que um pai se sentia.

O bebê não tinha mais do que três ou quatro meses de vida; o azul profundo de sua pele e seus lábios testemunhavam a luta que travara para sobreviver e o frio implacável que enfrentara. Mas o menino havia sobrevivido; era um guerreiro. Achava-se envolto em grossas mantas de lã; o agasalho fora disposto em sucessivas camadas de forma hábil, uma extremidade entrelaçada na seguinte, de maneira que o abrigo não se soltasse.

Alguém amou este bebê... alguém quis que sobrevivesse a qualquer custo...

O estranho sentimento que lhe inundou a mente acelerou seu raciocínio. Precisava planejar os próximos passos para assegurar que a criança ficasse em segurança e permanecesse longe do alcance dos Anciãos. Em questão de segundos, pensou nos amigos discretos que procuraria e nos documentos de que precisaria. Tudo teria de ser arranjado de modo a não levantar suspeitas quanto à origem da criança. Com a mente voando, a solução insinuou-se de forma natural: forjaria papéis de uma falsa adoção. Nem ele nem Joana tinham parentes próximos; ninguém teria motivos para fazer perguntas. Nem mesmo a criança conheceria a verdade.

Cristovão lançou um olhar nervoso para a vizinhança da rua do Porto, mas, por pura sorte, o local permanecia deserto. Faltava apenas um último detalhe. Buscou o olhar de Joana, agora sereno e perdido no bebê.

— Você deve ir para casa. Ele precisa ser aquecido e alimentado. Além disso, por enquanto temos que mantê-lo escondido.

— E você? — perguntou ela, cobrindo a criança outra vez.

— Eu vou cuidar de tudo — respondeu, perdendo-se novamente nos grandes olhos curiosos e bem abertos, que despontavam do fundo do ninho de mantas de lã. — Preciso apenas de uma coisa.

Joana ergueu a cabeça.

— Um nome — complementou o marido.

Ela desviou a atenção para o bebê por um instante, sorriu e depois voltou a mirar Cristovão:

— Martin. Vamos chamá-lo de Martin.

CAPÍTULO I

A CIDADE DO CREPÚSCULO

Martin emergiu da cabine do *Firmamento* certo de que alguma coisa estava errada.

Os gritos que o haviam despertado irrompiam do convés acima e pareciam carregados mais com espanto do que de medo. Mesmo assim, tinha acordado sobressaltado do primeiro período de sono mais prolongado que tivera desde que partira da Vila. Não sabia dizer por quanto tempo conseguira dormir antes que o tumulto o acordasse, mas ainda sentia-se ébrio de sono quando chegou ao convés.

Por algum estranho truque da mente, não reparou de imediato na cena fantástica que se desenrolava. Fixou-se, em vez disso, na silhueta dos homens perfilados ao longo da amurada, imóveis como se fossem estátuas. Fitavam alguma coisa fora do navio em um silêncio de profunda perplexidade.

Martin não precisou olhar na mesma direção para identificar o que era: no instante seguinte, a transformação dramática a que o mundo havia sido submetido insinuou-se em seus sentidos com a força avassaladora de uma vaga num mar revolto. Era inconcebível pensar que tinha levado um tempo maior do que um piscar de olhos para registrar o que estava ocorrendo.

Olhou para os próprios braços e os percebeu tintos por uma estranha luminosidade; algo diferente de tudo que já tinha visto. Sua pele refletia um brilho cor-de-rosa. Admirou as mãos abertas diante de si e então dirigiu o olhar para o céu.

Perdeu o equilíbrio por um momento e soltou um grito abafado; em meio ao disparar descontrolado do coração, tentou convencer a mente de que aquilo que seus olhos viam não eram sinais da mais pura insanidade recém-instalada.

O céu havia se incendiado.

A imensa cortina que cobria a abóboda sobre as suas cabeças, antes escura e apenas perfurada aqui e ali para deixar cintilar as estrelas e a lua, agora estava pintada com uma explosão inacreditável de diferentes cores. Próximo ao horizonte, na direção em que navegavam, havia um brilho alaranjado intenso; mais ao alto, diferentes tons de rosa se mesclavam em uma aquarela caótica. As poucas nuvens que salpicavam o céu exibiam uma cor rosada tão intensa, que mais se pareciam com fragmentos de algum metal incandescente. Já na direção oposta (de onde tinham vindo), as cores evanesciam e perdiam o brilho, dando lugar a um azul pálido e sem vida.

Além das cores, havia o brilho: do cataclisma multicolorido acima emanava uma luminosidade rosada de uma intensidade impressionante. Todas as coisas ao seu redor ganharam cores e formas diferentes. Era possível distinguir detalhes do convés que antes só apareciam ao se colocar um lampião muito próximo do objeto a ser examinado. Martin fixou-se na complexidade dos traços faciais agora evidentes no rosto do tripulante ao seu lado: rugas de expressão, a cor da pele e dos olhos. Era uma riqueza de informações com as quais a mente não estava acostumada a trabalhar.

O mar também se transfigurara em algo diferente ao refletir a cena. Rumo ao horizonte mais iluminado, o oceano parecia se fundir com o céu de uma forma estranha, tornando difícil discernir o que era água e o que era ar.

— Depois de tudo que passamos na Vila, tinha esquecido como esse lugar é maravilhoso — disse Ricardo Reis, parando junto a Martin.

— É a coisa mais incrível que já vi... — balbuciou Martin após vários segundos.

— Eu esperaria mais alguns dias para dizer isso — completou Ricardo Reis em meio a um sorriso.

Martin virou-se para o capitão, curioso por compreender que ele não somente entendia o que estava acontecendo, como já havia estado naquele local.

— O que é isso?

Ricardo Reis indicou com as mãos o céu iluminado.

— Estamos entrando nas águas do Mar do Crepúsculo, como é conhecida esta área nos mapas de navegação — respondeu ele. — Aqui, o céu é sempre assim, e a luminosidade é muito maior do que o breu que cobre a Vila.

— E você já esteve aqui antes.

Ele assentiu.

— Estive aqui com o seu pai, a bordo do *Tierra Firme*.

— E este lugar para onde estamos rumando...

— É a Cidade do Crepúsculo — explicou Ricardo Reis. — Seu pai e o *Tierra Firme* nos aguardam lá.

— E qual é o plano? O que há nesta cidade?

— É um lugar tão estranho quanto fascinante, Martin.

— E quem vive lá? — perguntou Martin, atônito com o conteúdo das próprias palavras: então era verdade, existiam outros lugares que não a Vila. No instante seguinte, a voz de Maelcum se fez ouvir em sua mente. Era impossível não pensar nele.

— Pessoas muito diferentes de nós da Vila. São grandes comerciantes, além de gente religiosa ao extremo. Vivem numa sociedade muito bem organizada.

— E eles são amigáveis?

O outro fez uma careta, levando Martin a pensar que a pergunta tinha uma resposta bem mais complicada do que parecia.

— Depende... como eu disse, é uma sociedade complexa, na qual convivem interesses diferentes. Nesse sentido, é bastante similar à nossa Vila. Mas, respondendo à sua pergunta: sim. Seu pai tem amigos lá, e acreditamos que podemos convencer essas pessoas de que estamos todos do mesmo lado, lutando contra um mal comum.

Martin estremeceu com o significado daquilo.

— Então...

Ricardo Reis aproximou-se para poder se fazer ouvir em um sussurro.

— Sim, eles conhecem os Knucks.

Martin preparava-se para argumentar que, se lutavam contra um inimigo comum tão terrível quanto os Knucks, era evidente que encontrariam apenas amigos naquele lugar. Mas então lembrou-se da invasão da Vila e de como Dom Cypriano tinha ordenado que os Capacetes Escuros não tomassem parte na batalha. A verdade era que, depois que soubera da existência do obscuro acordo entre monstros e Anciãos, não via mais nada com simplicidade.

— Seu pai sabe o que faz, Martin — continuou Ricardo Reis, preenchendo o silêncio.

— E o que ele pretende?

— O Mar do Crepúsculo encontra-se dividido por uma disputa de poder. Quando o deixei, seu pai vinha fazendo o que podia para uni-los; tentava convencê-los de que somente teremos alguma chance contra os monstros se todos colocarem de lado as suas diferenças e lutarem juntos.

Martin suspirou. Era ainda mais complicado do que havia imaginado.

— Apenas vamos buscá-lo e retornar à Vila o quanto antes.

Permaneceu por um longo tempo em silêncio perto de Ricardo Reis; ambos tinham o olhar perdido no céu iluminado. Aos poucos, sentiu as luzes do crepúsculo encherem-no de dúvidas. Encontraria mesmo o pai? Ele estaria mudado? Sentia uma estranha urgência de retornar logo à Vila, como se tivesse deixado algum assunto importante por resolver. Confuso, decidiu voltar para a cabine.

Aquele era o seu décimo dia no mar e, antes da agitação causada pelo crepúsculo, fazia pouco tempo que, enfim, conseguira controlar a excitação que o impedia de descansar. Ainda exausto, buscou o único espaço do navio que era só seu: o beliche que ocupava não passava de uma rede de tecido úmido e instável, com as extremidades presas por ganchos nas paredes da claustrofóbica cabine da tripulação. Deitou-se, fechou os olhos e sentiu o corpo cansado relaxar a cada oscilação da cama improvisada.

Repassou tudo que vira e sentira naqueles dias a bordo do *Firmamento*. A viagem havia sido uma sucessão quase que ininterrupta de descobertas e aprendizado. Logo nas primeiras horas, o que mais tinha lhe chamado atenção era a naturalidade com que se movimentava pelo navio. Corria pelo convés, subia nos cordames até o topo dos mastros, descia por outro cabo até pousar na popa, junto à roda de leme. Movia-se como um pássaro, seguro de suas ações; aparentava ter nascido no mar e nunca habitado em terra firme. E tudo isso se passava enquanto os companheiros jaziam imprestáveis e mareados, vomitando pelas amuradas.

Embora fosse amigo e protegido do capitão, não havia sido tratado com privilégios no que dizia respeito às suas tarefas no navio: era um tripulante comum e tinha muito trabalho a fazer no convés para manter o *Firmamento* velejando ao gosto de Ricardo Reis. E, daquela parte, Martin gostava ainda mais. Tentara aprender tudo o que podia acerca de navegação, do mar e dos ventos. Sua fonte principal de instrução era o próprio capitão, que já estivera no Além-mar antes.

Quando se encontrava exausto demais para os trabalhos braçais no convés, Martin não se retirava para o seu beliche, como os colegas faziam; em vez disso, dirigia-se até a cabine do capitão e conversava por horas a fio com Ricardo Reis e com o seu imediato, um homem baixo, atarracado e mal-humorado, chamado Higger.

Logo no primeiro dia, poucas horas depois das luzes da Vila terem sumido na escuridão, o capitão mostrara a Martin um pedaço de um mapa do Além-mar. O documento pertencia ao próprio Ricardo Reis e havia sido uma das poucas coisas que ele trouxera consigo quando retornara à Vila no bote do *Tierra Firme*. Tratava-se de um pedaço de papel amarelado e maltratado, com as extremidades rasgadas, irregulares e envelhecidas; revelavam marcas e inscrições interrompidas, dando a entender que o mapa original era muito maior.

Martin o estudava por horas, fascinado. Bem à direita, no leste, estava a Vila: apenas um pequeno pedaço de terra em meio à imensidão do mar. No extremo oposto, à esquerda (ou a oeste), havia apenas um pequeno ponto pintado de preto; dele emanavam linhas finas e sólidas, cada uma marcada com um número que correspondia à sua orientação em graus com relação à bússola.

Ricardo Reis explicara que aquele ponto era conhecido como Singularidade e as linhas que dele surgiam eram as Radiais. Juntos, configuravam a essência da navegação no Além--mar. Para ir a qualquer lugar era preciso seguir por uma Radial até a Singularidade e depois manobrar e seguir por outra linha até o destino. Qualquer tentativa de seguir um curso diferente da Radial, ou de não passar pela Singularidade, faria com que o navio se perdesse para sempre. Por que motivo aquilo ocorria, Ricardo Reis afirmava que ninguém, nem mesmo seu pai, sabia.

Bem no início da viagem, Martin observou que seguiam uma Radial em direção a oeste, a qual os levaria à Singularidade. O significado daquilo era óbvio e o deixava tão excitado que suas mãos tremiam e suor lhe escorria pela testa. Indagado a respeito, Ricardo Reis se recusava a discutir o assunto; era o único tópico sobre o qual não podiam falar naquele momento: o seu destino.

Martin sabia que os homens da tripulação, mesmo sem nunca terem visto o mapa na cabine do capitão, tinham conhecimento de que Ricardo Reis os conduzia a um destino certo. No alojamento da tripulação, testemunhava discussões acaloradas entre os marujos. Alguns, tal como ele próprio, consideravam a ideia de que poderia existir outro lugar além da Vila maravilhosa por si só. Outros, porém, ainda tinham a doutrina Anciã arraigada em suas mentes e praguejavam e amaldiçoavam o capitão pela blasfêmia de buscar terra que não fosse a cidade que conheciam.

No sexto dia, Martin se habituara à rotina a bordo, e isso fez com que a excitação diminuísse um pouco. No exato momento em que pensou que em breve conseguiria dormir mais do que uma hora de cada vez, Ricardo Reis convocou a tripulação ao convés. O capitão explicou que estavam a um dia de distância da Singularidade e que aquele era o momento mais perigoso da viagem. Como ponto central de toda a navegação no Além-mar, o local era passagem obrigatória para os barcos Knucks. Por isso, a partir daquele instante e até que tivessem manobrado pelo ponto da Singularidade, todos estavam proibidos de dormir e deveriam permanecer em seus postos. Assim que o discurso do capitão terminou, olhares nervosos foram trocados e sussurros assustados encheram o ar. Os homens se armaram com espadas e arco e flechas e foram divididos em posição junto aos canhões e no convés.

Ao ouvir e compreender o significado das palavras de Ricardo Reis, Martin sentiu o coração disparar, mas daquela vez não fora de excitação, e sim de medo. A lembrança do seu último encontro com os monstros era ainda muito próxima e lhe assombrava a mente com toda a força.

Durante as horas seguintes, enquanto navegavam através das águas da Singularidade, o silêncio que se abateu sobre o *Firmamento* era opressivo. Ninguém ousava falar ou emitir qualquer som que fosse; até mesmo o ato de respirar parecia ruidoso demais. Todos os olhos se ocupavam em esquadrinhar o horizonte, mas até ali ninguém tinha visto nada além do mar sem fim, coroado por finos redemoinhos de névoa. A luz tímida de uma lua em quarto minguante se fazia presente e fora amaldiçoada por todos; naquela hora, teriam preferido a proteção de uma escuridão absoluta.

Apesar de todo o pavor, o *Firmamento* cruzou o ponto central do Além-mar sem nenhum incidente. Logo após a passagem pela Singularidade, Martin sentiu o navio mudando de rumo; sabia que estavam agora navegando ao longo de outra Radial.

Depois daquilo, deixou-se levar pela onda de alívio que percorreu o espírito de todos a bordo. Nos dias seguintes, aos poucos percebeu o cansaço vencer a excitação e então, finalmente, entregou-se a um sono profundo. Pelo menos até penetrarem no Mar do Crepúsculo.

Agora, tentava dormir outra vez. Mas tinha visto as luzes lá fora e não conseguia apagar a imagem da mente. Havia um significado naquilo tudo, é claro. Existia todo um mundo novo à sua espera, e a perspectiva o impedia de sequer tentar fechar os olhos.

Sentiu as roupas grudarem no corpo suado. Levantou-se da cama e encontrou no chão a pequena mochila de tecido desbotado onde guardava seus poucos pertences. Mergulhou um braço nela, remexendo nas mudas de roupa em busca de algo que estivesse limpo, ou, pelo menos, não tão sujo quanto aquilo que usava. No fundo do emaranhado de tecidos, sua mão encontrou algo duro. Um livro.

Martin puxou-o para fora, trazendo junto algumas peças de roupas limpas, mas não se deteve nelas. A visão enevoada só captava a imagem do volume que tinha diante de si. As lágrimas não chegaram a rolar, foram substituídas por um sorriso repleto de saudades.

"Nina e a morfélia" era uma narrativa para crianças, bastante sem graça e tão carregada com a moral Anciã quanto o papel podia suportar. Contava a história de uma menina de sete anos que tinha o péssimo hábito de fazer perguntas. Questionava sobre o mar, a partida dos navios, a Cerca e assim por diante. Tal curiosidade, como não poderia deixar de ser, trouxera à Nina e à sua família todo o tipo de infortúnios. A heroína era uma morfélia que fora designada por um Ancião a aplacar a fome de saber da garota e ensinar o que realmente importava: a doutrina Anciã.

É claro que Martin nunca tivera o menor gosto pela trama moralista. O que lhe interessava era a história por trás daquele exemplar. Quando criança, estudava na escola das morfélias e gastava toda a sua energia aprontando travessuras com Omar. Como resultado, tivera sérios problemas de concentração e, embora já fosse alfabetizado, não apresentava a destreza que as morfélias exigiam com as letras. Na época, havia recém-conhecido Maya, e a menina decidira ajudá-lo presenteando-o com o livro.

Juntos, reescreveram a história, preenchendo os cantos e rodapés das páginas com rabiscos. Consideravam a aventura que tinham bolado muito melhor do que a original: nela, a protagonista arranjava respostas para todas as suas perguntas e ainda por cima descobria um lugar mágico habitado por estranhas morfélias com sentimentos. A brincadeira também havia tornado Martin rápido para ler e escrever, tal como as morfélias queriam.

O verdadeiro significado daquele livro, no entanto, ia muito além. Ele simbolizava o seu encontro com Maya e o lembrava que tipo de pessoa era ela. Ao longo dos anos, à medida que cresciam, alternavam-se na guarda do livro. Martin agora percebia que isso sempre fora um flerte; amava Maya muito antes de compreender o significado da palavra.

Sabia que ela colocara o livro em segredo em sua bagagem. Pensou na saudade que sentia. Subitamente, a perspectiva daquele mundo novo perdeu um pouco da cor. Podia ter uma missão a cumprir, mas ela só fazia sentido se Maya e os seus amigos estivessem em segurança. Uma onda de medo percorreu seu corpo: teria cometido um erro? Deveria ter permanecido na Vila?

Antes que aquela dúvida o levasse à loucura, decidiu voltar para o convés. Tinha muito trabalho a fazer.

****

À medida que o *Firmamento* continuava a navegar em direção ao horizonte iluminado, o brilho rosado da abóboda celeste ganhava mais vida e passava a preencher quase todo o céu. A exceção era de onde tinham vindo: lá, persistia o azul-cinzento da noite, que se recusava a ceder todo o seu território para o crepúsculo.

O vento soprava suave e a superfície do mar não passava de um ondulado gentil; apesar disso, o *Firmamento* desenvolvia boa velocidade, avançando decidido ao encontro do segredo que as luzes do crepúsculo guardavam.

Desde que vira o céu em chamas, Martin tinha sido incapaz de retornar à cabine. Havia se oferecido para cobrir o turno de trabalho de outros tripulantes e abraçara tarefas que não eram suas apenas para poder contemplar um pouco mais o espetáculo. O que mais desejava, além de ser o primeiro a pôr os olhos na tal Cidade, era não deixar a mente livre para atormentá-lo com a dúvida de se deveria ter permanecido na Vila, protegendo seus amigos.

Postou-se na proa do navio, montado sobre o mastro que dela se projetava quase na horizontal, e lançou o olhar para o oceano. Bem em frente havia uma tênue névoa que roubava a nitidez da linha do horizonte; mais uma vez, céu e mar se abraçavam, cada um esquecendo por alguns instantes o seu devido lugar.

Permaneceu por várias horas firme naquele posto de observação improvisado. Em determinado momento, porém, o cansaço das tarefas a bordo cobrou seu preço e Martin percebeu as pálpebras ganhando peso e forçando-se a fechar. Os músculos relaxaram, mas foram postos em ação por uma fagulha de medo: se cochilasse pendurado ali, perderia o equilíbrio e poderia cair no mar.

Enroscou-se nos cabos que se amontoavam no local e obrigou o corpo a se endireitar. Imerso na tarefa de não adormecer e cair no mar, Martin desviou o olhar do horizonte por alguns minutos. No exato instante em que tornou a fitá-lo, a névoa dissolveu-se como se fosse um mero capricho da divindade dona do clima. No segundo seguinte, de uma só vez, materializou-se bem em frente o contorno de uma cidade; já estava muito mais próxima do que poderia imaginar.

Martin tentou gritar para avisar os companheiros e o capitão, mas as palavras não saíram. Ficaram perdidas no ar, enquanto era cada vez mais hipnotizado pelo que via. Tentou de novo dizer algo, e outra vez não conseguiu. Certo de que não havia meio de combater aquela mudez temporária, decidiu perder-se nas formas que se desenhavam diante de seus olhos.

A imagem da cidade preencheu o campo de visão de Martin aos poucos, como se a mente fosse incapaz de absorver aquilo tudo de uma só vez. Tomaram forma majestosas torres, mansões e casas de uma imponência que não encontrava paralelo em nada na Vila. As construções se amontoavam no fundo de uma enseada e refletiam um brilho avermelhado à meia-luz do crepúsculo; algumas eram altas, com vários andares empilhados uns sobre os outros; outras eram térreas, mas nem por isso menos impressionantes. Ruas e vielas cortavam a cidade em todas as direções, algumas amplas e orgulhosas, outras estreitas e acanhadas.

Uma imensa fortificação dominava o centro da paisagem. Seus muros altos e retilíneos arranjavam-se na forma de um quadrado, pressupondo a existência de um pátio interno. Do seu interior, erguia-se uma torre única arredondada, cravejada de pequenas janelas, muito mais alta do que todas as outras da cidade. Próximo ao topo, corria uma balaustrada prateada tão alta que mal podia ser adivinhada, e o domo que brotava acima dela erguia-se ainda mais, parecendo tocar o céu em chamas.

A Cidade do Crepúsculo era o local mais iluminado que Martin já vira. De milhares de janelas espalhadas por todos os cantos emanava um brilho amarelo-claro intenso. As ruas eram banhadas pelo mesmo tipo de iluminação e tinham seu percurso delimitado pelo pontilhado de postes enfileirados. Mesmo a certa distância podia-se perceber que o lugar fervilhava de atividade: pequenos vultos se movimentavam contra os contornos da cidade, as luzes tremeluzindo à sua passagem. Ao fundo, um ronronar baixo se fazia ouvir; eram vozes humanas, milhares delas.

Junto à orla do mar havia um porto cujo píer corria ao longo de uma via costeira; o aspecto lembrou Martin um pouco da rua do Porto, mas ali era muito maior e mais movimentado. Do cais propriamente dito, inúmeros atracadouros se projetavam em direção às águas calmas da baía. Martin calculou que o porto da Cidade do Crepúsculo abrigava pelo menos uma centena de embarcações, entre aquelas que se achavam atracadas nos desembarcadouros e as fundeadas na enseada. Havia uma grande variedade de tipos, desde pequenos barcos pesqueiros até galés de mercadores e alguns galeões de maior porte.

Na extremidade mais distante da enseada, a cidade terminava em meio ao aclive suave da encosta de um morro, com as construções dando lugar a um gramado verdejante que se estendia até o topo arredondado da colina. De cada lado, os dois pontais de terra que formavam a baía estavam cobertos por árvores baixas, cujas folhas pareciam escuras à luz vacilante do crepúsculo.

Martin saiu do transe ao escutar a voz áspera do imediato Higger cortar o ar. O segundo em comando do *Firmamento* disparava ordens para uma tripulação embasbacada e inerte que se acotovelava junto à proa e se pendurava nos mastros e cordames para admirar a Cidade do Crepúsculo. O capitão ordenara que o navio fosse preparado para atracar, e cabia ao imediato fazer a tripulação mesmerizada retornar a seus postos. O homem carrancudo postou-se bem no meio do convés e seguiu trovejando ordens até que todos estivessem em movimento. Instantes depois, o navio já se achava em frenética agitação.

O velame foi reduzido e, no momento em que o *Firmamento* penetrou nas águas calmas da enseada, Martin sentiu o vento perder força e o navio desacelerou. Ricardo Reis procurou um local vazio nos atracadouros com tamanho suficiente para acomodar o *Firmamento*. A tarefa não era fácil, pois o porto estava abarrotado de embarcações; quando, enfim, identificaram uma vaga apropriada, manobraram em direção a ela, deslizando nas águas plácidas da baía.

À medida que se aproximavam, pequenos barcos pesqueiros cruzavam por eles, enquanto rumavam para o mar aberto. Martin podia sentir os olhares desconfiados e pouco amistosos estudando os forasteiros. Um súbito arrepio eriçou os pelos dos antebraços; tinha imaginado que uma cidade cheia de pessoas — e não de monstros — deveria ser segura, mas então recordou-se das palavras do capitão.

Quando já estavam mais próximo do porto, um navio prendeu a atenção de Martin. Conhecia aquela forma e, mesmo em meio a tantas outras embarcações, sabia que aquele galeão de porte menor que o *Firmamento*, mas de estrutura semelhante, era o *Tierra Firme*, o navio do seu pai. Um amplo sorriso se abriu em seu rosto: jamais, nem em seus sonhos mais insanos, imaginara que o veria outra vez.

A forma do *Tierra Firme* foi sendo descortinada aos poucos, à medida que o vulto de outra embarcação atracada ao lado ia deslizando para fora do campo de visão de Martin. Ao vê-lo em sua totalidade, estremeceu: uma imensa cratera havia sido aberta em uma das laterais, perto da popa; as margens tinham bordas irregulares da madeira estilhaçada, e o buraco era tão grande que revelava o interior da cabine. Com olhos atentos, não tardou a identificar outros locais em que o casco fora danificado. O navio parecia vazio e era evidente que participara de alguma batalha. Fosse o que fosse, a luta deveria ter sido violenta. Martin desviou o olhar e encontrou Ricardo Reis ao seu lado, observando a cena em silêncio.

— Tenho certeza de que seu pai e os homens do *Tierra Firme* estão bem — disse ele, como se para si mesmo. — Vamos, Martin. Temos que atracar este navio.

Martin correu para a proa, a fim de ajudar com os cabos de atracagem. Ricardo Reis voltou à popa, gritando ordens enquanto subia a escada que levava até o tombadilho e à roda de leme.

Poucos metros separavam o *Firmamento* da madeira do atracadouro. Martin sentiu o coração disparar. Prestes a pôr os pés em outra cidade que não a Vila, a mente alçou voo: finalmente estava livre da mentira dos Anciãos.

Endireitou-se a tempo de ouvir os tripulantes cochichando. Uma última ordem do capitão espalhava-se pelo navio aos sussurros. A informação não tardou a chegar aos seus ouvidos: nenhum homem deveria revelar de onde tinham vindo. Se questionados, responderiam que eram mercadores vindos da Fronteira. Martin nunca tinha ouvido falar daquele lugar.

O *Firmamento* foi manobrado ao longo do cais, entre duas galés de menor porte. Os navios vizinhos pareciam vazios, mas o porto ebulia em franca atividade. Homens andavam apressados de um lado para o outro, carregando e descarregando mercadorias das embarcações. Enormes barris de bebida e grandes caixotes contendo suprimentos eram deslocados em carroças ou nos ombros de marinheiros. Estivadores praguejavam ao empurrar pesadas arcas de madeira por pranchas de desembarque de navios recém-atracados. Martin relaxou um pouco ao perceber que as figuras nada tinham de exótico: eram homens comuns, vestidos de forma humilde, com roupas de tecido sujo e desbotado, algumas inclusive rasgadas pelo uso. Podiam muito bem estar a bordo do *Firmamento*, ninguém perceberia a diferença.

Assim que o navio foi amarrado no cais, três figuras se apressaram em direção a eles. O homem que veio primeiro era baixo e bem-vestido; usava roupas limpas de tecido prateado e segurava uma prancheta de madeira sobre a qual repousava um longo pergaminho aberto. Vinha escoltado por dois sujeitos altos de aparência ameaçadora; envergavam longos mantos prateados que cintilavam à luz rósea do crepúsculo. Na cabeça, ostentavam elmos de aço ornamentados com inscrições que Martin não conseguia ler a distância; na cintura, traziam espadas cujas lâminas afiadas se deixavam entrever pelo tecido que as embainhava.

— Sou o oficial do porto e exijo saber quem são e o que querem na Cidade do Crepúsculo — ordenou o homem com a prancheta, em voz alta e firme.

O homem falava com um sotaque e uma entonação muito diferentes de tudo que Martin já ouvira. Não havia pensado no assunto antes, mas ponderou que as pessoas naquela cidade não tinham, pelo menos que ele soubesse, nenhuma relação com o povo da Vila. Estranhou, portanto, ser possível compreender o que ele dizia.

Ricardo Reis aproximou-se da amurada e respondeu:

— Somos mercadores da Fronteira. Estamos a negócios na Cidade e solicitamos o abrigo do seu porto.

O homem estudou Ricardo Reis de cima a baixo com um olhar de desprezo.

— Você tem a fala estranha, forasteiro. Não gosto da sua gente. Povo da Fronteira. Vocês se acham muito nobres e superiores — disse ele, virando o rosto e cuspindo para o lado, quase atingindo um dos guardas que ainda o flanqueava, imóvel.

O capitão do *Firmamento* permaneceu em silêncio.

Depois de alguns instantes de tensão, o oficial do porto deu de ombros e disse em tom ríspido:

— Tenho trabalho a fazer e não dou a mínima para vocês. A taxa normal é de trinta luares, mas para vocês serão cinquenta. Paguem no máximo em uma hora, senão eu volto com mais destes. — Fez um gesto com a cabeça, sinalizando os soldados.

— Muito obrigado, senhor. Pagaremos antes disso.

O oficial do porto se afastou a passos rápidos, resmungando, seguido por sua escolta.

Martin correu até o capitão.

— Não temos o dinheiro destas pessoas. O que faremos?

— Seu pai tem. Vamos, Martin, temos de encontrá-lo o quanto antes.

— E você sabe onde?

Ele assentiu.

— Quando viemos à Cidade pela primeira vez, ficamos acomodados em uma pensão perto do porto. Espero que ele ainda esteja lá.

Ricardo Reis procurou o imediato Higger e deixou instruções para que o navio fosse vigiado e que a tripulação não desembarcasse por enquanto. Enfatizou que o porto poderia não ser um local seguro. Depois, saltou por sobre a amurada e aterrissou no cais, sinalizando para que Martin o seguisse.

Martin desceu por uma prancha de desembarque colocada mais perto da popa do navio. Juntou-se ao capitão e seguiram a passos ligeiros, desviando-se de uma montanha de caixotes de madeira, cabos e outros apetrechos náuticos que atulhavam o cais. Rumaram à calçada da via costeira, que corria ao longo da orla do porto. O aspecto, como Martin já observara, remetia àquele da rua do Porto, na Vila.

Ao olhar em volta e vislumbrar os detalhes da Cidade do Crepúsculo pela primeira vez, porém, percebeu que as semelhanças paravam por aí. As construções que se amontoavam do outro lado da avenida eram feitas de grandes tijolos de cor clara, apenas levemente avermelhada. Ao serem banhados pela luz do crepúsculo, entretanto, cintilavam com um brilho que ia do laranja-vivo a um vermelho desbotado. Algumas casas também eram cobertas por um reboco da mesma cor. A maior parte delas tinha um formato retangular, com dois ou três andares. As janelas quadradas que enfeitavam as fachadas achavam-se todas abertas, deixando entrar o ar fresco e ameno que vinha do mar.

As ruas eram calçadas com grandes pedras claras retangulares, de um tipo bem distinto da rocha mais escura usada na Vila. Os postes que Martin vira a distância eram também bem diferentes: feitos de um metal escuro, mais altos e com grandes lampiões montados sobre eles e não pendurados, como na Vila. Martin percebeu que os lampiões estavam acesos, embora a luminosidade do crepúsculo fosse mais do que suficiente para iluminar a cidade.

Na parte central do porto, a via costeira alargava-se, e as casas cediam espaço a um amplo mercado a céu aberto. De maneira geral, toda a orla do porto era movimentada (embora não tanto quanto junto ao mercado), e Martin não se lembrava de ter visto na Vila tantas pessoas em atividade ao mesmo tempo. Pareciam ocupadas e atormentadas por uma pressa que era difícil de ser entendida e explicada apenas pela observação.

Uma viela que corria perpendicularmente à via costeira os conduziu para o interior da cidade. A rua era estreita e o silêncio no qual repousava fazia contraponto com a agitação da orla. Martin estava curioso para ver logo o máximo que podia; o passo determinado acabou por deixá-lo um pouco à frente de Ricardo Reis, que avançava com uma estranha dificuldade. Pensou em parar e perguntar se havia algo de errado, mas, naquele exato instante, gritos ásperos e gemidos de dor interromperam a calma do lugar.

Alguns metros adiante, dois homens vestidos com togas cinzentas chutavam com violência uma vítima indefesa que se contorcia no chão. Os agressores xingavam e praguejavam enquanto desferiam os golpes. Eram observados por dois guardas com mantos prateados, que não tomavam parte no espancamento, mas também nada faziam para impedi-lo.

A cena era estranha: os agressores eram baixos e franzinos, não passavam de rapazes. A vítima, por outro lado, era uma estranha criatura que, mesmo deitada e encolhida, parecia-se com o maior homem que Martin já vira. Estranha ou não, a covardia ebuliu algo intenso dentro de si. Além disso, havia alguma coisa nos olhos do gigante... uma tristeza, uma melancolia. Nunca tinha visto nada similar.

Antes que pudesse pensar no que estava fazendo, Martin lançou-se com toda a fúria contra os agressores. Deu um encontrão com o tórax em um dos guardas, que, surpreso, perdeu o equilíbrio e estatelou-se no chão. Imediatamente, tratou dos rapazes: desferiu uma cotovelada contra a barriga de um e, logo em seguida, aplicou uma chave de braço no pescoço do outro. Ambos soltaram gritos agudos de pavor e começaram a chorar, correndo para longe. O gigante caído aproveitou a confusão e também cambaleou rua abaixo. Mas sobrara um guarda de manto prateado.

O soldado desferiu um murro contra o flanco esquerdo de Martin que, em um choque de dor lancinante, desequilibrou-se e acabou tombando. Ricardo Reis enfim uniu-se à confusão, atirando-se sobre o agressor de Martin. Mas tudo isso levou tempo demais: o guarda que havia sido empurrado primeiro já estava em pé e sacara uma espada.

— Parados! — urrou, apontando a arma para Martin, que estava sentado no chão, preparando-se para se levantar. — Estão loucos? Atacaram Sussurros. Irão presos pelo resto da...

A voz carregada de ira foi cortada pelo som de aço contra aço. O movimento foi rápido demais para os olhos; o voo de uma segunda lâmina que afastou a espada para longe de Martin pareceu apenas o cintilar distante de um relâmpago. No segundo seguinte, surgiu em seu campo de visão uma figura vestida com um longo manto verde-claro. O estranho desferiu uma sequência de golpes e, antes que Martin pudesse terminar de se pôr em pé, seu agressor já estava desarmado, sua espada assobiando contra o calçamento, enquanto deslizava para longe. O soldado com quem Ricardo Reis lutava também havia sido imobilizado por outros dois homens com as vestes verde-claras.

O espadachim que socorrera Martin retirou o capuz: era um rapaz jovem, com um rosto sério e determinado. Tinha olhos atentos e sobrancelhas espessas que transmitiam ainda mais obstinação. A combinação se assemelhava à imagem que tinha do próprio rosto.

— Olá — disse ele, estendendo a mão para Martin. — Assistimos ao seu desembarque. Não imaginei que se meteriam em confusão em tão pouco tempo.

— Fiz sem pensar... — respondeu Martin, dando-se conta de que se propusera a atacar quatro homens ao mesmo tempo.

— Estavam espancando aquele coitado.

— Nós vimos. Essas pessoas daqui... não sei o que há de errado com elas — comentou o estranho, sacudindo a cabeça. Dirigiu-se então aos guardas de mantos prateados: — Vocês dois: sumam da minha frente.

Os soldados se entreolharam e depois lhe devolveram um olhar carregado com uma mistura de fúria e medo. Após, desataram a correr em direção ao porto.

— Senhor, precisamos ir — disse um dos homens de manto verde-claro para o rapaz que falava com Martin.

Ele anuiu, sem tirar os olhos de Martin.

— Nos encontraremos novamente.

Antes que Martin pudesse pensar em algo a dizer, o trio também disparou pela rua, precipitando-se na direção oposta ao porto.

Ricardo Reis aproximou-se, ofegante:

— Está maluco, Martin?

— Quem eram aqueles? — indagou, com a cabeça ainda girando pela dor do soco que levara.

O capitão do *Firmamento*, preocupado, mirou cada uma das extremidades da viela, agora novamente silenciosa. Limpou o suor da testa com o dorso das mãos e anunciou em tom urgente:
— Precisamos sair daqui. Aqueles rapazes de toga cinza...

Apressaram-se pela viela e, três quadras depois, Ricardo Reis apontou para um pequeno prédio que ficava na esquina da confluência de duas ruas que se encontravam em um ângulo fechado. A disposição fazia com que a fachada da construção tivesse um formato arredondado e estreito; tinha três andares, sendo o último formado por águas-furtadas. Na entrada havia uma pequena escadaria, encimada por um letreiro cuja inscrição se encontrava quase que inteiramente obliterada pelo tempo. Martin, mais uma vez, surpreendeu-se ao perceber que podia compreender o que estava escrito: "A *Sombra do Mar* – Pensão e taberna".

Já quase na entrada, levou um susto ao se deparar com a figura que estava sentada na calçada, junto à escadaria, com as costas apoiadas na parede da pensão: era o gigante que havia socorrido. Ele ainda tinha um aspecto aterrorizado e gemia de pavor.

Mesmo observando-o com mais calma, Martin não conseguiu decidir o que a criatura era. A princípio, lembrava um homem, mas de estatura muito maior. Difícil calcular que altura teria caso se pusesse em pé, mas imaginou que ultrapassaria os dois metros com facilidade. Tinha a pele alva como leite, cabelos brancos escassos e desgrenhados e vestia-se com uma calça e uma camisa de tecido escuro que estavam mais para farrapos. Os olhos grandes e redondos assemelhavam-se aos de uma morfélia, mas também eram, ao mesmo tempo, profundamente diferentes. O olhar que vinha deles transbordava uma tormenta de emoções, como se pusesse contar, de uma só vez, a longa história de uma vida inteira, completa com todas as emoções que dela tinham participado. A testa trazia longos sulcos de tristeza e melancolia que combinavam com os olhos. Martin capturou o rosto do estranho por apenas um segundo, mas a visão encheu-o de uma introspecção avassaladora.

Ao entrar na pensão, porém, um segundo sobressalto desviou a sua atenção da criatura. Atrás de um balcão de madeira, nos fundos do pequeno saguão iluminado por velas e candelabros, estava a figura inconfundível de uma morfélia. Antes que pudesse soltar a exclamação que tinha na garganta, Ricardo Reis falou:

— Como vai? Estamos procurando o capitão Cristovão Durão.

A morfélia levou um instante para responder.

— Quem são vocês?

— Eu sou seu subordinado e este é o seu filho — respondeu ele, apontando para Martin.

A morfélia respondeu depois de outra pausa:

— Último andar. A porta à direita da escada.

Ricardo Reis agradeceu com um aceno de cabeça. Martin o seguiu por escadas estreitas, cuidando para não tropeçar nos degraus quase ocultos na penumbra. Os archotes que deveriam iluminar o caminho tinham sido colocados com demasiado espaçamento. No último andar, procuraram pela porta à direita, conforme instruíra a morfélia.

Martin despertou para a situação ao escutar o som oco das batidas do punho cerrado de Ricardo Reis contra a porta. Naquele exato instante, percebeu que, depois de um oceano inteiro, agora restava apenas aquele singelo obstáculo a separá-lo do pai. Sentiu o coração acelerar e um aperto no peito, mas não teve tempo de experimentar outras sensações, pois uma voz vinda de dentro do quarto respondeu:

— Entre.

Era a voz de Cristovão Durão.

CAPÍTULO II

VISITANTES INDESEJADOS

O barulho do vidro se estilhaçando arrancou Maya da tranquilidade de seus pensamentos.

Divagava de forma serena, quase semiconsciente, a respeito do movimento da livraria, do romance que acabara de ler e, sobretudo, dos acontecimentos dos últimos dias. Um pensamento emendava-se no outro de modo tão despreocupado quanto o passar daquela tarde, até então desprovida de qualquer acontecimento extraordinário.

Naquela data completavam-se dez dias da partida do *Firmamento*. O tempo que se passara depois da despedida havia sido de uma resignação silenciosa. Martin tinha ido embora; a sua presença constante já não era mais uma realidade. Ficara apenas a saudade e a promessa de um retorno.

A falta que sentia de Martin era tão intensa que Maya sabia que mal havia começado a compreender a extensão do seu significado. Somando-se à inquietude deixada pela sua ausência, havia o fantasma da situação cada vez mais tensa na Vila.

No dia seguinte à partida do *Firmamento*, o grupo de oposição que lutava pela saída de Heitor da Zeladoria e pelo realinhamento com a Lei Anciã declarou-se publicamente. Seus membros passaram a desfilar pelas ruas da cidade vestindo togas brancas e longos capuzes pontiagudos da mesma cor.

Gritavam palavras de ordem e cantavam músicas obscenas em que chamavam Heitor e seus aliados de traidores e hereges.

Demorou muito pouco para que não ficassem apenas na bravata. Logo em seguida, os homens de toga branca passaram a promover quebradeiras no comércio da cidade e a espancar aleatoriamente cidadãos que julgassem ser contra o regime Ancião. Brigas de rua estouraram em todos os cantos da Vila, entre eles e os poucos homens ainda leais a Heitor.

Para piorar a situação, o pai de Maya caíra doente. A febre que o atormentava tinha vindo súbita e implacável. Em poucas horas, ele já não conseguia se levantar da cama. Passava a maior parte do tempo dormindo, enquanto seu corpo fervia. A mãe ficava ao lado do pai e insistia para que Maya fechasse as portas da livraria. Ela afirmara que, com aquele clima de extrema tensão, além de perigoso, seria inútil deixar o estabelecimento aberto: nenhum cliente apareceria. Maya contra-argumentara, afirmando que precisavam de dinheiro; quase não havia mais comida na despensa. Não que se encontrasse muita para ser comprada na Vila naqueles dias, de qualquer modo.

No fim das contas, decidiu manter a livraria aberta, apesar de também estar doente — a febre que tivera depois de seu resgate retornara. Maya não se achava em estado tão ruim quanto o pai, mas também não se enganava: sabia que havia algo de errado.

A mãe tinha razão, Maya logo percebeu. Em primeiro lugar, em vários dias não havia aparecido nem um único cliente. E, muito mais importante, naquela tarde, uma grande briga de rua eclodira na Praça, e a confusão não tardara a se alastrar para junto da livraria.

Encolheu-se atrás do balcão para se proteger dos estilhaços. Quando tornou a se levantar, viu o chão acarpetado por cacos de vidro e sentiu o vento suave e frio no rosto: a fachada da livraria já não existia mais. Na Praça, uma cacofonia de gritos de fúria se misturava a outros de misericórdia, todos se mesclando com o ruído de coisas sendo quebradas: o tilintar dos vidros, o som oco da madeira contra madeira e o agudo de metal quebrando o que quer que encontrasse pela frente. A maior parte da briga se afastara para o outro lado da Praça, mas ainda choviam pedras e pedaços de pau por perto. No chão, os feridos se contorciam de dor e gritavam em agonia. Na calçada junto à livraria, Maya viu um homem com o braço quebrado, agachado no chão à procura dos dentes que perdeu.

Tencionou ajudá-lo, mas, no momento em que contornava o balcão, foi surpreendida por duas figuras vestidas com as longas togas brancas que saltavam pela vitrine arruinada. Uma delas permaneceu mais para trás, enquanto a outra se adiantou e agarrou o seu pescoço com uma mão que parecia de ferro. Maya tentou gritar por socorro, mas a voz não saiu.

A figura que a imobilizava usou a mão livre para tirar o capuz. Era Noa.

Maya, nauseada, teria vomitado se a sua garganta não estivesse sendo apertada com tanta força.

Quando Noa enfim a soltou, Maya arquejou, cambaleando para o lado e apoiando-se no balcão para não cair.

Noa partiu para cima dela, endireitando-a com as duas mãos e a esmagando contra o balcão.

— Você não devia ter me dispensado... — rosnou ele. — Onde está aquele seu heroizinho? — Olhou para o companheiro de toga que permanecia mais afastado. Ele também retirara o seu capuz: era Erick, o amigo truculento com quem sempre andava. — Você vê o Martin por aqui, Erick?

Erick apenas grunhiu em apoio ao questionamento. Maya não o conhecia bem, mas, por algum motivo, desconfiou que suas respostas não costumavam ir além daquilo.

— Você e essa sua turma de criminosos não estariam fazendo estas barbaridades se o Martin e os homens do *Firmamento* estivessem por aqui...

Maya não chegou a ver a mão espalmada de Noa aproximando-se do seu rosto, apenas sentiu o impacto avassalador e a dor aguda. Foi jogada para o lado e teria caído no chão se não tivesse colidido contra o balcão.

— Cale a boca! Quem manda aqui sou eu! Agora não vai demorar. Vamos tomar conta de tudo isso — disse ele, gesticulando em direção à Praça.

— Largue a moça — disse uma voz baixa, mas firme, na entrada da livraria.

Noa virou-se em um ímpeto de fúria, no entanto, quando identificou o homem que proferiu a ordem, seu semblante se desmanchou. Tentou falar, mas foi interrompido:

— Sumam. Os dois.

Noa saiu em disparada, seguido por Erick.

Maya ergueu o olhar para a figura que havia afugentado Noa e Erick e teve um sobressalto: o homem usava as vestes brancas inconfundíveis de um Ancião. Trazia sobre os ombros uma capa marrom, que ocultava a sua identidade apenas para quem o observasse a distância.

O visitante retirou o capuz. Por uma fração de segundo, Maya imaginou que veria o rosto pálido e sem vida do Ancião-Mestre. Mas o homem parado na sua frente não era Dom Cypriano. Devia ser um dos outros quatro Anciãos; Maya conhecia o rosto, mas não seu nome.

Sentiu o medo crescer. E se o pior ainda estivesse por vir? Afinal, ficara sozinha e indefesa. Mas Maya sabia traduzir o que um olhar tinha a dizer, e os olhos daquele estranho traziam uma mensagem diferente.

— Você está ferida?

Maya endireitou-se, ainda escorada no balcão, e respondeu:

— Não.

O homem aproximou-se com um passo cauteloso, vigiando a rua. Maya entendeu que ele estava mais assustado do que ela própria.

— Sou Dom Gregório — disse ele. — Sei que isso parecerá inaceitavelmente estranho para você, mas preciso da sua ajuda.

Ela entreabriu a boca em espanto. Sem saber o que pensar, ficou em silêncio e deixou que ele prosseguisse.

— Não posso ser visto conversando com você. Assumi um grande risco vindo até aqui — continuou o Ancião, caminhando até a vitrine quebrada e vasculhando com os olhos a Praça que agora convalescia com o fim da briga. Retornou para perto de Maya e completou: — Encontre-me dentro de uma hora em uma taberna na rua do Porto.

— Uma taberna?

— Sim. É o último local onde pensariam em me procurar. Além disso, a escória que frequenta o lugar não dará a mínima para nós. Estão acostumados a ver coisas estranhas.

Antes que Maya pudesse perguntar do que se tratava, ele partiu em direção à rua. Na soleira, virou-se e disse:

— Use um capuz. Num lugar como aquele, você não vai querer que saibam que é uma mulher.

Ainda atordoada com tanta coisa acontecendo em tão pouco tempo, Maya inquiriu, sem pensar no que estava fazendo:

— Qual o nome da taberna?

O Ancião já tinha chegado à calçada.

— A *Sombra do Mar*. — E desapareceu na Praça.

CAPÍTULO III

CRISTOVÃO DURÃO

Ricardo Reis abriu a porta e deixou Martin entrar primeiro.

O quarto era uma água-furtada um pouco apertada, mas muito bem iluminada. Longos tapetes de luz escarlate desenhavam-se no piso pela luminosidade que entrava através de duas grandes janelas retangulares. A mobília de madeira era antiga e maltratada: à esquerda havia uma cama e uma mesa de cabeceira e, à direita, apenas uma cômoda. No chão, de ambos os lados, bem como amontoados junto às paredes, viam-se pilhas de livros e pergaminhos, misturados com baús para roupas. Bem em frente repousava uma imensa escrivaninha de madeira arranhada e envelhecida; sobre ela, empilhavam-se livros, cotos de velas e um grande mapa aberto. E, atrás da mesa, com a silhueta impressa contra as janelas que ficavam na parede oposta, estava seu pai.

Martin sentiu a respiração sair de ritmo; o coração ainda em disparada. Se estivesse vivendo um sonho, então aquela seria a hora exata em que deveria acordar. Mas não acordou. Em vez disso, endireitou o corpo e fixou os olhos na figura do pai. Ele estava diferente.

O pai sempre tivera uma compleição física poderosa: era alto, forte e com um semblante de contornos angulosos que transmitia determinação, além de olhos castanhos que nada deixavam de ver. Agora estava tão magro que os ossos desenhavam saliências na pele; os olhos continuavam atentos, mas escondiam-se fundos nas órbitas. Já o rosto trazia, antes de mais nada, um grande número de cicatrizes e arranhões. No braço esquerdo, uma grossa atadura envolvia um ferimento que não aparentava ser superficial.

Cristovão não estudou o filho nem por um segundo: apenas saltou da cadeira e, num piscar de olhos, Martin sentiu seus braços o envolverem com força. Lágrimas lhe inundaram o rosto e turvaram a visão por completo quando enfim se separaram do abraço.

— Martin... — balbuciou o pai, segurando seu rosto com as mãos.

O rapaz nada escutou, precisaria de mais alguns segundos para deixar a mente aceitar a ideia de que estava mesmo diante do pai. Ele pareceu entender e dirigiu-se a Ricardo Reis, logo ao lado.

— Eu sabia que se havia alguém em todo o Além-mar capaz de trazer meu filho em segurança até mim, este alguém seria você — disse ele, abraçando seu antigo imediato. — Obrigado, meu amigo.

Ricardo Reis estudou o ferimento que o pai tinha no braço.

— O que aconteceu? Vimos o *Tierra Firme* no porto...

Cristovão voltou-se para Martin.

— Vocês estão bem?

— Estamos... — respondeu Martin.

O pai suspirou.

— Fomos atacados. Em pleno Mar do Crepúsculo.

— Knucks...

— Sim. Eles nos pegaram de surpresa, mas acho que não era a intenção dos monstros nos destruir, caso contrário não estaríamos aqui. Creio que nos espionavam, coletando informações, mas com que propósito ainda não sei.

— O *Tierra Firme* está muito avariado. Nossos homens? — questionou Ricardo Reis.

Cristovão baixou o olhar por um instante e respondeu:
— Perdemos quinze bons homens.
— Quase um terço da tripulação — concluiu Ricardo Reis, horrorizado.

O pai de Martin assentiu.
— A luta foi muito dura. Não quero nem imaginar o que teria acontecido se os monstros não tivessem se retirado.
— Eu quero rever os homens, mas antes preciso pagar a taxa portuária.
— Quanto o oficial de porto lhe cobrou?
— Cinquenta luares.

Cristovão sacudiu a cabeça.
— É mais do que o dobro do que cobravam há menos de um mês. As coisas mudaram muito por aqui desde que você partiu. Precisamos conversar. Pague a taxa, depois nos reuniremos na taberna. — Dirigiu-se à mesa de cabeceira, retirou de uma das gavetas um saco de tecido escuro e o entregou a Ricardo Reis.
— Vou voltar ao navio e pagar aquele oficial de porto antes que ele nos cause problemas. Vocês têm muito o que conversar. — Pousou uma mão no ombro de Martin.

Assim que o capitão do *Firmamento* partiu, Martin perguntou:
— Por que você não me levou junto?

O pai o estudou por um segundo.
— Você cresceu muito. Já é praticamente um homem.

Martin permaneceu em silêncio.
— Sente-se, filho — disse ele, indicando uma cadeira perto da escrivaninha. Cristovão acomodou-se no mesmo local que ocupava quando eles entraram no quarto.
— Eu poderia ter ajudado.

O pai sorriu.
— Eu sei que sim.
— Então por que não me trouxe junto com você?
— Quando parti da Vila — ajeitou-se na cadeira —, você tinha quatorze anos e um coração cheio de dúvidas e receios,

como não poderia deixar de ser em alguém dessa idade. Mas esse não foi o principal motivo. A verdade é que eu não sabia o que me esperava no Além-mar; parte de mim achava que era apenas uma jornada para a morte certa. Outra, porém, sabia que tinham de existir respostas além do horizonte da Vila. Com tamanha incerteza em jogo, eu não arriscaria trazê-lo comigo.

— E por que ao menos não me contou a verdade?

— Conhecer a verdade o colocaria em perigo, Martin.

Martin endireitou o corpo, mas ficou em silêncio.

— Ninguém, especialmente um garoto de quatorze anos, poderia conhecer coisas tão terríveis e, até mesmo sem querer, não se colocar em perigo — prosseguiu o pai. — Sinto muito por não ter dito a verdade e sinto mais ainda por tê-lo deixado nas mãos do tio Alpio.

O jovem soltou um suspiro de desgosto.

— Uma verdadeira pústula. Ele e o filho.

— Do pior tipo!

Martin permitiu-se apenas um sorriso tímido, enquanto o pai ria de verdade.

— Mas, em determinado momento, você achou que tinha que enviar Ricardo Reis para cuidar de mim e para me buscar — disse Martin, sério novamente.

— Sim. Aquilo exigiu extrema coragem da parte dele. Esse é um homem extraordinário, como tenho certeza de que você já sabe a estas alturas.

Martin pensou por um momento.

— Você ainda não respondeu. Por que mandar o seu melhor homem para me buscar?

O pai sorriu mais uma vez.

— É difícil esconder algo de você — replicou ele, divertindo-se. — Depois de algum tempo aqui, uma coisa muito importante aconteceu. Uma suspeita. Algo que precisava ser verificado — completou Cristóvão em tom sério. — Passou a ser necessário que você estivesse aqui comigo.

— Algo que diz respeito a mim?

— Sim, Martin, mas eu ainda não estou pronto para falar disso. Vou precisar de mais algum tempo para colocar as peças que faltam em seus devidos lugares.

Mais segredos...

Depois de um longo silêncio, Martin completou, resignado:

— Entendo que me deixar aos cuidados de um funcionário da Zeladoria desviava boa parte da atenção que eu poderia receber.

— Era essa a minha ideia — concordou o pai. — Conte-me tudo que aconteceu desde a minha partida.

Martin começou a relatar, a princípio relutante, mas depois de forma espontânea, o que se passara desde que o *Tierra Firme* deixara a Vila. Descreveu todos os eventos, do clube de leitura à missão de resgate do *Firmamento*.

— Maya... eu me lembro dela — disse o pai em meio a um sorriso. — Vocês viviam juntos quando eram crianças, rabiscando naquele livro...

Martin riu.

— Nunca achei que você tivesse notado.

— Jura? Sei que foi a brincadeira de escrever aquela história que o alfabetizou de verdade. — Fez uma pausa e, com o rosto sério, completou: — Você a salvou. Você e Ricardo Reis resgataram aquelas pessoas. Não tenho palavras para dizer como estou orgulhoso, Martin. — Pensou por mais um momento e então disse em tom ainda mais sóbrio: — E tem razão: eu errei. Eu o subestimei, deveria tê-lo trazido comigo.

Martin observou o homem sentado do outro lado da escrivaninha por um momento e o reconheceu: por baixo das rugas de preocupação e das cicatrizes que tinha no rosto, ali estava o pai que sempre conhecera. Era a mesma pessoa.

— Precisamos voltar, pai. Temos de levar o *Firmamento* e o *Tierra Firme* para garantir a segurança da Vila. Achamos que os Anciãos estão tramando contra Heitor, e os Knucks podem...

— Não é possível, Martin — o pai o interrompeu.

— Mas precisamos!

Cristovão sacudiu a cabeça.

— Eu trouxe o *Tierra Firme* para este lugar com um propósito: buscar conhecimento. Pense bem, filho, qual é o nosso objetivo verdadeiro?

Martin não precisou pensar.

— Acabar com os Knucks.

O pai assentiu.

— Não podemos fazer isso vivendo como vivemos na Vila, na mais completa ignorância, sem saber nada a respeito do mundo que nos cerca.

— Então foi isso que fizeram todo esse tempo: viajaram pelo Mar do Crepúsculo.

Cristovão anuiu com um aceno.

— Vivemos como mercadores, transformando o *Tierra Firme* em um navio de transporte de carga. Foi tanto uma maneira de viajar e aprender coisas novas sobre o Além-mar, quanto de ganhar algum dinheiro, algo que nesta sociedade é muito importante. Mais ainda do que lá na Vila, se você quiser acreditar em mim.

— E o que descobriu? Podemos derrotar os monstros?

O pai pareceu encolher-se à pergunta e uma longa sombra encobriu seu rosto. Havia muitas verdades que desconhecia e nenhuma delas era boa, percebeu naquele momento.

— Não sei... acho que não. Existe uma disputa de poder dividindo este lugar. Se não fosse por isso, quem sabe não teríamos uma chance de todos nós nos unirmos contra o inimigo comum.

— Foi por isso que o *Tierra Firme* não voltou.

Cristovão levantou-se e recuou até uma das janelas retangulares. Martin o acompanhou e postou-se ao seu lado, ambos observando o movimento da rua lá embaixo.

— Sim. Aprendi muito a respeito do que existe no Além--mar e lutei para tentar unir essas pessoas, mas, em nenhum momento, cheguei perto de conseguir nada na prática. Estão todos imersos nos próprios problemas de tal forma que se esquecem do resto.

— Na Vila é a mesma coisa — observou Martin.

O pai suspirou.

— Sei que a situação na Vila é complicada. Heitor não durará muito no comando da cidade. Os Anciãos em breve retomarão o poder.

Uma faísca de dúvida se acendeu. Confuso, Martin voltou a sentar. Pensou por mais um momento e então perguntou:

— Heitor assumiu a Zeladoria há poucas semanas. Como é possível que saiba o que se passa na Vila?

O pai também retornou para sua cadeira.

— Sei que você já conhece algumas verdades, mas, ainda assim, não imagina como é profunda a mentira a que os Anciãos nos submetem. O entendimento que temos do nosso mundo é falso, Martin.

— Entendemos o que as pessoas daqui dizem e lemos o que escrevem. Não compreendo a razão.

— Vejo que a sua mente já está preparada para o que vou dizer — Cristovão ajeitou com força a faixa que cobria o ferimento no braço; era evidente que a ferida o incomodava. — Os Anciãos têm conhecimento desta grande civilização no Mar do Crepúsculo. E, mais ainda: pessoas, algumas com autorização e outras clandestinamente, viajam entre a nossa cidade e este local.

Martin ficou chocado. A mente voltou-se para a lembrança de Maelcum enclausurado na cela mais isolada da masmorra da Zeladoria. Era aquele o temor mais abjeto que os Anciãos tinham? Uma vez solto, o homem louco poderia berrar em alto e bom som que a Vila não era única no universo, contrariando o que pregava a doutrina Anciã.

— Como isso é possível? Alguém sem dúvida teria visto um barco estranho junto da rua do Porto.

— Teria mesmo? Você acaba de vir do porto da Cidade do Crepúsculo, então me diga: viu alguma diferença entre as dezenas de embarcações pesqueiras de menor porte e os barcos equivalentes da nossa Vila?

Martin tinha de admitir: inexistia diferença. Todos eram barcos diminutos feitos de madeira envelhecida por anos no mar, com remos e pequenas velas. Os maiores tinham uma coberta, além dos porões de carga, mas o formato era sempre mais ou menos o mesmo.

Seu pai prosseguiu:

— Há várias maneiras de isso acontecer. Se o barco pesqueiro for da própria Vila, ninguém saberá se ele veio de uma sessão de pesca nas águas da cidade ou se procede de muito mais longe. Para cargas mais discretas, o barco poderia aportar próximo aos estaleiros dos Armadores no extremo norte da Vila. Nesse caso, basta tomar o cuidado para que a aproximação seja feita em horário de trabalho, quando o canhoneiro não está em seu posto.

Martin estava perplexo.

— Cargas mais discretas?

— É claro — disse o pai, levantando as sobrancelhas e os ombros como se aquilo fosse óbvio. — De onde você acha que os Anciãos tiraram todo aquele mármore que há na Casa? De onde você imagina que sai a matéria-prima para as fundições que funcionam nas entranhas da Casa dos Anciãos? Deixe-me lembrá-lo que, a cada seis meses, os Armadores constroem um navio e que cada um deles é equipado com canhões que saem prontos da Casa. A lista é longa, posso continuar se você quiser...

— E quem faz esse comércio? — indagou Martin, sentindo a cabeça girar.

— Mercadores, foras da lei, simples pescadores... qualquer um que tenha coragem suficiente para enfrentar a Singularidade em troca de um bom dinheiro.

— Então é por isso que você sabe de tudo que se passou na Vila. E também é por isso que entendemos o que estas pessoas dizem...

— Sim. Há um fluxo permanente, embora muito pequeno, de gente entre o Mar do Crepúsculo e o Mar Negro, como é conhecida a região onde fica a Vila. E ainda mais importante: somos todos originados de uma antiga civilização comum. Mas isso é outra história.

Martin deu tempo para que a mente aceitasse o que tinha ouvido. Imerso nos próprios pensamentos, descobriu-se estudando o mapa que o pai abrira diante de si.

— O que é este lugar?

— Você está vendo ao contrário. Venha para cá.

Martin levantou-se, fez a volta na mesa e ficou em pé ao lado pai. Cristovão afastou alguns livros que encobriam um pedaço do documento.

— Este é o Mar do Crepúsculo — explicou, apontando para o canto inferior esquerdo do mapa. — Não se trata de uma coisa só, e sim de uma união de inúmeras ilhas e arquipélagos povoados por pessoas muito diferentes entre si e com culturas também distintas. Todas as ilhas, porém, são governadas por uma única autoridade religiosa.

O Mar do Crepúsculo encontra-se dividido em duas partes: mais ao sul temos três grandes ilhas. Elas são os locais mais populosos e de comércio mais rico.

Martin observou as três extensões de terra localizadas ao sul. A maior e mais oriental continha a Cidade do Crepúsculo. Ao norte, uma miríade de ilhas menores se esparramava no sentido leste-oeste.

— E no norte?

— Aqui em cima, uma vasta variedade de povos ocupa as ilhas. Juntas, são conhecidas como a Fronteira. Todos lá estão sob a proteção dos Talir, uma dinastia de grandes navegadores, homens honrados que amam o mar acima de tudo. Eles vivem nesta ilha junto ao extremo leste da Fronteira. Nastalir é como é conhecida tanto a ilha quanto a sua cidade.

— E você já esteve lá?

O pai sorriu e virou-se para Martin, entusiasmado.

— Sim. Nastalir é a cidade mais bela que já visitei.

— Mais ainda do que esta? — perguntou Martin, incrédulo.

Alguma lembrança iluminou o semblante do pai. Ele se levantou de repente e disse:

— Muito mais. Você verá. — O rosto que o contemplou por algum tempo depois disso era diferente, de leitura mais difícil. Martin percebia que algo atormentava o pai. Por fim, Cristovão anunciou: — Marinheiros são uma raça supersticiosa, e a tradição manda que os recém-chegados visitem a primeira taberna que aparecer no caminho. Venha, filho. Vou lhe pagar uma cerveja — disse o pai, envolvendo um Martin risonho com um braço às suas costas.

CAPÍTULO IV

A TABERNA "A SOMBRA DO MAR" NO MAR DO CREPÚSCULO

Assim que pisou na calçada em frente da pensão, Martin teve a atenção capturada por um som contínuo, um ronronar baixo e sincronizado. Olhou para o lado e viu uma longa coluna de homens de pele e cabelos muito brancos, deslizando pela rua abaixo. Eram albinos e estavam vestidos com mantos igualmente claros e compridos que se arrastavam pelo chão. Emitiam o estranho ruído em uníssono, com a boca fechada. Um deles dirigiu o olhar para Martin. O rosto como o de um fantasma o fitou com olhos sem vida, cor de ébano. A figura fez um gesto rápido com uma das mãos: colocou-a espalmada diante dos olhos, de forma a lhe encobrir a visão. Durou apenas meio segundo; logo após, o albino desviou o olhar e seguiu a procissão.

— Esse é o sinal de cumprimento das Vozes — explicou o pai. — Indica que são indiferentes à visão. O que importa são as palavras de Prana, que escutam em seus ouvidos.

— Vozes... Prana?

— As Vozes são o grupo religioso que mencionei, e Prana é o seu deus. São eles que mandam por aqui, e você deve ter sempre muita cautela com todos. Na dúvida, se for interpelado por uma Voz, finja ser o mais crente que puder.

Martin pensou nos rapazes de manto cinzento que tinha agredido e, de repente, viu-se invadido por um mau pressentimento.

— Por que se chamam de Vozes?

O pai começou a caminhar pela calçada movimentada.

— São chamados de Vozes, ou Tar, porque, após um longo período de aprendizado, conseguem dominar uma técnica que lhes permite escutar a voz de Prana diretamente em seus ouvidos.

Martin fitou o pai, incrédulo. O conceito de religião era algo estranho para ele. Na Vila, os Anciãos não consideravam sérios quaisquer tipos de culto. Argumentavam que a única devoção que o cidadão comum deveria ter era para com a Lei e a Ordem Anciã.

— E o que esse deus Prana diz?

— Muitas coisas, mas principalmente fornece conselhos e fala o que devem fazer em situações difíceis.

— Prana diz isso a eles? Como?

— Quando é necessário tomar uma decisão importante, as Vozes conduzem uma cerimônia conhecida como Recital. Nela, o sumo sacerdote, um homem chamado Tar-Salatiel, entra numa espécie de transe que é desencadeado por uma substância sagrada e muito rara, as Lágrimas de Prana. Segundo as Vozes, durante esse estado mental alterado ele é capaz de ouvir os conselhos de Prana.

— E você acredita nessa loucura?

O pai sacudiu a cabeça.

— Não acho que seja possível falar com deus, mas, de qualquer forma, essas pessoas levam Prana muito a sério. Tenha cuidado ao abordar o assunto por aí.

Menos de um minuto depois, chegaram ao destino. A taberna A *Sombra do Mar* funcionava no primeiro andar da pensão de mesmo nome. Embora ficassem no mesmo prédio, pensão e taberna tinham entradas distintas. Segundo o pai explicara, aquela era uma forma de não alastrar para a pensão as confusões que, com frequência, eclodiam na taberna.

A *Sombra do Mar* era uma espelunca acolhedora. Um lugar apertado e abafado, com o ar cheirando a cevada e suor. À luz de velas e candelabros, viam-se redemoinhos de névoa de cachimbo. Nos fundos, um balcão em forma de "L" montava guarda sobre as pequenas mesas de madeira que se amontoavam mais à frente. Nas paredes, desenhos desbotados de galeões dividiam espaço com outros que retratavam mulheres com pouca ou nenhuma roupa.

Quando entraram, o dono do estabelecimento os saudou detrás do balcão, fazendo o gesto das Vozes de tal forma que deixou Martin a imaginar se ele estava bêbado ou apenas desdenhando dos sacerdotes. Era um homem franzino, com olhos espertos de mercador e uma cabeleira negra espessa; do topete, pendia uma única mecha de cabelos completamente brancos.

A taberna estava cheia, tiveram que desviar por entre mesas ocupadas até encontrar uma vazia, próximo ao balcão. O pai pediu duas cervejas especiais de Nastalir para comemorar a chegada do filho. Ao escutar o pedido, o taberneiro trovejou em resposta:

— Se vossas senhorias querem essa droga, que nadem até Nastalir. Aqui só tenho cerveja da Cidade.

— Que seja, Don, apenas nos traga a cerveja... e um pouco de peixe frito.

Minutos depois, o dono da taberna aproximou-se, equilibrando uma bandeja em uma das mãos. Ainda resmungando, deixou sobre a mesa uma travessa com comida e dois grandes canecos cheios até a borda com uma cerveja espessa de cor âmbar.

Assim que Don se afastou, brindaram a chegada em segurança do *Firmamento*. A cerveja encorpada desceu queimando pela garganta de Martin. Já tinha experimentado cerveja na Vila algumas vezes, mas nada que se comparasse àquela variedade forte.

Martin provou o peixe frito e ficou feliz em constatar que o gosto era muito melhor do que o aspecto.

— Algo saiu errado na última viagem do *Tierra Firme* — observou Martin, fitando o braço enfaixado do pai. — Você parece surpreso com isso. Achei que estas pessoas estivessem ameaçadas pelos monstros tanto quanto nós.

— E estão. Acontece que a divisão que mencionei entre as ilhas do sul e a Fronteira, ao norte, não é apenas geográfica — respondeu o pai. — Embora todos respondam aos sacerdotes, dois grandes grupos detêm muito poder e participam da tomada de decisões junto aos religiosos. No sul, este grupo é a Ordem do Comércio e, na Fronteira, os Guardiões. A Ordem do Comércio tem dinheiro e prestígio, mas é dos Guardiões a tarefa mais nobre: liderados pelos Talir, eles garantem que os monstros permaneçam fora do Mar do Crepúsculo.

— Então, entre esta cidade e os monstros ficam os homens da Fronteira — concluiu Martin.

O pai assentiu.

— E, pelo que sei, em dois mil anos os Guardiões nunca falharam em sua missão.

— Até agora.

Cristovão abriu os braços num gesto de dúvida.

— Em dado momento destas últimas semanas, alguma coisa importante aconteceu. Algo que mudou todo o equilíbrio do Além-mar.

Martin foi tomado pelo espanto e fitou o pai com incredulidade. Não podia ser aquilo. Mas o pai emendou:

— Sim, é isso mesmo que você está pensando: a missão de resgate do *Firmamento*.

Martin refletiu a respeito. A empreitada fora única em muitos aspectos: nunca antes os monstros haviam sido enfrentados em uma ofensiva pelo povo da Vila, e, talvez ainda mais importante, se os Anciãos mantinham alguma espécie de acordo com os Knucks, as poucas horas que durara a missão do *Firmamento* poderiam ter desfeito séculos de algum acerto secreto. Se aquilo fosse verdade, involuntariamente, tinham posto fim a um armistício que vigorava desde a Fundação da Vila. Martin lembrou-se de Heitor, o qual, mesmo sem saber de tudo que agora sabiam, comentou a respeito daquela possibilidade: "*O que acontecerá se os navios deixarem de partir da Vila, como tem acontecido nos últimos dois mil anos?*".

Naquele momento, Ricardo Reis surgiu pela entrada da taberna e se dirigiu para a mesa onde eles estavam.

— Cerveja... — murmurou ele enquanto deixava o corpo cair na cadeira ao lado de Martin.

O capitão do *Firmamento* parecia exausto: ostentava longas olheiras e tinha a testa úmida de suor. Martin estranhou ver a maneira como ele estava abatido, muito mais do que os outros homens da tripulação, que haviam feito a mesma viagem (incluindo o próprio Martin).

Cristovão sinalizou para que Don trouxesse mais uma caneca de cerveja.

— Paguei a tarifa portuária e arranjei acomodação para metade da tripulação em uma pensão barata junto ao porto. A outra metade dos homens deixei a bordo para vigiar o navio. Combinei que se revezarão, de modo que todos tenham oportunidade de dormir em terra.

— Muito bem — disse Cristovão. — Assim que tiverem descansado um pouco, leve-os para ajudar nos reparos do *Tierra Firme*. Quero que o navio esteja pronto para navegar o quanto antes.

Ricardo Reis assentiu.

— Não tenho fome — disse ele, lançando um olhar desconfiado para o peixe frito. Recuperando o fôlego, continuou: — A Cidade está mudada. As pessoas parecem mais nervosas e preocupadas do que de costume.

Cristovão lhe explicou sua teoria a respeito das consequências da missão de resgate do *Firmamento*. Antes que pudessem escutar a sua reação, porém, a atenção de todos se desviou para a entrada da taberna: três homens com mantos verde-claros conversavam em voz baixa. Pouco tempo depois, um deles entrou e rumou para mesa onde estavam. A dupla restante postou-se junto à porta. Martin percebeu o volume que as mãos pousadas no cabo das espadas faziam sob os mantos. Fossem quem fossem, eles não se sentiam nem um pouco à vontade naquela cidade.

Mesmo com o rosto oculto, reconheceu a figura que se aproximava: era o rapaz que o ajudara no incidente com os mantos prateados e os jovens de toga cinzenta. Ele manteve o capuz cobrindo o rosto e só o removeu quando já estava sentado à mesa, de frente para Martin e o pai.

— Príncipe Eon, estou surpreso em vê-lo na cidade — saudou Cristovão. — Mas é sempre um prazer, meu amigo.

O rosto sério do rapaz não se alterou por nem um segundo, mas ele usou as duas mãos para apertar a que Cristovão havia lhe oferecido. Algo deu a Martin a certeza de que não eram apenas meros conhecidos.

— Martin, este é o príncipe Eon de Nastalir — disse o pai. — E este, Eon, é o meu filho — completou, voltando-se para o visitante.

— Já nos encontramos. Espero que tenha ficado tudo bem depois da nossa partida.

Cristovão entreabriu a boca em espanto, ao que Martin descreveu o incidente para o pai.

— Espancando um atchim... — disse Eon, sacudindo a cabeça. — Essas pessoas daqui às vezes nos deixam com vontade de questionar o juramento que fizemos de protegê-las.

— Eu sinto muito, Cristovão — falou Ricardo Reis. — Quando vi, era tarde. Martin já estava sobre os Sussurros.

— Sussurros? — perguntou Martin.

— São como as Vozes chamam os aprendizes, já que eles apenas escutam os sussurros de Prana, mas ainda não são capazes de compreender suas palavras — explicou o pai.

Martin sentiu um nó no estômago. Tinha levado apenas alguns minutos para se meter em confusão... e logo com as Vozes!

O pai franziu a testa e prosseguiu em tom preocupado:

— Qualquer agressão aos sacerdotes é considerada um crime muito grave. Vocês serão procurados por isso. — Fitou a dupla de recém-chegados. — Se Eon não tivesse aparecido... — Dirigiu-se agora ao príncipe: — Obrigado.

— Foi um prazer ajudar.

— De qualquer forma, fico feliz que tenha intervindo, Martin — completou o pai, seu rosto suavizando-se. — Agredir um atchim é uma covardia inaceitável.

Martin pensou em perguntar o que era a estranha criatura que salvara, mas a ideia foi interrompida por Ricardo Reis, que se levantou e anunciou que precisava retornar ao porto para cuidar dos rapazes e do navio. Ele parecia ainda mais cansado do que ao chegar.

Depois que se despediram, o pai comentou para Eon:

— Ouvimos rumores perturbadores vindos da Fronteira. Muitos mercadores estão aportando apavorados na Cidade, dizendo que há guerra por lá e que o lugar está infestado de monstros. Alguns até afirmam que avistaram as velas negras dos barcos Knucks no horizonte. Ninguém mais quer partir, o comércio está paralisado e, os cais, abarrotados de embarcações.

— Sim, é verdade — respondeu Eon. — Há algumas semanas tudo mudou. Os ataques dos monstros se intensificaram de uma maneira que nunca nenhum de nós jamais viu. Luta-se ao longo de toda a Fronteira.

— E o que vocês têm feito? — perguntou Cristóvão.

— Enviamos um comunicado a todos os povos da Fronteira para que se preparem para uma guerra aberta. A Frota da Fronteira está sendo mobilizada.

Cristóvão recostou-se na cadeira.

— Não fazia ideia de que era tão sério.

— É muito sério. A situação se agrava a cada dia. Com o comércio paralisado, estamos enfrentando escassez de todo o tipo de suprimentos que precisamos para manter a Frota em condições de lutar. Em muitos lugares mais afastados, as pessoas já estão passando fome.

— E é por isso que você veio à Cidade? — perguntou o pai.

Eon assentiu.

— Fui enviado para tentar negociar com os Comerciantes daqui... Uma perda de tempo. O senhor Veress doutrinou bem os seus subordinados, ninguém nos vende nada. O pouco que consegui foi no mercado negro e não chega nem perto do que precisamos.

— Não entendo — interpôs Martin —, vocês defendem o Mar do Crepúsculo dos Knucks, e as pessoas desta Cidade não querem nem ao menos deixar que se abasteçam?

— Sei que parece estranho, mas as coisas são complicadas. A verdade é que existe uma disputa histórica entre Guardiões e Comerciantes.

— Mesmo com a ameaça de uma invasão?

— Esse senhor Veress, o líder da Ordem do Comércio, é um homem perigoso. Ainda não sabemos o que ele pretende.

— Mas não irá ajudá-los — Cristovão voltou a falar.

— Achamos que não — concordou Eon.

— E o que as Vozes dizem disso tudo? — indagou o pai de Martin.

— As Vozes estão atormentadas com seus próprios problemas: ouve-se por toda parte que as Lágrimas de Prana estão acabando.

O espanto desenhou-se no rosto do outro, que elucidou ao filho:

— Sem as Lágrimas, os sacerdotes não podem ouvir Prana e, em tese, não poderiam governar.

Eon concordou com um aceno cauteloso.

— Se as Vozes abdicarem do poder, Guardiões e Comerciantes disputarão o comando do Mar do Crepúsculo.

— Agora entendo a falta de disposição do senhor Veress em ajudar vocês — disse Cristovão, sacudindo a cabeça.

— De qualquer forma, tudo isso será discutido em um Recital convocado para os próximos dias. — Eon levantou-se. — Preciso ir, amigos. O *Estrela de Nastalir* deve chegar amanhã e ainda há muito por fazer.

Martin e o pai despediram-se de Eon e permaneceram em silêncio.

Em menos de um minuto, escutaram um burburinho de vozes nervosas que vinha da rua. Martin assistiu a Don contornar o balcão e andar apressado até lá. O dono da taberna retornou instantes depois, encaminhando-se à mesa ocupada por eles. Tinha o rosto transfigurado por uma careta de aborrecimento e, assim que chegou perto o suficiente, disparou com a voz irada:

— Ei, vocês! Aquele seu amigo grandalhão que saiu primeiro caiu morto na minha calçada — trovejou. — Tratem de tirá-lo logo de lá. Não quero confusão com os mantos prateados.

O coração de Martin parou e um único pensamento se fixou em sua mente: *Ricardo Reis!*

CAPÍTULO V

A TABERNA "A SOMBRA DO MAR" NO MAR NEGRO

— Enlouqueci... — Maya repetiu para si mesma pela milésima vez.

Depois da partida de Dom Gregório, levara apenas um minuto para decidir ir ao estranho encontro. Vestiu uma longa capa escura, que tinha um capuz bastante amplo para lhe cobrir o rosto, e partiu em direção à rua do Porto.

No trajeto, perguntou-se por que tinha aceitado correr aquele risco. Sabia que podia muito bem estar caindo em alguma espécie de armadilha; a visita do Ancião era bizarra demais para ser compreendida. Apesar disso, não vacilara nem por um instante.

Maya havia participado de todos os acontecimentos que tinham desabado sobre a Vila na condição de mera espectadora, quando muito. Após seu resgate, passara vários dias torporosa, aprisionada na cama e, então, nem mesmo assistir ela conseguia. Em nenhum momento fora capaz de ajudar Martin e os outros na luta contra os monstros e os Anciãos. Aquilo a inquietava e entristecia; antes de mais nada, desejava ter sido útil.

Agora, com os heróis do Firmamento no Além-mar, Maya sabia que tinha chegado a sua vez de lutar. A visita de Noa e Erick à livraria era uma amostra de como seria a vida na Vila assim que Heitor fosse destituído da Zeladoria. Por isso, seguia resoluta para o encontro. Enfim, tinha uma chance de fazer a sua parte.

Maya encontrou a taberna A Sombra do Mar na parte sul da rua do Porto, em meio a casas que pareciam vazias ou abandonadas. Era uma vizinhança tranquila e tão silenciosa que a deixava nervosa. Olhou para os lados de modo a confirmar que ninguém a seguia, puxou um pouco mais o capuz sobre o rosto e entrou.

A taberna era um antro esfumaçado e apertado, com o ar abafado cheirando a suor e tabaco. Tinha um balcão de madeira à direita e cinco ou seis mesas espalhadas à esquerda. Velas queimavam sobre o balcão, e um lampião pendia do teto na entrada, mas, mesmo assim, a luminosidade que preenchia o ambiente não era muito mais do que uma penumbra lúgubre.

Identificou Dom Gregório na mesa mais ao fundo e avançou a passos cuidadosos. Cruzou pelo homem que atendia atrás do balcão, observando-o apenas com o canto dos olhos. Tinha um rosto comum, mas ostentava um detalhe que não podia passar despercebido: uma mecha de cabelos descoloridos na franja, que destoava do resto da cabeleira negra. Maya percebeu que ele a seguia com os olhos, estudando-a enquanto ela passava. Nas outras mesas, os poucos clientes que bebiam sozinhos ou aos pares não deram a mínima importância para a sua chegada — um alívio, pois fosse pelo porte físico, por uma barba por fazer ou porque exibiam cicatrizes grosseiras no rosto, tinham um aspecto rude e ameaçador. É claro que teria sido diferente se houvesse entrado sem o capuz.

Com o coração aos pulos, Maya sentou-se à mesa, na companhia do Ancião. Acomodada, puxou ainda mais o capuz sobre rosto. Deveria tomar cuidado com o gesto, concluiu subitamente: apenas servia para denunciar que ela tinha algo a esconder.

Já Dom Gregório parecia mais relaxado, mas também mantinha o rosto coberto.

— Devemos pedir alguma coisa para beber. Ninguém entra num lugar destes e não bebe nada. — Ele sinalizou para o homem no balcão que, sem dizer nem uma palavra, trouxe duas canecas de cerveja. — Você não pode comentar com ninguém a respeito do nosso encontro e, menos ainda, das coisas que vou lhe contar. Vou colocá-la em grande risco, mas não há outra saída.

Maya forçou-se a experimentar a cerveja. Era negra como o mar da Vila e sobre ela boiava uma espuma amarelada. Deu um primeiro gole tímido, mas descobriu na mesma hora que era muito saborosa.

— O que quer de mim?

O Ancião inclinou-se para a frente, colocando o rosto muito próximo ao seu. Maya temeu por uma fração de segundo que tivesse entendido mal as suas intenções. Concentrou-se em seus olhos e, mais uma vez, viu sinceridade neles. Não era ela o que ele desejava.

— Você já ouviu falar da Biblioteca Anciã?

Maya fez que sim, desconfiada.

— Existe lá uma coleção de livros e pergaminhos que contém uma quantidade assombrosa de informação. Você não acreditaria na história que contam... — disse ele. — Mas, dentre todos os tesouros, existe um volume que é muito mais precioso do que os demais.

— A versão original dos Livros da Criação.

Dom Gregório levantou uma sobrancelha.

— Trabalho numa livraria, esqueceu? — Maya emendou.

A mais tênue sugestão de um sorriso apareceu em seus lábios.

— Muito bem, é isso mesmo. Trata-se, na verdade, de muitos livros condensados em um único volume.

— Somente os Anciãos têm acesso à Biblioteca. Por que o senhor precisa de mim?

Dom Gregório ignorou a pergunta.

— Sei que você sabe do segredo Ancião...

Maya encolheu-se na cadeira, em meio a uma súbita onda de frio. De repente, quis sair correndo e esquecer tudo aquilo.

— Pode parecer uma monstruosidade, mas acredite: tudo foi feito com a melhor das intenções. Selou-se o acordo entre os Anciãos e as criaturas do Além-mar na época da Fundação da Vila; nossa sobrevivência se deu tão somente devido a ele.

— Entregando nossos pais e irmãos como oferendas a cada seis meses... — replicou Maya entre os dentes. A vontade de ir embora tinha passado; agora, sentia-se mais propensa a pular no pescoço daquele monstro.

— Esta foi a parte menor do acordo.

— Menor? Vocês não valem nada... têm sorte por Heitor ser um homem honrado, que não os despachou para o Além-mar.

Ele sacudiu a cabeça.

— Resta muito pouco tempo a Heitor.

— Como assim?

— Deixe-me continuar. A parte maior do acordo é algo que os Knucks obtêm de nós. Algo que há dois mil anos fornecemos a eles e que é feito com base no conhecimento contido em um capítulo dos Livros da Criação.

— E o que é?

Dom Gregório sacudiu a cabeça mais uma vez.

— Isso eu não posso revelar. O que precisa saber é que quando os seus amigos partiram com o Firmamento para resgatar você e os outros, quebraram um acordo milenar. Nenhum de vocês fazia ideia, mas, a partir daquele instante, a Vila passou a estar desprotegida como nunca antes esteve.

Maya esqueceu-se do frio e notou um fio de suor correndo pelas costas. Concluiu:

— Os Knucks já não conseguem aquilo de que tanto precisam, portanto, nada mais os impede de invadir a Vila e realmente matar todos nós.

Dom Gregório assentiu.

— As incursões a que assistimos na nossa história não foram nada. Somos indefesos; os monstros nos aniquilariam em menos de um dia, se assim quisessem.

— E talvez agora queiram.

— Eles precisam muito disso que deixamos de fornecer a eles.

Maya estava horrorizada. Tomou um grande gole da cerveja.

— Ei, calma aí, moça! Preciso de você atenta.

Ela não se importou. As coisas que ele dizia não eram fáceis de se ouvir; além do mais, a cerveja era mesmo muito boa.

— E o que você pretende fazer?

— Dom Cypriano prepara um novo acordo.

Maya pensou por um segundo.

— E você é contra ele.

— Essa ideia em gestação... é algo terrível.

— A Vila? — perguntou Maya.

Pela primeira vez, Dom Gregório baixou o olhar.

— Deixará de existir.

Maya sentiu um nó subir na garganta. Preciso falar com Martin!

— Mas e esses fanáticos de capuzes brancos?

— Idiotas... veneram Dom Cypriano, mas não sabem de nada. Nunca souberam.

O suor lhe escorria da testa e empapava o vestido, todavia, não fora o abafamento da taberna que o provocara.

— E o que você quer de mim?

— Temos de impedir que esse novo acordo seja selado.

— Como?

Espantou-se quando encontrou o olhar de Dom Gregório: expressava intenso pavor e desespero. Aquele homem era um Ancião, como poderia estar tão assustado?

— Preciso que você entre na Biblioteca Anciã e roube os Livros da Criação.

— Por que eu?! — exclamou Maya, com a voz saindo mais alta do que tinha planejado.

— Por mais de um motivo — respondeu Dom Gregório, mais calmo. — Primeiro, os meus colegas me vigiam o tempo todo, já sabem que sou uma voz discordante. Segundo, a Biblioteca é imensa. A única pessoa que pode localizar o livro é o Bibliotecário, um homem no mínimo... estranho.

— Aquele que foi criado dentro da Biblioteca e nunca viu a Vila ou falou com outra pessoa que não um dos cinco Anciãos?

— Sim, Maya. Ele mesmo — confirmou Dom Gregório. — Acontece que o Bibliotecário é também... um homem.

Maya enrubesceu de raiva.

— Você quer que eu o seduza? — indagou, horrorizada.

— Eu sinto muito — disse ele, e parecia sentir mesmo. — Faça o que for necessário para ganhar a sua confiança. Ele precisa gostar de você para lhe mostrar onde está o livro. Quando você descobrir, roube-o.

— E depois?

— Depois, mandaremos o livro para Martin e o pai dele, Cristovão Durão. Eles saberão como proceder.

A menção ao nome de Martin tirou seu fôlego.

— Você sabe onde ele está? — perguntou ela, as palavras saindo uma a uma, desesperadas.

Ele assentiu.

— Sim. E, até onde ouvi, ele, o pai e os companheiros estão em segurança.

— Mas onde? — insistiu ela.

— Existe uma grande civilização no Além-mar, Maya. E não me refiro aos monstros. Há pessoas como nós, vivendo em grandes cidades, muito maiores do que a nossa Vila. E é chegada a hora desses povos, que já foram um só, se unirem outra vez.

Maya não conseguia mais falar. Dom Gregório colocou sobre a mesa um par de chaves douradas, unidas por uma pequena corrente de metal. Explicou como e onde deveria usá-las para entrar na Biblioteca Anciã. Depois, levantou-se e foi embora.

Ela ficou sozinha, tentando dar um sentido a tudo que ouvira: Martin estava em um local que não a Vila! Uma outra civilização... Malditos fossem todos os Anciãos e as suas mentiras!

A noção de que deveria partir, de que não podia ficar ali sozinha, a levou a erguer-se em um ímpeto... intenso demais. O gesto apressado fez com que o capuz deslizasse para trás; seu rosto estava exposto, e os cabelos esvoaçaram por um momento.

Maya congelou. Não identificou ninguém com a atenção fixa nela, mas sabia que todos na taberna a fitaram com olhos que nada veem, mas que tudo enxergam.

CAPÍTULO VI

BRAD, O ATCHIM

Ricardo Reis não estava morto, mas o corpo que encontraram estirado na calçada quase em frente à taberna ardia com uma febre tão intensa e achava-se entregue a um delírio tão feroz que quase não fazia diferença. Mesmo com a ajuda do pai, tiveram extrema dificuldade para colocá-lo em pé. Martin passou um dos braços inertes de Ricardo Reis pelas próprias costas, e o pai fez o mesmo do outro lado. Daquela forma, o arrastaram por todo o caminho até a cabine do capitão, a bordo do *Firmamento*.

Acomodaram-no na cama e tiraram suas botas; Ricardo Reis pouco reagiu. O imediato Higger e mais alguns tripulantes assistiram a tudo com olhares aflitos e impotentes. Quando eles enfim aceitaram sair de perto do seu capitão, o pai falou:

—Quando eu disse a ele para retornar à Vila e tomar conta de você, Ricardo Reis não pestanejou por um minuto sequer. Aproximamos o *Tierra Firme* o máximo que pudemos sem entrar no campo de visão da cidade, mas isso ainda significava horas de distância em mar aberto. Ele entrou naquele bote sozinho, sem hesitar, e remou em meio à escuridão até a rua do Porto. Se tivesse sido apanhado, não posso nem imaginar o que teria lhe acontecido.

Martin não teve dificuldade em imaginar a figura resoluta embarcando no bote que o levaria de volta à Vila da qual fora exilado, alistando-o para uma viagem sem volta. Sentiu orgulho do amigo e capitão do *Firmamento*. Ricardo Reis era uma pessoal especial; um homem do tipo que explicava uma tarefa difícil para seus subordinados ao tomá-la para si.

— Pensei que ele estava apenas cansado... o que você acha que há de errado com ele?

— Não sei, Martin. Seja lá o que for, parece ter se estabilizado.

Martin estudou o rosto de Ricardo Reis: apesar das pérolas de suor que ainda lhe escorriam pela face, ele parecia tranquilo.

— Não há mais nada que possamos fazer agora. Amanhã buscarei um curandeiro para ele — continuou o pai. — Você deve estar exausto.

Martin assentiu. Estava mesmo. Despediu-se do pai e o deixou com Ricardo Reis. No convés, vislumbrou mais uma vez o céu incandescente do crepúsculo: havia agora uma maior quantidade de nuvens; grandes pedaços de algodão tintos de laranja pairavam sobre a Cidade. Entrou na cabine da tripulação com a imagem guardada na mente.

Tentou imaginar o que Maya diria se visse aquele céu e aquela cidade... um espasmo de saudades atingiu seu peito como uma agulha. Enxergou Maya bem na sua frente: os grandes olhos verdes faiscando de curiosidade e a escutou dizer, enquanto agarrava seu braço: *Martin! Você precisa me levar para ver esse lugar!*

Pensou o mesmo a respeito de Omar e riu. Se contasse para o amigo tudo o que vira e ouvira naquele dia, ele simplesmente ficaria pasmo e cairia para trás desmaiado.

A cabine estava quase vazia. Alguns poucos homens jaziam mergulhados em um sono profundo. Ouvindo a sinfonia de roncos, Martin se esparramou na rede. Sentiu o oscilar gentil do *Firmamento* o embalar e os olhos ficaram pesados.

Pensou no pai. Tinha-o visto, conversara com ele. Parecia um sonho, assim como aquela cidade e o resto. Sentia-se feliz, quase a ponto de esquecer de todas as coisas ruins que ouvira... monstros espreitavam o mundo daquelas pessoas, tal como faziam no seu. Não era algo que pudesse varrer para algum recanto escondido da mente.

Algo mais o incomodava. Assim como antes, quando o pai ainda morava na Vila, tinha a sensação de que Cristovão lhe ocultava parte do que sabia. O pai era astuto e estava naquele lugar havia bastante tempo; era óbvio que ele descobrira muitas outras coisas que não tinha mencionado.

Adormeceu no segundo seguinte, com o livro que Maya lhe dera entre as mãos.

****

Martin acordou sobressaltado. Exausto, havia dormido bem mais do que planejara. Colocou-se em pé num único movimento involuntário.

Vestiu-se apressado e deixou a cabine. Quando chegou ao convés, foi recebido por um céu quase totalmente encoberto por nuvens pesadas, que filtravam a luz do crepúsculo. O navio parecia vazio. Martin viu apenas dois tripulantes pendurados nos cordames, fazendo reparos no topo de um dos mastros.

A volumosa silhueta de um galeão atracado em um cais mais ao longe capturou a atenção de Martin. Era o navio mais impressionante que já vira, ainda maior e de bordos mais altos do que o próprio *Firmamento*. Construído com uma madeira mais clara do que a das outras embarcações, o navio parecia resplandecer em seu local de repouso. Tinha três conveses que se erguiam alto acima da linha d'água; nas laterais, fileiras de pequenos orifícios se perfilavam no casco, perfazendo, em um cálculo rápido, pelo menos quinze canhões.

Em um dos cordames da popa, uma imensa bandeira tremulava à brisa. Era de um verde muito claro, quase branco, e estava ornamentada com a figura de um pequeno galeão no canto superior esquerdo. Martin estreitou os olhos para ler a inscrição no casco: *Estrela de Nastalir*.

Comparadas com o grande galeão, as cinco galés que o acompanhavam pareciam barcos de brinquedo. Todas traziam a mesma bandeira verde-clara esvoaçando orgulhosa na popa.

Uma longa fila de carroças, abarrotadas de barris e caixotes de suprimentos, dirigia-se ao cais até o ponto onde a frota havia atracado. Homens de aspecto austero, armados com espadas e vestidos com longos mantos verde-claros, observavam em silêncio enquanto as mercadorias eram descarregadas por estivadores e marinheiros.

Quase que no mesmo instante, Martin percebeu um movimento de pessoas na rua costeira. Reconheceu a figura enfadonha do oficial de porto liderando uma horda de soldados de manto prateado. O grupo seguia apressado em direção aos navios recém-chegados. Os homens de manto verde-claro bloquearam o acesso ao cais e, na mesma hora, uma linha coesa de mantos prateados se formou, para fazer frente à barreira dos visitantes. Mesmo a distância, Martin escutava os sons ásperos da discussão acalorada que eclodira.

Um rapaz jovem, com as vestes verde-claras, desembarcou do *Estrela de Nastalir* e juntou-se à discussão. Reconheceu-o na mesma hora: era Eon. Martin temeu que os dois lados sacassem as espadas e que uma luta sangrenta tivesse início, mas, de alguma forma, o príncipe conseguiu apaziguar os ânimos. Depois de um longo debate, o oficial de porto deu meia-volta e retirou-se visivelmente contrariado, levando a escolta de mantos prateados atrás de si.

Logo em seguida, quando Martin achou que o incidente tinha terminado, as carroças também deram meia-volta e foram embora, sem que as mercadorias pudessem ser descarregadas e embarcadas nos navios.

Martin viu o pai sair da cabine do capitão. Ele havia ficado em vigília ao lado de Ricardo Reis.

— Como ele está?

— Do mesmo jeito — respondeu o pai, parando ao seu lado. — Os Talir chegaram — disse ele, admirando o *Estrela de Nastalir*.

— E o que isso significa? — perguntou Martin, sentindo uma pontada no estômago. Estava faminto.

— Eon afirmou que um Recital foi convocado para daqui a alguns dias, e os Talir devem estar presentes na cerimônia. Há conflitos a serem resolvidos. — Apontou para o palco da cena que tinha acabado de se desenrolar. — Ao que parece, os homens da Ordem do Comércio ainda pretendem impedir que eles se abasteçam de suprimentos.

— Difícil de entender! Os homens de Nastalir estão lutando sozinhos contra os monstros.

— É uma longa história. — Sacudindo a cabeça, como se concordasse com Martin. — Vamos para a taberna tomar um café. Você deve estar com fome.

O filho assentiu e seguiu o pai em direção ao cais.

Minutos mais tarde, quando chegavam à taberna A *Sombra do Mar*, Martin viu outra vez o gigante sentado na calçada.

— Quem é aquele? — inquiriu, enquanto se sentavam à mesma mesa da véspera.

— Aquele é Brad, um atchim.

Don trouxe café forte, leite, pão escuro, manteiga e um suco cor de laranja que Martin nunca tinha visto.

Martin serviu-se de leite e passou manteiga em um grande pedaço de pão.

— O que é um atchim?

— Imagine uma morfélia, com toda a sua racionalidade e ausência de sentimentos humanos — iniciou o pai, dando uma pausa para Martin pensar. — Agora, pense em um ser que é exatamente o *contrário*. Atchins são feitos apenas de sentimentos e emoções. Vivem excentricamente em meio a um universo de conjecturas, divagações e monólogos internos. É comum que se fechem em um mundo próprio.

— Aquele ali vive como um mendigo, me parece. Os Sussurros até o espancaram. As pessoas daqui não gostam deles?

— É. Atchins estão sempre divagando e analisando os seus sentimentos e o de outras pessoas; por isso, dificilmente se engajam em uma atividade metódica, tal como um trabalho braçal. Coloque um deles para carregar um navio, por exemplo, e logo a sua mente se distrairá com alguma questão, deixando o trabalho de lado. Depois de pouco tempo, ele nem consegue lembrar qual era o serviço que deveria ter feito.

— O povo daqui pensa que são inúteis — concluiu Martin, depois de experimentar o suco cor de laranja; ficou surpreso com o gosto maravilhoso.

O pai assentiu.

Martin, em silêncio, cultivava uma curiosidade crescente de conversar com o atchim. O oposto de uma morfélia... inacreditável. Pensou em Omar novamente: imaginou-se contando aquilo para ele; quase o via desmaiando pela segunda vez.

Serviu-se de outro grande pedaço de pão e observou o pai terminar o café.

— Tem uma coisa que não entendo. Somos uma Vila isolada, não temos uma frota de navios de guerra como os Talir. O que impede os monstros de invadir a cidade e massacrar todos?

Cristovão mirou o filho por um momento antes de responder.

— Não sabemos ao certo. Ao que parece, o acordo existente entre os Anciãos e os monstros é vantajoso para os dois lados; impede que os Knucks nos varram do mapa. As incursões eventuais das criaturas à Vila são muito mais para cultivar a mentira Anciã do que para qualquer outro fim, como acho que você já sabe.

— Os Anciãos ganham a segurança da Vila... e o que os monstros recebem em troca?

— Não fazemos ideia, mas trata-se de alguma coisa que consideram crucial. Mais importante ainda do que a oferenda que representa a tripulação de um navio a cada seis meses.

— Não há nada de valor na Vila. O que é que os monstros podem querer de lá?

— Isso não é verdade. Nas entranhas da Casa dos Anciãos existem maravilhas que nem imaginamos, coisas incríveis que fazem com o conhecimento tirado da mais vasta coleção de livros de todo o Além-mar: a Biblioteca Anciã.

— Os Knucks estão atrás de algo que os Anciãos aprenderam a fazer com base naqueles livros?

— Acho que sim — concordou o pai, subitamente pensativo.

— O que há de errado? — Percebeu o rosto de Cristovão tenso de preocupação.

— Todos corremos mais perigo do que imaginamos. Os Knucks pensam que perderam essa contrapartida misteriosa que obtinham dos Anciãos, pois eles não sabem mais quem manda na Vila. O que eles farão agora?

— O que já estão fazendo...

— Sim — completou o pai. — Travando guerra contra todo o Além-mar. Procurarão até encontrar aquilo de que tanto precisam, nem que isso signifique acabar com toda a vida existente em toda parte.

Martin saltou da cadeira.

— A Vila! Maya! — exclamou, em pânico.

O pai se levantou e segurou seu braço de modo firme, mas, ao mesmo tempo, gentil.

— Estamos em perigo, Martin. Não há nada que possamos fazer pela Vila agora.

— Não podemos deixá-los à própria sorte. Temos que retornar! — insistiu, voltando a sentar.

— Você tem de entender que a única defesa real contra os monstros são os Talir e as forças da Fronteira. Sem eles, não há nada entre os Knucks e nós. Por isso, a coisa mais importante que temos a fazer é ficar aqui e ajudá-los a resolver os problemas que os impedem de concentrar sua energia na luta contra os monstros. Se a Fronteira cair, todos caímos.

Martin acalmou-se um pouco e disse:

— Levaremos o *Tierra Firme* e o *Firmamento* para a Fronteira e lutaremos ao lado deles.

Cristovão dirigiu-lhe um sorriso afetuoso, carregado de orgulho.

— No fim das contas, se der tudo errado, essa pode ser exatamente a última coisa que faremos — disse ele, e depois completou em um sussurro que parecia mais para si próprio: — Você lutando ao lado deles... parece justo. Talvez esteja mesmo escrito desde o começo.

Martin não compreendeu, mas não abordou o assunto.

— O que você pretende fazer?

— Preciso descobrir por que o Recital foi convocado. Se ao menos pudéssemos assistir... — lamentou-se o pai. — Além disso, tenho que buscar um cirurgião ou curandeiro para Ricardo Reis.

— E quanto a mim?

Cristovão pensou por um instante.

— Vou deixá-lo com Brad. Quero ver o que você achará dele.

O pai colocou algumas moedas na mesa, e partiram à rua. O gigante estava no mesmo lugar, sentado no chão com as costas escoradas na parede. Ao lado, uma garrafa de leite quase vazia e uma pequena pilha de moedas que tinham sido oferecidas por transeuntes como esmola.

Quando o viu, Brad se ergueu. Em pé, o atchim parecia ainda mais alto do que Martin imaginara: superava os dois metros com facilidade. Apesar disso, tinha um aspecto frágil e amedrontado que era difícil de ser explicado. A pele, branca como leite, cintilava à meia-luz do crepúsculo. Ele estava levemente encurvado e seus grandes olhos redondos relutavam em sustentar o olhar por muito tempo.

— Olá, Brad. Este é o meu filho — disse Cristovão.
O atchim olhou Martin de cima a baixo.
— Gosto de você — anunciou ele.
Martin não sabia o que responder.
— Estava pensando se você poderia mostrar um pouco da cidade para Martin. Talvez visitar o mercado ou algo assim.
Brad anuiu com um longo aceno da cabeça.
— Vou gostar. Posso conversar com ele?
— É claro que pode, Brad. Essa é a ideia — respondeu Cristovão, e voltando-se a Martin, acrescentou: — Fique com ele. Mais tarde nos reencontramos.
Martin concordou, e o pai partiu apressado, desaparecendo na rua movimentada.
Brad dirigiu outro longo olhar desconfiado para Martin.
— Você gosta de mim, mesmo sem me conhecer? — provocou Martin.
O atchim coçou a cabeça.
— Você me salvou daqueles Sussurros... não precisava ter feito aquilo.
— Precisava, sim. Por que eles o espancaram?
— Humm... por nenhum motivo. Apenas me viram na rua e começaram.
— E uma única atitude basta para você me conhecer?
Ele assentiu.
— Homens bons podem se calar. Homens valentes podem fazer de conta que não viram. Heróis não têm escolha — respondeu ele.
— Ninguém vira um herói só por intervir numa briga.
— É verdade. Mas você é um herói porque nunca considerou qualquer alternativa.
Martin ponderou longamente sobre aquilo, até ser interrompido pelo atchim:
— Seu pai me mandou levá-lo até o mercado — disse, arrastando os pés pela calçada, rumo ao porto.

O rapaz o seguiu, esforçando-se para caminhar tão devagar quanto ele.

— E do meu pai, o que acha?

— Seu pai é complexo. Tanta tristeza e pesar ensinam uma sabedoria que poucos têm.

Martin mergulhou em um silêncio só seu. Sabia o quanto a vida do pai tinha sido difícil: a perda da esposa, a criação do filho sozinho, as perseguições que havia sofrido na Vila... e isso sem falar na missão solitária que tomara para si naquele lugar estranho.

O mercado a que Brad o levou era o mesmo que Martin tinha visto quando desembarcara no porto. Ficava em uma ampla praça junto à via costeira que corria ao longo do cais e era composto por dezenas de barracas de madeira organizadas em fileiras paralelas, quase todas sob a proteção de um imenso toldo branco. O lugar fervilhava em atividade: carroças conduzidas por estivadores abasteciam as barracas com mercadorias trazidas dos navios recém-atracados; hordas de fregueses abriam caminho por entre a multidão, enquanto sofriam o assédio dos Comerciantes. Uma cacofonia de diferentes sons convulsionava o lugar, mas, acima de tudo, ouviam-se os gritos dos mercadores anunciando, todos ao mesmo tempo, os tesouros que tinham para vender.

Ao adentrar nos domínios da longa sombra branca do toldo, Martin viu-se envolto por uma profusão de diferentes odores. O perfume dos temperos e das especiarias enchia o ar, exótico e desconhecido, aguçando-lhe a mente. Martin reduziu o passo para sorvê-lo e observar com mais calma tudo que se abria ao seu redor. A princípio, não conseguiu decidir o que o maravilhava mais, se eram os produtos estranhos dispostos nas vitrines ou os tipos esquisitos que os vendiam. Havia uma imensa variedade de gêneros alimentícios em exposição: frutas de cores e formatos que nunca vira antes, gigantescos peixes de um olho só, que mais se pareciam com monstros, lulas gigantes cor-de-rosa e, em um grande aquário de vidro, nadava uma imensa serpente-marinha, negra como o céu da Vila.

Como Martin logo descobriu, o mercado da Cidade do Crepúsculo não vendia apenas alimentos. Mercadores de todos os cantos do Mar se faziam presentes, exibindo uma miríade de produtos, que incluíam fabulosas tapeçarias, obras de arte, artesanato, livros raros, armas e muito mais.

Na entrada, viram uma barraca organizada com diversas estantes repletas de frascos de vidro transparente de formatos variados. Os recipientes estavam cheios de líquidos de todas as cores; de alguns, grossas borbulhas irrompiam na superfície, enquanto em outros o líquido dividia espaço com nuvens de vapor. Martin não podia ver quem eram os donos da barraca, pois as duas figuras de aspecto sombrio atrás do balcão usavam longas togas com capuzes que lhes ocultavam as feições por completo. Do fundo destes, enxergava-se apenas o cintilar de uns olhos sinistros.

— Curandeiros da ilha de Hess, na Fronteira — cochichou Brad.

Martin observou os curandeiros por mais um momento e seguiu em frente. Deslizava por entre a multidão boquiaberto, com Brad ao seu lado. Logo após, parou em uma barraca que vendia mapas e pergaminhos antigos. Uma imensa carta náutica se abria na vitrine, muito maior e mais detalhada do que as outras duas que tinha visto com Ricardo Reis e o pai. O dono da barraca era um homem negro com os cabelos dourados, vestido com uma longa bata roxa. Usava grossos colares feitos com ossos de algum animal marinho. Mais uma vez, Martin flagrou-se mais atônito com o aspecto do mercador do que com o material raro que ele vendia.

— Z'blis — murmurou Brad. — É uma ilha remota na Fronteira. Homens de poucas palavras. São os maiores cartógrafos de todo o Mar do Crepúsculo.

Estudou o mapa: bem no centro, identificou o ponto central da Singularidade. A principal diferença com relação aos mapas anteriores era bastante óbvia: havia inscrições ao norte da Singularidade. Martin também percebeu que não existia uma Radial traçada naquela direção; fosse o que fosse aquele lugar, ninguém sabia como chegar lá. Esticou-se na ponta dos pés, para ler o que havia na parte de cima: "Mar Morto".

Um arrepio percorreu seu corpo. De algum modo, sabia que era de lá que os monstros vinham.

— Mar Morto... — repetiu para si mesmo.

Brad cobriu os grandes olhos redondos com as mãos, horrorizado.

— Vamos andando — pediu em tom de súplica.

Martin prosseguiu a caminhada ao longo das barracas.

— O que é o Mar Morto? — perguntou a Brad, enquanto observava dois mercadores lutando com um dos peixes monstruosos de um olho só. A criatura estava mais viva do que os homens gostariam e se contorcia, agonizando, ao passo que mostrava fileiras de grandes dentes pontiagudos. Um dos sujeitos arranjou um cutelo e, enfim, encerrou a rebeldia do animal ao enfiar a lâmina fundo na cabeça coberta de escamas negras.

Brad cantarolou com a voz trêmula:

— Mar do Crepúsculo, Mar Negro e... Mar Morto...

Martin ficou em dúvida se aquilo era uma resposta.

O atchim silenciou, com o olhar perdido no vazio. Martin recordou-se do que o pai lhe dissera: provavelmente, Brad se afundara em algum monólogo interno, distanciando-se da realidade.

A barraca seguinte pertencia a um homem com cabelos negros e aspecto austero. Usava sobre as vestes comuns de mercador um manto verde-claro com um pequeno galeão bordado em fios brancos. Martin aproximou-se, curioso, e viu que a barraca vendia todo o tipo de armas: facas, punhais, espadas curtas, cada uma forjada com o metal tratado de forma diferente. Algumas aparentavam ser quase translúcidas de tão prateadas, e outras eram de um negro profundo e brilhante, como se feitas de obsidiana.

Brad retornou à realidade.

— Senhor de Nastalir, como vai?

— Pelos Três! — respondeu o mercador. — Fazia bastante tempo que eu não via um de vocês. Como vai, amigo?

O tom respeitoso com que o mercador saudou Brad surpreendeu Martin. Tinha reparado que tanto os Comerciantes quanto o povo que lotava o mercado tendiam a ignorar o atchim, ou mesmo a lançar olhares de repugnância em sua direção.

Martin aproximou-se e parou ao lado de Brad.

— Olá.

— Como vai? Vejo que já tem porte físico mais do que suficiente para um punhal ou até para empunhar uma espada — disse o vendedor, indicando as armas alinhadas na vitrine. — Lá na Fronteira muitos rapazes com a sua idade já estão lutando em mar aberto.

Antes que Martin pudesse responder, o rosto do homem se fechou em uma carranca. Quase ao mesmo tempo, uma mão de ferro agarrou seu ombro e o forçou a se virar, com tamanha fúria que chegou perto de fazê-lo perder o equilíbrio. Assim que terminou a meia-volta, deu de frente com, pelo menos, dez soldados de mantos prateados. Os guardas tinham espadas desembainhadas e o fulminavam com olhares cintilando de cólera.

— Achamos você, forasteiro maldito — rugiu o soldado que o agarrara. — Você é um pecador, atacou aqueles pobres Sussurros.

— Seus "pobres Sussurros" estavam espancando um ser indefeso — disparou Martin.

— Essa coisa... não é nada — sibilou o soldado, sem dirigir o olhar para Brad. — Agredir as Vozes é atacar o próprio deus Prana. — Fez uma pausa e, empertigando-se todo, anunciou: — Você está preso. Rapazes, levem-no.

Se não estivesse tão preocupado com o que viria depois, Martin poderia ter rido: *Preso... de novo!*

Um homem alto, com um olhar gentil e um meio-sorriso, surgiu entre os mantos prateados. Assim que o enxergaram, os soldados encolheram-se, abrindo caminho para ele passar e revezando-se em reverências desajeitadas.

— Senhor... — gaguejou o guarda que ameaçava Martin.

— O que está acontecendo? — perguntou o recém-chegado.

O guarda não teve tempo de responder.

— Sumam. Vocês todos — ordenou o homem, postado ao lado de Martin.

— Mas este forasteiro atacou...

O olhar que despedaçou o restante da coragem do soldado intrigou Martin. Não era gentil, nem abertamente feroz. Carregado com uma impressionante mistura de poder e desprezo, deixava claro que aquele homem se achava tão acima do guarda que considerava um insulto a mera necessidade de ter de lhe repetir uma ordem.

O soldado fez uma reverência e partiu com seus colegas, desaparecendo em meio à confusão do mercado.

— Que Prana o abençoe. Como vai? — disse o estranho para Martin. Era um homem simpático e muito bem-vestido. Usava uma longa toga prateada toda ornamentada com arabescos delicados.

Ainda surpreso com tudo que se passara, Martin acenou levemente a cabeça em reposta. Olhou para os lados à procura de Brad, mas apenas o avistou fugindo em disparada. Num piscar de olhos já havia desaparecido na multidão. Podia escutar seu choramingo misturando-se ao burburinho do local.

— Sou o senhor Cael Veress, líder da Ordem do Comércio. Ao seu dispor, Martin.

Martin ficou estupefato. Sabia que se tratava de uma figura importante na cidade. Lembrou-se do pai e de Eon falando a respeito dele. E ele conhecia o seu nome, coisa que não fazia o menor sentido.

— Como vai, senhor? — respondeu por fim.

Alguns passos atrás, Martin percebeu a presença de outro grupo de mantos prateados. Imaginou que integravam a guarda pessoal do comerciante.

O senhor Veress voltou-se para a vitrine da barraca e passou a estudar as armas expostas. Martin observou-o com atenção: era um homem com certa idade, ao redor dos cinquenta ou mesmo sessenta anos; tinha rugas de expressão no rosto e cabelos brancos encaracolados que escasseavam junto à testa, embora ainda não se pudesse considerá-lo calvo.

Era evidente que não havia simpatia entre o senhor Veress e o mercador. O homem de Nastalir continuava com a cara fechada, cruzara os braços e recuara para os fundos da barraca.

— Quero este — anunciou o senhor Veress, apontando para uma adaga de lâmina negra.

— São cem luares — disse o mercador em tom ríspido.

Teve certeza de que o homem havia elevado muito o preço, mas, se era verdade, aquilo não abalou o senhor Veress. Martin observou a corrente de ouro salpicada de pedras preciosas ao redor de seu pescoço e, depois, fitou o gigantesco rubi que trazia no seu único anel. A pedra era tão grande que parecia ter brilho próprio quando refletia a luz do crepúsculo. Compreendeu então por que aquela figura cortês permanecera indiferente ao valor exorbitante.

Sem pronunciar nem uma palavra, o senhor Veress fez um gesto com a mão. Um dos homens de manto prateado aproximou-se e providenciou o valor necessário, largando nas mãos do comerciante uma pesada bolsa de tecido. O seu tilintar deixava claro que estava repleta de moedas.

— Afastem-se — disse ele aos guardas. — Quero conversar com o nosso visitante em paz. — Entregou a adaga para Martin. — Um presente de boas-vindas, se me permitir.

Martin hesitou, desconfortável, mas era óbvio que não podia recusar o presente. Estava havia pouco tempo naquele lugar, mas sabia que a arma tinha custado uma pequena fortuna.

— Muito obrigado — agradeceu.

— Vamos caminhar. Deixe que eu lhe mostro o resto do mercado. Aquela criatura que o acompanhava não é companhia adequada para você.

Prosseguiram lado a lado, ambos seguidos a certa distância pela guarda pessoal do senhor Veress.

— Você me conhece?

— Conheço seu pai há algum tempo, já conversamos a seu respeito — respondeu ele. — Diga-me, o que acha da nossa cidade?

— É maravilhosa...

— Percebo um tom de dúvida em sua voz — comentou, sem nunca perder o meio-sorriso.

Em instantes, Martin sentiu-se à vontade com o estranho, assim, acabou sendo mais franco do que gostaria.

— Ouvi falar que os Knucks assediam a Fronteira. Também escutei que aqueles que lutam por lá nem sempre têm tudo de que precisam para continuar a guerra.

— Guerra? — inquiriu, parando de caminhar por um momento. — Calma, Martin, não se trata disso, e duvido muito que algum dia chegue a este ponto. Sei que na sua Vila as coisas são mais simples, mas aqui a questão pode ser mais complicada. Não temos nada contra quem luta na Fronteira, pensamos apenas que está na hora de se discutir se eles ainda são os mais indicados para uma tarefa tão crucial.

— O senhor acredita que os Talir não têm mais a capacidade de defender o Mar?

— São bons homens, mas um tanto antiquados em seus costumes. Talvez seja o momento de explorarmos formas mais eficazes de conduzir a nossa sociedade — respondeu ele e, subitamente, interrompeu-se: — Que falta de cortesia a minha...

devia estar mostrando o mercado a você e, em vez disso, desato a falar sobre política.

— O assunto me interessa.

— É claro que sim. — O senhor Veress juntou os dedos. — Isso tudo me faz pensar que ainda temos muito o que conversar.

Martin não respondeu.

— Bem, se me der licença, agora devo ir. Foi um prazer conversar com você, Martin.

— Eu agradeço pelo presente — repetiu, apertando as mãos do outro.

— Ah, a propósito: um Recital foi convocado e ocorrerá dentro de quatro dias. Se quiser comparecer, será muito bem-vindo. E o seu pai também, é claro.

— Será um prazer — limitou-se a dizer em resposta.

O senhor Veress virou-se para ir ao encontro da sua guarda. Martin o estudou com um misto de perplexidade e interesse — impossível não se deixar impressionar pela carismática figura do líder da Ordem do Comércio; era um homem poderoso, do tipo que nunca precisa pedir silêncio para falar.

Por mais que refletisse, não tirara uma conclusão do ocorrido. O senhor Veress sabia o seu nome e agia não apenas como se o conhecesse, mas também como se quisesse agradá-lo, o que fazia ainda menos sentido. E se já não bastasse tudo aquilo, o convidara para o Recital... Martin não conseguia afastar a ideia de que tinha se envolvido sem querer em algo importante e que, mais uma vez, o pai sabia mais do que havia lhe dito. Precisava encontrá-lo.

Deixou o mercado e topou com Brad na esquina da rua que levava à pensão A *Sombra do Mar*. O atchim tinha um aspecto assustado; suas longas pernas tremiam sem parar.

— Prometi a seu pai que mostraria o mercado a você. Desculpe se o abandonei lá.

— Não tem problema, Brad. Vamos voltar para a pensão, quero encontrar o meu pai.

Andaram juntos, com Martin novamente tendo que se esforçar para acompanhar o passo lento do atchim. Estava com pressa para narrar ao pai a situação.

— Aquele mercador de Nastalir gosta de você.

Brad assentiu.

— Aqui as pessoas não se interessam pelas coisas que temos a dizer, nem pelas histórias que contamos. Mas em Nastalir é diferente: lá os atchins são respeitados. Até nos deixam contar algumas para as crianças.

Martin pensou por um momento e disse:

— Já com o senhor Veress, o caso me pareceu outro...

Brad parou de caminhar e olhou para os lados. Martin continuou:

— Foi por causa dele que você fugiu?

Brad assentiu com um aceno tímido da cabeça e depois disse:

— Um homem complexo, aquele.

— Igual ao meu pai?

— Não — acrescentou em um ímpeto, como quem se apressa para corrigir um terrível mal-entendido. — Uma complexidade diferente.

— Diferente como?

— Ao contrário da do seu pai, não há nada que você possa aprender com ela.

Martin retomou o trajeto em silêncio, pensando no significado daquilo.

****

—Cem luares é mais do que um estivador recebe por um mês de trabalho no porto, Martin — disse o pai, observando a adaga negra, depois de escutar o relato do encontro com o senhor Veress.

— E tem mais: ele sabia o meu nome. Como é possível?

Cristovão sentou-se à sua mesa no quarto da pensão A *Sombra do Mar* e pensou por um longo tempo antes de responder.

— Já conversamos algumas vezes, é possível que eu tenha mencionado o seu nome.

Aquilo não era plausível, na opinião de Martin. O pai não fazia as coisas aleatoriamente, em especial se estivesse tratando com alguém poderoso como o senhor Veress. Pensou no assunto, mas ainda não se sentia pronto para interpelá-lo.

Sentou-se junto à mesa, de frente para o pai.

— Você se tornou uma pessoa importante por aqui, pai?

— Pouquíssimo importante, Martin. — Sacudiu a cabeça. — Fiz vários contatos e até conversei com pessoas influentes, mas a verdade é que essas pessoas não estão nem um pouco preocupadas conosco ou com a nossa Vila. Todos têm seus próprios interesses nesta complexa sociedade e consideram a nossa cidade apenas como uma curiosidade distante. A única exceção tem sido os Talir. Nos últimos tempos, aprofundamos uma relação de amizade, impulsionada por algumas coisas que acabamos descobrindo ter em comum...

Martin ficou calado, para dar ao pai a chance de continuar falando. Contudo, ele permaneceu mergulhado em um silêncio impenetrável. Naquele momento, uma certeza tomou forma: não eram detalhes que o pai omitia; suas palavras não ditas guardavam um grande segredo.

— O que faremos agora? — questionou Martin, por fim.

— Aguardaremos o Recital. É uma boa chance de tentar entender o que está se passando.

A conversa anterior com o pai ainda pairava como uma sombra em sua mente. Sem saber, haviam acabado com um equilíbrio instável, mas que durara dois mil anos, entre os povos do Além-mar e os Knucks. Era evidente que a decisão de lançar o *Firmamento* ao mar, enfrentar os monstros e resgatar os reféns tivera consequências profundas também para as pessoas no Mar do Crepúsculo.

Agora, o destino de todos estava interligado. Precisavam entender a exata natureza da relação entre os Anciãos e os monstros. Deveriam compreender por que o povo do Mar do Crepúsculo se dividira. O que desejava o senhor Veress? Por que não ajudava os povos da Fronteira? Em busca de respostas, tinham de torcer para que os homens de Nastalir não caíssem.

— Estou cada vez mais preocupado com Ricardo Reis — falou o pai, depois de uma longa pausa.

— Como ele está?

— Nada bem... Arde em febre e dorme a maior parte do tempo. Levei um curandeiro da Cidade para vê-lo.

— E?

— Ele não faz a menor ideia do que se passa.

Martin sentia uma agonia crescente no peito: subestimara a gravidade da doença misteriosa que se abatera sobre o amigo.

— Temos que conseguir ajuda para ele.

Cristovão assentiu, como se já soubesse o que fazer, e então anunciou:

— Sei quem pode nos auxiliar.

CAPÍTULO VII

O BIBLIOTECÁRIO

Maya achou que Dom Gregório havia se enganado. Não podia ser aquilo.

Segundo o Ancião explicara, ela deveria ir até uma viela escondida, distante apenas três quadras da Casa dos Anciãos. Nela haveria uma casa e, dentro dela, deveria usar o par de chaves que ele lhe entregara na taberna. Encontraria o lugar vazio e não correria perigo, desde que não chamasse atenção durante o trajeto.

A viela era tão apertada que, nela, dois homens teriam dificuldade em andar lado a lado. Era composta por residências pequenas de dois pisos, com fachadas estreitas, amontoadas umas contra as outras; repousavam às escuras, de tal modo que mais pareciam abandonadas do que qualquer outra coisa.

O endereço que Maya procurava ficava bem no meio da via, quase perdido na escuridão, pois ao longo da rua não existiam postes com lampiões. A única luz que lhe permitia adivinhar a fachada sombria do seu destino provinha dos lampiões situados a certa distância, nas extremidades da viela. Um lugar improvável para abrigar a lendária Biblioteca Anciã, mas não havia dúvida quanto ao endereço: aquele era o local certo.

A porta da frente estava destrancada; teve apenas que girar a maçaneta para entrar. Maya acendeu o lampião que trouxera consigo, tateando na escuridão. Para a sua surpresa, no interior da casa não existia nenhuma mobília. A única exceção era um armário de madeira, com duas portas, encostado na parede oposta à porta. Tirando aquilo, a sala achava-se vazia.

Maya foi até o armário a passos cautelosos, escutando o piso ranger. À medida que avançava, deixava pegadas impressas na grossa camada de pó que cobria o chão; fazia muito tempo que ninguém colocava os pés naquele lugar. Tratava-se de uma entrada secreta, Dom Gregório explicara, usada muito raramente pelos Anciãos para circular pela Vila sem atrair atenção.

Sabendo daquilo, Maya não ficou surpresa ao descobrir que o armário, também destrancado, servia somente para ocultar outra porta, a qual se abria da parede onde o móvel estava encostado. Usou a primeira chave e, escancarando-a, deparou-se com um negrume intenso a escorrer pela soleira. Compreendeu então por que Dom Gregório a alertara para levar um bom lampião e uma reserva de óleo. Fechou a porta do armário atrás de si e foi sitiada por uma escuridão espessa, quase sólida. Maya fechou também a porta da parede e iniciou uma descida por degraus de pedra que pareciam não ter fim.

Quando a descida terminou, pôde vislumbrar um corredor estreito, com as paredes feitas de pedra desalinhadas e cobertas de musgo. O ar cheirava à umidade e, no chão, havia poças de água, devido aos incontáveis pontos de infiltração espalhados por toda a extensão do túnel. Prosseguiu resoluta, com seu lampião à frente, abrindo caminho nas trevas; sua sombra a perseguia sob a forma de um gigante desenhado contra a parede. Aquele trecho horizontal não era extenso, e Maya logo identificou o seu fim: outra porta.

Sabia muito bem que aquela porta a levaria à Biblioteca Anciã, o local mais secreto de toda a Vila, proibido para qualquer cidadão comum e até mesmo para os membros da elite. Aquilo tinha um significado óbvio: uma vez que a atravessasse, seria considerada uma fora da lei; não haveria retorno possível. Mas Maya não titubeou; seu coração dizia que Dom Gregório falava a verdade. Era boa em ler o que as pessoas confessavam com o olhar, e vira nos olhos do Ancião um terror tão puro e intenso que ficara sem fôlego.

Inseriu a segunda chave na abertura e a girou com força. A fechadura enferrujada protestou com um estalo, mas cedeu. A porta se abriu, e Maya penetrou na Biblioteca Anciã.

A primeira reação que teve foi incontrolável: soltou um pequeno grito abafado e quase deixou cair o lampião. Viu-se em um imenso espaço aberto de formato quadrangular, cujo centro abria-se em um grande vão. Em cada lado, acompanhando as paredes, longas galerias formavam andares. Eram amplas, e nelas havia estantes altas forradas de livros de um lado e, do outro, corria uma balaustrada que dava para o imenso espaço aberto central.

Foi apenas quando se aproximou do parapeito que Maya teve noção do tamanho verdadeiramente colossal da Biblioteca: ela contou quatro andares de galerias, talvez com quatro ou cinco metros de pé direito. A impressão que se tinha ao olhar em direção ao vão central era idêntica à de se observar, de uma posição elevada, a estrutura de um labirinto: abaixo, as estantes serpenteavam e se entrecruzavam, formando caminhos infinitos que enchiam os olhos.

Perdeu-se em pensamentos, tentando imaginar quantos livros ali existiam: milhares, centenas de milhares, milhões de títulos? Não era de se admirar que os Anciãos tivessem decidido criar uma pessoa para passar a vida toda ali dentro, só cuidando do acervo.

Todos na Vila tinham ouvido rumores a respeito do lugar, mas nem mesmo a mais criativa das histórias se aproximava da Biblioteca real. Seu coração disparou quando a mente chegou a uma conclusão óbvia: aquele conhecimento todo não podia ter vindo só da Vila. Era evidente que Dom Gregório falava a verdade, existiam outras civilizações e seu saber, sem dúvida, estava ali reunido.

Maya retornou para perto da porta e colocou o lampião apagado no chão. Voltou a dirigir-se à balaustrada e, desta vez, debruçou-se para olhar para baixo. A sensação era vertiginosa. Estava no quarto andar, muitos metros a separavam do solo. Lá embaixo, porém, vislumbrou a figura pequenina de um homem arrumando livros em silêncio. Trabalhava bem no meio do labirinto, em uma clareira cercada de obras. Era ele quem procurava: o Bibliotecário.

Percorreu a galeria em busca de uma escada, seguindo o cheiro de papel antigo de que tanto gostava. Não tardou a encontrar uma, mas descobriu que a do andar seguinte ficava no lado oposto, o que significava uma longa caminhada. A Biblioteca hibernava no mais absoluto silêncio, acolhida pela meia-luz amarelada que vinha dos archotes e lampiões espaçados pelas paredes. Todos eles, supunha, eram de responsabilidade do homem que estava procurando. Aquele era o seu universo: o Bibliotecário nunca saíra do lugar.

Quando chegou ao térreo, Maya serpenteou por entre as grandes estantes em direção à clareira que avistara lá de cima. Escutou uma voz cantarolar uma melodia sem sentido e usou o som para guiá-la até o seu destino.

O primeiro vislumbre que teve do Bibliotecário foi através das frestas que se formavam aqui e ali em meio a livros enfileirados em uma estante. Viu, a princípio, apenas a cabeça, coberta com cabelos negros oleosos, penteados para o mesmo lado de um modo curioso. Depois, encontrou uma testa saliente e, por fim, um par de olhos escuros assustados, que não paravam quietos num mesmo lugar por muito tempo.

Maya contornou a muralha de livros e se achou frente a frente com ele. O olhar do Bibliotecário traduzia um terror abjeto tão intenso que, se ela fosse um Knuck, a reação dele teria sido idêntica.

— Que... quem é você? — gaguejou numa voz aguda e nervosa, que combinava com seu porte físico: era um homem miúdo, batia nos ombros de Maya.

Precisou pensar rápido. Estava diante de uma pessoa que nunca tinha visto, alguém que passara a vida preso naquele lugar. Maya imaginou que a reação do homenzinho seria imprevisível e percebeu que dispunha de muito pouco tempo até que ele se perdesse no próprio pânico.

— Sou Marya... — disse Maya, falando e inventando o que diria: — Fui enviada por um Ancião para observar o seu trabalho.

Ele sobressaltou-se ainda mais e deixou cair os livros que segurava.

Abaixaram-se juntos para apanhá-los.

— O Ancião-Mestre ainda está zangado comigo... — murmurou ele. — Foi por causa dos livros que estraguei?

Maya não compreendeu, mas viu a oportunidade abrindo-se diante de si.

— Não se preocupe com isso — respondeu ela, agachada. — Está perdoado.

Os dois se levantaram aos poucos, gesto por gesto, um estudando o outro. Maya não tinha ideia do que ele estava pensando. Entregou-lhe os livros que juntara.

— Mas vim observá-lo, para que não aconteça de novo.

O rosto do Bibliotecário sofreu um breve espasmo, em que um olho se fechou com força, repuxando também a pele ao redor.

— Vou pedir perdão de novo... não tornará a acontecer — suplicou.

— Não! — exclamou Maya, alto demais. — Digo... não precisa. Dom Cypriano está cansado de lamentações. Ouve-as todos os dias do povo, não quer ser aborrecido também com as suas. Por isso, não diga nada, senão ele vai se zangar de verdade.

O sujeito deu um passo para trás, as pernas e os braços tremendo.

— Não vou falar nada, eu juro! — E desatou a soluçar.

Maya aproximou-se e pousou uma mão em seu ombro. Ele sofreu outro espasmo: ambos os olhos se fecharam com força, enquanto se afastava um passo. Estava desconcertado com o toque dela, mas logo acalmou-se e disse:

— Vou ser obediente e fazer tudo que você mandar. Não quero ser punido...

— Punido? — perguntou Maya sem pensar.

Sem nenhum pudor, o Bibliotecário deixou cair até os pés o macacão puído que usava. Ficou lá, parado, apenas de cuecas, fitando Maya com olhos tristes. Tinha o corpo coberto de hematomas de todas as cores e todos os tamanhos.

Ela levou as mãos à boca, horrorizada e lamentosa.

— Nunca — ouviu-se dizendo com a voz firme — vou punir você.

Ele vestiu o macacão e ficou em silêncio, olhando para o chão.

— Vamos nos dar muito bem — completou ela, sorrindo.

Ele deu de ombros.

— Se precisar me bater, tudo bem.

— Já disse que não o punirei. Qual é o seu nome?

— Não tenho um nome. Dom Cypriano me chama apenas de "você" ou de "verme", dependendo se está zangado ou não.

— Antes de começarmos, precisamos arranjar um nome para você. Tem alguma sugestão?

— Queria ser chamado de Robbins.

— Como o capitão Robbins, que fundou a Vila?

— Exato. Sei tudo sobre ele. — Sentou-se a uma grande mesa de madeira, onde pilhas de livros se equilibravam.

Maya puxou uma cadeira e acomodou-se ao seu lado.

— Este é o meu trabalho — ele continuou —, organizar e limpar os livros para que os Anciãos os encontrem em bom estado. Mas é claro que também os leio.

Maya levantou uma sobrancelha.

— Você leu todos? — Contemplava o mar de livros que se perdia em todas as direções.
—Ainda não, mas acho que consigo terminar antes de morrer.

CAPÍTULO VIII

O RECITAL

Depois de apenas alguns dias na cidade, Martin ficou admirado ao constatar que a maior parte dos homens do *Firmamento* estava muito bem-adaptada à vida local. Até mesmo o imediato Higger havia desfeito parte de sua carranca diante das maravilhas que a Cidade do Crepúsculo oferecia. Segundo ele contara, havia uma grande escassez de mão de obra no porto e, por isso, os rapazes não tinham encontrado dificuldade em conseguir trabalho nos cais, o que lhes rendia alguns luares e os mantinha afastados do tédio. Ainda segundo o imediato, o bom entrosamento se devia muito a isso: com algumas moedas nas mãos, os tripulantes iam às tabernas, jogavam cartas com outros marinheiros e, principalmente, gastavam o que sobrava com mulheres em um estabelecimento que ficava na rua atrás do mercado.

Durante aquele período, Martin tivera longas conversas com o pai, mas em nenhuma delas chegara perto de descobrir nada de importante. O pai havia falado bastante sobre Nastalir, a organização da frota da Fronteira e inclusive explicado o significado do título de "príncipe" que Eon ostentava. Cristovão, porém, não mencionava seus motivos para não gostar do senhor Veress, tampouco se aprofundava em detalhar a sua relação com os Talir.

Depois de almoçar com o pai, Martin foi ver Ricardo Reis, mas, como já vinha ocorrendo nos últimos dias, apenas o encontrou profundamente adormecido na cabine. Segundo os dois homens que seu pai escalara para vigiá-lo, o capitão despertara por apenas alguns minutos para tomar um gole de água e tornara a dormir logo depois.

Martin passou a tarde ajudando nos reparos do *Tierra Firme*. Após algumas horas, retornou ao *Firmamento* para encontrar Ricardo Reis ainda adormecido. Foi à cabine, lavou-se e colocou as roupas mais secas que encontrou na bagagem. Saiu em direção à pensão para buscar o pai para o Recital, um pouco preocupado por não saber a hora exata.

Percebera que os habitantes da Cidade faziam uma divisão de horas de descanso e de trabalho muito parecida com a que existia na Vila. Apesar de não haver um relógio à vista na orla do porto, descobriu que não era difícil ficar a par do horário: a cada hora, durante o horário de trabalho, um ruidoso sino tocava; na primeira hora da manhã, eram doze badaladas e, a cada hora subsequente, soava uma badalada a menos. Se fosse apenas uma, todos sabiam que era a última hora de trabalho. O som ecoava por toda a cidade, porque o sino pairava acima do resto: ficava no topo da torre do Santuário das Vozes. E era lá que seria conduzido o Recital.

Entrou no quarto do pai na pensão *A Sombra do Mar* no exato momento em que o sino das Vozes tocou a última badalada do dia. Faltava menos de uma hora para o início da cerimônia. Martin percebeu que o pai usava roupas novas, que ele não conhecia. Segundo Cristovão explicou, o Recital era um evento importante e apenas os membros mais destacados da elite de todo o Mar do Crepúsculo tinham a honra de ser convidados para assistir na plateia. Pensando naquilo, ele havia comprado um traje novo para o filho, pois se Martin usasse aquelas vestes amassadas de marinheiro, mesmo com o convite do senhor Veress, era bem possível que os guardas de manto prateado não o deixassem entrar. Martin vestiu-se apressadamente, e saíram juntos da pensão.

O Santuário das Vozes era a grande construção de formato retangular que Martin observara quando se aproximavam da Cidade. Lembrou-se de como ela dominava a paisagem ao dar origem à torre que parecia tocar o céu do crepúsculo. Nada daquilo se comparava, porém, ao impacto que tinha a Torre das Vozes quando vista de perto. As muralhas avermelhadas do Santuário eram paredões maciços com sete metros de altura, mas pareciam de brinquedo aos pés da gigantesca torre arredondada. O pescoço de Martin estalou quando inclinou a cabeça ao máximo em direção ao céu, para tentar identificar onde ela terminava. Parecia não ter fim, e tudo que se via era a gigantesca abóboda que a encimava. Àquela distância, o baluarte prateado que cercava a torre se assemelhava a uma fita incandescente à luz escarlate.

Junto ao portão principal, duas colunas de guardas de manto prateado observavam os homens e as mulheres que se dirigiam ao Santuário. Segundo o pai lhe explicara, os mantos prateados estavam a serviço da Ordem do Comércio, mas, por cortesia dos Comerciantes, também se encarregavam da segurança das Vozes. Uniram-se à ordenada procissão rumo à entrada; Martin viu-se cercado por homens em trajes de gala e mulheres com vestidos longos, ostentando as suas melhores joias.

De cada lado do corredor delimitado pelos soldados, uma multidão se acotovelava para chegar perto do Santuário, onde jamais permitiriam a sua entrada. Homens, mulheres e crianças ocupavam cada espaço disponível junto à parte externa das muralhas. Todos aguardavam o fim da cerimônia e a divulgação das decisões da Grande-Voz. Enquanto esperavam, os fiéis rezavam em tom alto e febril, repetindo incessantemente a saudação com a mão espalmada.

A permissão para entrar no Santuário veio depois de uma longa espera, tempo necessário para que um guarda de manto prateado encontrasse os seus nomes no pergaminho com a lista dos convidados. Martin temeu que o convite do senhor Veress não houvesse sido suficiente para aplacar a ira das Vozes e que o episódio com os Sussurros fosse lhe causar novos problemas. Ao que parecia, porém, o prestígio do líder da Ordem do Comércio era tanto que a sua questão em aberto com os sacerdotes fora esquecida: ninguém os impediu de penetrar no pátio interno, onde ficava a base da Torre.

Deixaram para trás a cacofonia das rezas e entraram em um amplo espaço aberto, com caminhos de pedra que se estendiam por entre belos jardins. Eram iluminados por grandes lampiões e archotes fixos às paredes internas da muralha. Esculturas em mármore estavam alinhadas no caminho principal, que conduzia à entrada da Torre. Martin leu as inscrições e compreendeu que elas tinham sido erguidas em memória a antigos sacerdotes da Ordem das Vozes. Havia séculos que os homens ali homenageados decidiam o destino do Mar do Crepúsculo, fundamentando-se no que ouviam ou deixavam de ouvir do deus Prana em Recitais como aquele a que assistiriam.

Na entrada da Torre, uma longa fila se formou. Mesmo a certa distância, Martin identificou, nos fundos do hall, cinco grandes estruturas cúbicas feitas de ferro trançado. Uma porta se abria na parte da frente de cada uma delas, para que as pessoas pudessem entrar. Uma vez lotada, a grande caixa de ferro era içada ao topo por grossas correntes operadas por mecanismos instalados bem no alto da torre. Quando enfim chegou a vez deles, Martin e o pai foram conduzidos a uma das gaiolas, junto a outros passageiros silenciosos. Com porta fechada, ouviu-se o som de metal ressoar tão logo os mecanismos foram acionados; no mesmo instante, começaram a subir. Levaram quase cinco minutos para ascender até o topo. Assim que as portas tornaram a se abrir, despejaram--nos diretamente dentro da Catedral das Vozes, no ápice abobadado da Torre.

A primeira impressão de Martin foi a de que tinha retornado para o mundo exterior, de tão vasto o ambiente. O local era um espaço único, com um formato circular, e estava, em sua maior parte, vazio. Ao dirigir o olhar para a cima, a noção de que existia um teto quase se perdeu, dada sua distância; podia apenas imaginar que o topo da estrutura se achava decorado com pinturas em relevo. O que não conseguia conceber, porém, era como alguém tinha subido até lá para criá-las. Também pensou que, em algum local lá em cima, deveria estar montado o sino que sacudia toda a cidade com suas badaladas.

As sólidas paredes de pedra clara eram interrompidas por imensas portas em arco, que conduziam à balaustrada prateada. Através delas, Martin podia adivinhar uma vista majestosa não apenas da Cidade, que ficava recolhida ao pés do observador, mas de toda a baía e de boa parte do mar aberto que se espalhava em todas as direções. Entre uma porta e outra, erguiam-se grossas colunas ornamentadas com arabescos delicados, como se fossem pequenas trepadeiras. A cor predominante era o branco, que estava nas paredes, nas colunas e no piso de mármore. Com a iluminação que entrava em abundância pelas aberturas, porém, todo o lugar resplandecia com um brilho avermelhado.

Martin, o pai e o restante da audiência, cerca de cinquenta ou sessenta pessoas, foram acomodados em cadeiras almofadadas em uma extremidade da Catedral. No lado oposto, erguia-se uma longa plataforma, onde várias cadeiras dispunham-se, formando uma fileira única; bem ao centro, destacava-se um grande trono prateado, que se impunha magnífico sobre todo o ambiente. De cada lado dessa plataforma, havia duas mesas de três lugares.

Antes que Martin pudesse observar outros detalhes da Catedral, o Recital teve início. O burburinho das conversas cessou no momento em que vários jovens vestidos com togas cinzentas se posicionaram em pé na frente da plataforma, formando três fileiras perfeitamente alinhadas.

Os Sussurros..., pensou Martin.

No instante seguinte, a voz de um arauto ecoou:

— Que Prana abençoe todos. Levantem-se para receber o conselho das Vozes e a Grande-Voz, Sua Santidade, Tar-Salatiel.

Martin ergueu-se, como os demais, e observou as figuras vestidas de branco tomarem assento nas cadeiras sobre a plataforma. De Tar-Salatiel, a Grande-Voz, pouco pôde ver, pois o homem usava um capuz que lhe encobria as feições.

Assim que as Vozes se acomodaram, a voz do arauto encheu o ar mais uma vez:

— O líder da Ordem do Comércio do Mar do Crepúsculo, senhor Cael Veress, e seus assistentes, Moos e Joonas.

Martin viu o senhor Veress e seus dois assistentes tomarem lugar à mesa que ficava à direita da plataforma.

Logo depois, o arauto anunciou:

— Os Guardiões da Fronteira: a princesa regente Elyssa Talir, o príncipe Eon Talir e seu protetor, Rohr Talir.

Martin fixou o olhar na princesa Elyssa, como se nada mais no mundo existisse, abalado por sua beleza avassaladora e pela ideia de que ela era pelo menos tão linda quanto Maya. Calculou que Elyssa era um pouco mais baixa do que ele próprio, mas talvez alguns anos mais velha.

Quando a princesa de Nastalir ocupou o assento no centro da mesa, seus longos cabelos, de um tom entre o mel e o dourado, esvoaçaram por um momento. A pele era clara, e os traços do rosto transmitiam, ao mesmo tempo, força e delicadeza. Em completo contraponto às outras mulheres no recinto, Elyssa não trazia o corpo coberto por joias ou adornos.

Eon era quase uma cabeça mais alto do que Elyssa e acompanhou a irmã a passos decididos até a mesa destinada aos Guardiões. Rohr Talir era um homem na casa dos cinquenta anos, com uma constituição poderosa. Um guerreiro, Martin via claramente. Todos os três vestiam-se de forma simples: Elyssa trajava um longo vestido verde, enquanto os homens usavam mantos de tecido verde-claros sobre vestes da mesma cor.

Os participantes iniciaram a deliberar entre si, e o público voltou a falar em voz baixa. Martin aproveitou para comentar:

— Ela se senta no meio, na posição mais importante, tal como o senhor Veress.

— Os Talir têm uma estrutura familiar matriarcal — explicou o pai. — Eles são irmãos: Elyssa tem dezoito anos e, Eon, vinte. Como os pais se perderam no mar quando os dois eram pequenos, Elyssa, mesmo sendo mais nova, é a autoridade máxima de Nastalir. O homem mais velho é o tio que os criou e os ajuda a governar.

— E o que acontece agora?

— A cerimônia do Recital é dividida em três partes. Primeiro, as duas autoridades, Comerciantes e Guardiões, expõem para a Grande-Voz as questões a serem tratadas, bem como seus respectivos pontos de vista. Depois, Tar-Salatiel beberá as Lágrimas de Prana, para ouvir o que Prana diz a respeito dos assuntos discutidos. Na última parte, a Grande-Voz anuncia as suas decisões, pautadas em sua deliberação com o deus Prana.

Martin guardou para si a opinião de que tudo aquilo era uma loucura. Não podia acreditar que tantas coisas importantes dependessem do que uma figura encapuzada escutasse...

A voz cavernosa de Tar-Salatiel cortou o ar e interrompeu o burburinho da conversa que se multiplicava na audiência.

— Que Prana os abençoe. Convoquei esta cerimônia sagrada a pedido tanto dos Guardiões quanto dos Comerciantes. Senhor Veress, tenha a bondade de expor as suas questões.

Todos os presentes, menos os Talir, fizeram a saudação de Prana, com a mão espalmada encobrindo a visão.

O senhor Veress se levantou.

— Com prazer, Vossa Santidade — disse ele, permanecendo em pé. — Todos na Cidade ouvimos rumores do recrudescimento dos conflitos na Fronteira. Também tomamos conhecimento de fatos que muito nos preocupam, pois põem em dúvida a eficácia daqueles que juraram nos proteger.

Ele foi direto ao ponto, pensou Martin.

— E que fatos são estes, senhor? — perguntou Tar-Salatiel.

— Alguns não passam de boatos, histórias de marinheiros, mas nem por isso menos perturbadores. Afirmam que, nos dias que correm, embarcações repletas de monstros navegam livremente pelo Mar do Crepúsculo. Também ouvimos, sem saber o quanto existe de verdade nisso, que a Fronteira tem estado sob ataque constante — respondeu o senhor Veress, falando ora para as Vozes, ora voltado à plateia e, algumas vezes, fitando os Talir. — Outro fato, este bastante real, é a agressão que sofreu o navio dos forasteiros em nossas águas.

— E o que o senhor deseja da deliberação divina para este assunto?

— Gostaria de propor que o comando da defesa da Fronteira seja retirado dos Talir.

Martin achou que o príncipe Eon saltaria da cadeira, mas o movimento foi interrompido pelo toque da mão da princesa no braço do irmão. Mesmo depois de contido, Elyssa manteve a mão pousada em Eon, como se soubesse que ele precisava de ajuda para arrefecer uma ira prestes a explodir.

Tar-Salatiel permaneceu indiferente e disse:

— É uma proposta radical, senhor. Os homens de Nastalir nos têm mantido em segurança há dois milênios. Explique por que eu deveria deliberar com Prana tal sugestão?

— Esses presságios de que falei são um sinal de que os tempos estão mudando. Uma nova era se avizinha, eu vejo claramente — falou o senhor Veress, ainda de pé. — Diz-se que as coisas precisam se transformar para permanecerem intactas. Ninguém aqui negará que os homens da Fronteira são valorosos. Mas a verdade é que, com a trágica perda dos pais, ficamos nas mãos de dois jovens. Muito capazes, sem dúvida, mas, ainda assim, verdes demais. Vejo Guardiões que vacilam mesmo frente a escaramuças.

Eon não se conteve e saltou da cadeira com o ímpeto de uma onda em um mar tempestuoso; brandiu um dedo em direção ao senhor Veress:

— O senhor não sabe do que fala! "Escaramuças", o senhor chama o que temos enfrentado. Pois eu digo que não faz ideia do que é estar em mar aberto a bordo de uma pequena galé, com apenas um punhado de homens, prestes a enfrentar os Mortos.

— Sente-se, príncipe — ordenou Tar-Salatiel.

Martin virou-se para o pai, que cochichou em seu ouvido:

— "Mortos" é como os Talir chamam os Knucks...

— Não tenho medo da sua bravata, príncipe Eon — replicou o senhor Veress. — Talvez seja este mesmo o problema: não tenho medo de vocês... não acho que estejam enfrentando nem metade do que têm alardeado.

Eon ainda estava em pé, prestes a ebulir de raiva. Mas o que mais chamou a atenção de Martin foi que Rohr Talir também se levantara e trazia o rosto tão rígido que teve a certeza de que se o homem entrasse na discussão, não seria com palavras. Elyssa era a única que permanecia sentada na mesa dos Talir.

— Já que não consigo conter o príncipe, peço que a princesa regente se pronuncie.

O senhor Veress sentou-se para escutar.

Enquanto Elyssa se preparava para falar, Martin imaginou que escutaria a sua voz carregada de fúria, e que ela se lançaria feroz na discussão. Mas, em vez disso, quando ela se pronunciou, foi de modo suave, porém firme, com efeito certeiro, amplificando o poder de suas palavras.

— Senhor Veress, quando estava vindo para cá, deparei-me com um espetáculo de teatro ao ar livre. Atores e atrizes se apresentavam em um tablado de madeira para uma plateia animada. Os espectadores se divertiam com a peça e aproveitavam para comer quitutes que vendedores ambulantes lhes ofereciam. — Fez uma pausa antes de prosseguir: — O senhor sabe, nestes dias que vivemos, tal espetáculo não seria possível em Nastalir.

— E por que não, princesa?

— Porque os nossos homens estão no mar, lutando, enquanto as mulheres ou tratam os feridos ou cosem as roupas dos mortos para que possam servir nos vivos. Sendo assim, não teríamos nem os atores e as atrizes, nem uma plateia para eles. Também não teríamos o tablado, pois toda a madeira de que dispomos vem sendo usada por nossos carpinteiros que trabalham freneticamente para nos entregar mais navios. É verdade que ainda temos comida, mas não nos banqueteamos, pois somos previdentes, e sabemos que dias piores nos aguardam.

Martin entendeu de imediato a escolha de palavras da princesa. Era evidente que as pessoas na Cidade do Crepúsculo não faziam ideia do que significava viver em guerra. Afora alguns mercadores de pouca sorte, nenhum deles jamais tinha visto um Knuck. Elyssa tentava fazê-los enxergar a realidade do conflito.

— Uma visão muito objetiva das coisas, princesa.

— Aqueles que vivem na Fronteira nunca conseguem se afastar muito da realidade — respondeu Elyssa. — Fazemos o melhor que podemos. Nossos homens são grandes navegadores e enfrentam os Mortos de cabeça erguida; nossos navios não são e nunca serão presas fáceis para os monstros. Mas a verdade é que não podemos mais lutar sozinhos: precisamos de suprimentos e de material de todo o tipo para manter a frota em condições de guerrear.

— E o que provocou esta escalada no conflito, princesa? — perguntou Tar-Salatiel.

— Não sabemos o que desencadeou tal onda de belicosidade dos Mortos, mas sei o que devemos fazer: acredito que é chegada a hora de todos os povos do Mar do Crepúsculo se unirem contra o mal comum que nos assola.

— E qual é a sua proposta?

— Os Guardiões não desejam apresentar nenhuma proposta radical. Queremos somente que a lei seja cumprida e que este embargo que os subordinados do senhor Veress nos impõem termine imediatamente.

— Não existe um embargo. — A voz do senhor Veress soou calma, mas o veneno que continha era evidente. — A verdade por trás desta corrida por suprimentos é que os nossos jovens Guardiões têm uma ideia absurda de lançar uma ofensiva contra o Mar Morto.

Tar-Salatiel ajeitou-se na cadeira, desconfortável.

— Isso é verdade, princesa?

— A ideia desta ofensiva é tão antiga como a própria Ordem dos Guardiões. Nossos pais pretendiam levá-la adiante, mas acabaram morrendo antes que qualquer coisa pudesse ser feita. Eles eram adeptos do plano, pois argumentavam que é impossível nos defendermos dos Mortos para sempre. Em algum momento, os monstros nos encontrarão enfraquecidos, divididos ou ambos e, quando isso acontecer, eles vencerão. Quem luta contra as criaturas sabe bem que não há uma segunda chance.

Enfraquecidos e divididos... tal como agora? Aquilo encheu Martin de pressentimentos sombrios.

Tar-Salatiel, perturbado, sacudiu a cabeça e ajeitou a toga. Por fim, disse sem nenhuma convicção na voz:

— Prometo criar uma comissão para investigar esta alegação de embargo. — Virou-se para o senhor Veress e completou: — E o senhor, o que propõe exatamente? Seja objetivo, por favor.

O senhor Veress ficou em pé mais uma vez.

— Gostaria de propor a criação de uma organização comercial para gerir o esforço de defesa da Fronteira. Seria feita nos mesmos moldes usados para administrar os nossos negócios: líderes capacitados, buscando aumentar a eficácia da frota de guerra, e homens bem pagos lutando na linha de frente.

Vamos acabar com o improviso; não podemos mais ter maltrapilhos famintos cuidando da nossa segurança.

—Vejo que o senhor nada sabe a respeito das pessoas que vivem na Fronteira — interpôs Elyssa com os olhos cravados no senhor Veress. — Estamos falando de homens comuns, que deixam para trás suas famílias para passar meses no mar, defendendo gente que eles não conhecem. E temos mulheres também. Cada cidade ou vilarejo deve reunir tripulações de acordo com seu tamanho. Se em determinado local não existem homens suficientes, as mulheres são convocadas. E elas navegam bem e lutam ainda melhor. São essas as pessoas que formam a ponta de lança da defesa da Fronteira, e o remédio que servem aos Mortos é amargo, eu lhe garanto. Se nesta cidade os monstros não passam de um pesadelo distante, agradeça isso a esses maltrapilhos famintos. Gente assim não luta por um punhado de moedas. Entenda isso, senhor.

O senhor Veress tentou falar, mas Tar-Salatiel interrompeu ambos com um gesto aborrecido.

— Já ouvi o suficiente. Vou recorrer à deliberação divina. Que Prana seja bom e nos guie em meio a tanta discórdia.

Um silêncio absoluto se abateu sobre a Catedral. De um lado, o senhor Veress voltou a se acomodar, ainda ostentando seu meio-sorriso característico; já os Talir relaxaram um pouco. De algum modo, Martin achou que podia ler seus pensamentos: tinham ido até aquelas pessoas confusas buscar auxílio, não haviam conseguido, e nada daquilo era uma surpresa. Lutariam sozinhos, como sempre tinham feito.

Logo em seguida, todos os olhos se voltaram para a plataforma. Uma Voz entrou na Catedral, vinda de uma porta oculta nos fundos. Trazia nas mãos uma bandeja de ouro, sobre a qual repousava um pequeno cálice do mesmo material. A figura togada dirigiu-se com cuidado, medindo cada passo, até o trono de Tar-Salatiel. Martin entendeu que ele levava as Lágrimas de Prana para a Grande-Voz.

Tar-Salatiel retirou o capuz, e Martin viu o seu rosto pela primeira vez: um homem idoso, cheio de rugas e de cabelos brancos ralos despenteados. A Voz postou-se ao lado de Tar-Salatiel, que se levantou e apanhou o cálice com as duas mãos.

— Que Prana nos abençoe! — disse e tomou em um só gole o conteúdo. Após, tornou a sentar-se.

A Voz partiu, levando a bandeja e o cálice vazio.

Os olhares atentos que se depositaram sobre a Grande-Voz nada viram, pois durante um longo período nada aconteceu. Alguns minutos mais tarde, porém, Tar-Salatiel fechou os olhos e seu corpo relaxou por completo. Com os músculos flácidos, ele deslizou pela cadeira quase a ponto de cair no chão; ficou esparramado, com as pernas abertas e os joelhos oscilando de um lado para o outro. Seu peito iniciou um arfar intenso, como se estivesse com sede de ar. Depois, começou a soltar pequenos grunhidos; eram sons de prazer e vinham acompanhados por um sorriso. Os olhos ainda se mantinham bem fechados. Aos poucos, os sons se intensificaram: gemidos de luxúria irromperam pela Catedral, intercalados com movimentos indecentes em que a Grande-Voz punha a língua para fora como se lambesse alguma coisa invisível.

Seja lá o que estivesse acontecendo, Martin percebia que o sacerdote encontrava-se embriagado de prazer.

Então, subitamente, a Grande-Voz se endireitou e permaneceu imóvel, como se cochilando. Um minuto depois, quando seus olhos se abriram outra vez, ele havia retornado ao estado normal.

— Escutei a voz de Prana. Deliberei com deus — anunciou. — São tempos negros estes que vivemos, não há dúvida. Por isso, não podemos cometer nenhuma insensatez. Não devemos adotar uma posição ofensiva. Não teríamos chances contra seja lá o que existe no Mar Morto e creio que, se tentássemos, apenas atiçaríamos a ira das criaturas. Por esta razão, nego qualquer proposta de erguer uma máquina de guerra que avance além do nosso próprio Mar. — Uma longa pausa se seguiu até que prosseguisse: — Concordo em parte com a proposta da Ordem do Comércio, pois acho que, em um assunto tão sério quanto a segurança do povo, todo e qualquer esforço é bem-vindo. Não pretendo, porém, retirar nenhuma autoridade dos Guardiões. Os homens de Nastalir nos têm servido bem e devemos a eles este reconhecimento. O senhor Veress tem autorização para construir outra frota de defesa, que ficará sob suas ordens. Esta nova armada deve atuar sinergicamente às forças da Fronteira. Penso que todos temos a ganhar com tal união.

Martin teve um péssimo pressentimento a respeito daquilo, antes mesmo de Tar-Salatiel terminar de falar. Viu que o pai, que levara uma mão à boca em espanto, e os Talir, que jaziam paralisados em sua mesa, compartilhavam da mesma inquietude.

A Grande-Voz deu o Recital por encerrado, e todos se levantaram para ir embora. O pai dirigiu-se sozinho até a mesa dos Talir e retornou logo depois.

— Eles nos convidaram para o jantar, Martin. Vamos direto para lá — disse o pai, sinalizando para que se apressassem em tomar um lugar na fila das gaiolas que os levariam para baixo.

CAPÍTULO IX

LIVROS DE VERDADE

— Você está atrasada — disse o Bibliotecário, espiando por entre duas pilhas de livros que se equilibravam sobre a sua mesa.

— Achei que você nem se lembraria de mim. — Maya sorriu.

— Você é a primeira pessoa que conversa comigo — respondeu ele —, e eu quero que veja como cuido bem dos livros, para depois contar ao Ancião-Mestre.

Maya sentou-se à mesa junto dele, na mesma cadeira que ocupara na ocasião anterior. Olhou para os lados e nada viu além de paredões de livros que se avolumavam como se ameaçassem fechar-se sobre a pequena clareira. Para fugir da imagem dos livros, Maya precisou dirigir o olhar para cima, mas o teto perdia-se, distante e alto, desvanecendo-se à meia-luz. O resultado era que pareciam estar em um oceano de livros a céu aberto.

Tinha levado mais tempo do que imaginava para percorrer o túnel e as galerias até ali. Decidira não tomar o desjejum, pois se sentia enjoada, como se o estômago estivesse torcido dentro da barriga. Quando ficou tonta e teve de se sentar no chão úmido da passagem secreta, porém, percebeu que tinha cometido um erro. Seu corpo estava fraco e, cada vez que dormia, a febre retornava com mais força. Durante as últimas horas de descanso, havia acordado com as roupas e o lençol ensopados e não conseguira voltar a adormecer.

— Você disse que sabe tudo a respeito do capitão Robbins — comentou Maya, ainda recuperando o fôlego.

— Sei, sim — afirmou, orgulhoso. — Li vários livros a respeito dele e da grande civilização de... — O Bibliotecário sofreu outro dos espasmos no rosto e interrompeu-se como se estivesse assustado.

— O que foi?

— Não podemos falar disso. Foi a primeira coisa que Dom Cypriano me disse quando eu ainda era uma criança.

Maya deu-se conta de que não sabia a idade dele. O Bibliotecário era mais esquisito do que qualquer pessoa que já tivesse encontrado e podia muito bem ter vinte, trinta ou mais de quarenta anos.

— Então você vive aqui desde criança?

Ele assentiu.

— E nunca conheceu seus pais?

— Nunca.

— E você também nunca viu nenhuma rua da Vila?

— Não, mas sei tudo sobre a Vila, as pessoas e o Além-mar. Li livros que fariam você chorar de medo ou pôr as mãos na cabeça de espanto; livros que vocês não têm lá fora. Sei tudo sobre a vida.

Leu em livros tudo o que pensa saber sobre a vida... Manter uma existência enclausurada daquela forma era monstruoso, até mesmo para os Anciãos.

— Aposto que sabe — disse Maya. — Mas eu também sei uma porção de coisas dos Livros da Criação e do capitão Robbins.

Ele torceu a cara e fez um gesto de desdém com a mão.

— Aqueles livros que vocês leem lá fora são bobagens. As partes mais importantes foram retiradas. Eu mesmo trabalhei na última revisão, a pedido do Ancião-Mestre.

— E o que você retirou?

Ele estreitou os olhos, desconfiado.

Maya deu de ombros e disse:

— Não importa, sei de toda a história. Toda ela.

O sujeito empertigou-se e disse em tom desafiador:

— Não é possível que saiba. Ninguém sabe. O conhecimento está aqui dentro, e não lá fora. Aquilo que vocês chamam de livros são recortes editados por gerações de Bibliotecários; histórias aos pedaços e sem sentido.

— Mesmo assim, eu sei. — Fingia desinteresse, perdendo o olhar no teto.

O Bibliotecário interrogou-a com os olhos, segurou-se por um segundo e então falou:

— Você não pode saber de onde veio o capitão Robbins.

Maya fez-se de sonsa e olhou para o lado, mas com o canto dos olhos viu os lábios dele quase se abrindo. Estava prestes a se render.

— Bem, se você foi enviada por Dom Cypriano, acho que talvez possa saber de alguma coisa mesmo... e não faria mal se falássemos do assunto.

— Conte-me o que sabe, depois eu confirmo se era o mesmo que eu sabia.

Ele pensou por um momento e fez que sim com a cabeça.

— Está na parte mais importante dos Livros da Criação, o capítulo da origem: o capitão Robbins trouxe sobreviventes da catástrofe da grande civilização de Tanir.

Maya sentiu o coração aos pulos. Que insanidade era aquela? Os Anciãos sabiam de tudo! Como poderiam tê-los deixado na escuridão?

— Tanir...

— O Berço dos Homens — completou ele.

— É para lá que vão os navios que partem?

O rosto do Bibliotecário sofreu uma transformação: suas feições enrijeceram, e ele afastou o corpo de Maya. Ela percebeu, no mesmo instante, que dissera algo de errado.

— Você estava mentindo.
— É claro que não — Maya rebateu, mas já era tarde. A sua voz também não trazia a convicção necessária.
— A civilização de Tanir acabou-se na grande catástrofe há dois mil anos. Qualquer um que tenha lido o primeiro parágrafo da versão original dos Livros da Criação saberia disso.
Maya deu-se por vencida.
— Desculpe, eu menti. Não conheço a história.
O Bibliotecário a observou em silêncio por um longo tempo. Maya temeu que o episódio tivesse custado o pouco da confiança que havia conquistado. Ele permaneceu calado, olhando para o chão. Maya achou que era hora para um último e desesperado recurso.
— Talvez seja melhor eu ir embora — disse, levantando-se. — Desculpe se menti, só queria saber da história verdadeira. — Deu um passo relutante para longe, mergulhada no desespero: como faria para reconquistá-lo depois daquilo?
Subitamente, ouviu a voz trêmula às suas costas:
— Volte.
Ela disfarçou um suspiro de alívio.
— Eu conto o que sei, se você quiser.
Maya respondeu com um sorriso e retornou para sua cadeira o mais rápido que pôde.
— O que você quer saber?
— Tenho um amigo que embarcou para o Além-mar. Quero ouvir desse lugar para onde ele foi.
— Quem embarca para o Além-mar morre nas mãos dos Knucks. Aquele documento que orienta os capitães, o Opérculo, ordena que os navios esperem no ponto central do Além-mar, a Singularidade. É um dos locais mais perigosos que existem, pois está infestado de monstros.
— É por isso que os navios nunca retornam?
Ele aquiesceu.

— E supondo que o capitão não seguisse as instruções do Opérculo e cruzasse rapidamente por este ponto, para onde iria?

— Para o Mar do Crepúsculo.

O Bibliotecário olhou Maya de forma estranha, e ela descobriu-se com a boca entreaberta.

— E o que há por lá?

— Muitas ilhas, com muitos povos diferentes. Os meus favoritos são os Filhos do Mar, os homens de Nastalir.

— Nastalir? — perguntou Maya, incrédula. Havia todo um mundo no Além-mar, repleto de nomes, lugares e povos que desconhecia. Desejou com toda a sua força estar ao lado de Martin, vendo tudo aquilo.

— Eles defendem a entrada do Mar do Crepúsculo contra os monstros. São grandes navegadores e guerreiros. Os únicos, em todo o Além-mar, que levantam a espada contra os Knucks.

— E você acha que o meu amigo estará seguro nesse Mar do Crepúsculo?

O Bibliotecário cruzou os braços e anunciou como se fosse um especialista no assunto:

— Se ele estiver em Nastalir, aposto que está mais seguro do que nós.

Maya sentiu a cabeça latejando à medida que associações se formavam em sua mente.

— O que impede os monstros de varrerem a nossa Vila do mapa?

O Bibliotecário encolheu-se em sua cadeira e foi tomado pelos espasmos faciais, cada olho se alternando nas contrações grotescas.

— Isso, Marya... é a única coisa de que não sei.

A garota sentiu um arrepio: aproximava-se do ponto crucial.

— Mas é algo que está nos Livros da Criação.

Ele concordou com um aceno da cabeça. O rosto ainda se contorcia.

— Sei até em que capítulo está, mas não sei o que significa, tampouco por que é tão importante.

— E o que é? — perguntou Maya com a respiração suspensa.

— De tempos em tempos, Dom Cypriano requisita o original dos Livros da Criação e ele mesmo executa algo que está neste capítulo. Faz tudo sozinho e não pede a ajuda de ninguém, nem mesmo a minha ou a dos outros Anciãos.

— E que capítulo é este? — indagou com a estranha sensação de que a resposta era maior do que ela, que dizia respeito a cada ser vivo naquele vasto e desconhecido Além-mar. Era aquilo que Dom Gregório queria a todo custo; e também era algo de que os monstros tanto precisavam.

— Intitula-se "As Lágrimas de Prana".

Maya ficou em silêncio, imaginando o significado daquilo, mas foi desperta pelo Bibliotecário.

— Agora é a sua vez de contar alguma coisa.

— O que você quer saber?

— Fale-me da Vila.

— A Vila tem ruas de pedra...

— Não — ele a interrompeu. — Quero ouvir das pessoas. Conte-me como é ter uma vida normal. Quem são seus pais e amigos? O que você faz quando está acordada?

Maya sorriu e preparou-se para falar. Refletiu que, no fim das contas, talvez o Bibliotecário não fosse tão esquisito assim.

CAPÍTULO X

OS GUARDIÕES

A residência dos Talir na Cidade do Crepúsculo ficava na periferia, em um local onde o terreno começava um aclive em direção ao topo da colina que marcava o centro da ilha. Martin e o pai seguiram por uma rua de pedra, a qual serpenteava em uma subida cada vez mais acentuada. À medida que avançavam, as casas iam se tornando menores e mais espaçadas, até darem lugar a um gramado verde-escuro e alguns arbustos baixos.

A fortaleza dos Talir surgiu logo adiante, dominando a paisagem, não por ser grande, mas apenas porque não havia nada em torno dela. Tratava-se de uma fortificação quadrada, com muros altos encimados por ameias; do seu interior erguia-se uma única torre de três andares e tijolos avermelhados.

No portão principal, foram recebidos pelos guardas de mantos verde-claros. Martin contou seis junto ao portão e doze na parte interna das muralhas. Exibiam um aspecto vigilante e um ar preocupado, como o de alguém que espera confusão a qualquer momento. Compreendeu que os homens de Nastalir não se sentiam seguros na Cidade do Crepúsculo.

A parte interna abrigava um pequeno jardim e duas construções apertadas: uma era a caserna e, a outra, a julgar pelo cheiro, devia ser uma cozinha. No centro, a torre quadrada continha a parte residencial do complexo. Enquanto caminhavam até a entrada, Martin observou os homens de manto verde-claro atarefados, acomodando arcas com bagagens e barris de suprimentos em carroças. Estavam se preparando para partir.

Na entrada da torre, Eon e Rohr Talir vieram recebê-los. Ambos ainda tinham estampado em seus rostos o que pensavam sobre o resultado do Recital: uma mistura de desapontamento e preocupação. Apesar disso, pareciam mais à vontade longe do olhar das Vozes e do senhor Veress.

— Fico muito feliz em revê-lo — disse Eon a Martin, apertando a mão do rapaz.

— Eu também.

— É um prazer conhecê-lo, Martin — falou Rohr, avançando em sua direção e oferecendo um forte cumprimento.

Martin não deixou de reparar que Rohr sabia o seu nome, antes mesmo de o pai apresentá-lo.

— Peço desculpas por Elyssa — disse Eon. — Ela teve de ir a uma reunião com alguns comerciantes que não são ligados à Ordem do Comércio. Um bando de escroques, mas os únicos que talvez aceitem nos vender alguma coisa.

Martin e o pai foram conduzidos por Eon e Rohr a uma sala de jantar, situada no terceiro andar da torre. A peça não era grande; tinha uma mesa retangular no centro, cadeiras e alguns armários nos cantos. Martin gostou do ambiente: era acolhedor, sem ser pretensioso. Nas paredes havia pinturas de galeões enfrentando tormentas, além de um único retrato de um casal. O homem se parecia com uma versão mais jovem de Rohr Talir, enquanto a mulher se assemelhava a uma Elyssa um pouco mais velha. Martin assumiu serem os pais de Elyssa e Eon.

Em uma das extremidades da sala, uma porta se abria para uma sacada; lá, aguardaram que o jantar fosse servido. O local era amplo e oferecia uma vista panorâmica de toda a Cidade do Crepúsculo. Martin não percebera o quanto tinham subido no caminho até ali. Aos seus pés, através da balaustrada, via-se a cidade esparramada para os dois lados. No porto, centenas de pequenos mastros despontavam das águas alaranjadas, como um enorme porco-espinho. A maciça Torre das Vozes quebrava a harmonia da silhueta do local, erguendo-se bem do meio das construções. Mais ao longe havia apenas o mar, perdendo-se em meio ao horizonte do crepúsculo.

— Então, Martin, o que acha da Cidade? — perguntou Eon, postando-se ao seu lado, no parapeito.

— Fiquei pasmo quando a vi pela primeira vez, mas agora...

Eon concordou com um aceno.

— Eu sei o que você quer dizer: as pessoas são tão complicadas que acaba perdendo a graça.

Aquilo resumia a opinião de Martin a respeito da Cidade do Crepúsculo: o lugar tinha perdido boa parte da magia. Era complicado demais.

— As pessoas daqui enxergam o mundo através de uma lâmpada de fenda; preocupadas apenas com os seus pequenos problemas e com ganhar dinheiro, não percebem que o mundo tal como o conhecem está prestes a ruir — concluiu Eon.

— A liberdade que vem de graça, sem luta, é um veneno para a alma; torna os homens lenientes e deixa as suas mentes morosas. As pessoas daqui ficaram assim: pensam que tudo lhes pertence por direito — disse Rohr, às costas de Martin e Eon.

Martin e o príncipe viraram-se para fitá-lo.

Uma moça vestida de verde-claro trouxe cálices de vinho. Na sala de jantar, Martin viu outras preparando a mesa.

— E quanto ao Recital? — perguntou Cristovão.

Rohr fez um gesto de desdém com a mão.

— Uma cobra, aquele senhor Veress. Da pior espécie.

Eon tomou um longo gole de vinho e disse:

— Foi pior do que poderíamos imaginar: uma frota a serviço da Ordem do Comércio. — Sacudiu a cabeça. — Se isso acontecer, em breve estaremos lutando em duas frentes.

— E de que lado estão as Vozes? — perguntou Martin.

— Do lado delas — respondeu Eon. — Ao mesmo tempo que são independentes, também não são.

— Como assim?

Foi seu pai quem respondeu:

— As Vozes têm uma forte ligação com o senhor Veress e com os seus associados. Os Comerciantes enchem os sacerdotes de confortos materiais e os mantêm em segurança com os seus guardas de manto prateado. Além disso, é o senhor Veress que obtém aquilo de que as Vozes mais precisam.

— As Lágrimas de Prana? — perguntou Martin, incrédulo. — Como?

— Ninguém sabe — respondeu Eon. — É o segredo mais bem guardado da Ordem dos Comerciantes.

— Diz-se nas ruas que as Lágrimas estão acabando, o que poderia ser apenas uma meia-verdade — comentou Cristovão.

Eon estreitou os olhos, interessado.

— O que você está sugerindo, Cristovão?

— Se o senhor Veress controla a chegada das Lágrimas para as Vozes, ele poderia muito bem estar usando isso em seu benefício. Bastaria restringir o acesso dos sacerdotes à substância para tê-los na mão. Depois, pode usar a sua escassez para obrigar as Vozes a fazer exatamente o que ele quer.

— Pensei que a substância era usada apenas no Recital. Por que precisam tanto dela? — perguntou Martin.

Rohr explicou:

— Não, Martin. Depois de algum tempo, as Vozes passam a ser dependentes das Lágrimas e as usam, como uma droga, todos os dias. A substância consome e transforma seus corpos. É ela que os deixa parecendo albinos, brancos como fantasmas.

— Vendo assim, parece bastante óbvio — disse Eon. — Este Recital foi uma encenação. Acredito que assistimos ao senhor Veress colocar em prática planos há muito traçados.

Rohr movimentou-se, inquieto.

— A serpente está se posicionando para dar o bote.

Eon suspirou e pousou o cálice de vinho no parapeito. Rohr pareceu ler a mente do príncipe e fez o mesmo.

— Chega de vinho. Devemos partir após o jantar. Se o senhor Veress se move, não ficaremos aqui sentados esperando.

Rohr assentiu.

— Concordo. Enquanto isso, vou enviar outra escolta para Elyssa.

— Não será preciso, tio.

Elyssa entrou na sacada a passos rápidos.

— E a sua reunião? — perguntou Eon.

— Desisti no meio do caminho. Seria uma perda de tempo. Conheço bem aqueles tipos: os comerciantes do mercado negro nos venderiam madeira podre a preço de ouro.

Elyssa parou diante de Martin.

— E também não queria deixar de conhecê-lo — disse ela, estendendo a mão para cumprimentá-lo.

Martin apertou a mão de Elyssa estupefato e um pouco irritado. Era evidente que o pai o deixara à margem de boa parte do que sabia. Aquelas pessoas sabiam seu nome e o tratavam com uma estranha cortesia.

Naquele instante, uma cozinheira idosa, vestindo um avental verde-claro, anunciou que o jantar estava pronto.

Elyssa voltou-se para ela e abriu um grande sorriso.

— Obrigada, Helga. Estou faminta.

— Helga, nos faça o favor de avisar aos rapazes que partiremos imediatamente após o jantar — disse Eon.

Foi a vez de Helga sorrir.

— Com prazer, senhor. Eles vão gostar da notícia.

Na mesa dos Talir não havia nenhum banquete, mas a longa travessa com carne assada, temperada com ervas e alho e guarnecida com batatas e legumes era a melhor e mais farta refeição que Martin fizera em muito tempo. Vinho foi servido, mas Eon, Rohr e o pai decidiram preteri-lo por suco de limão.

Martin sentiu o clima de receio que enchia o ar e optou por fazer o mesmo.

Teria comido bem mais se não tivesse sido o centro absoluto das atenções. Os Talir o encheram de perguntas a respeito da Vila: como era a cidade, como o povo se comportava ante a escuridão permanente e como funcionava a Lei Anciã. Pareciam genuinamente fascinados, tanto que, a cada resposta sua, alguém fazia logo outras duas ou três novas perguntas.

Martin sentiu-se à vontade falando da Vila. Percebeu que, apesar de tudo, amava a cidade. Era verdade que o seu lar estava imerso em uma escuridão sem fim, mas havia na Vila algo que faltava na imponente Cidade do Crepúsculo. Não fazia ideia do que, sabia apenas que sentia falta dos seus recantos favoritos: a rua do Porto, com o som das ondas quebrando na mureta, a padaria do pai de Omar, a livraria de Maya e tantos outros.

Quando abordaram a questão do ataque Knuck e a subsequente missão do *Firmamento*, o interesse aumentou, e até o pai uniu-se ao revezamento de perguntas para Martin.

Cristovão expôs aos Talir a teoria de que a missão do *Firmamento* sacudira o equilíbrio de todo o Além-mar.

— Faz sentido — concordou Rohr. — Sempre soubemos que havia algo de muito importante na sua Vila. Parecia-nos óbvio: que outro motivo haveria para que a sua pequena cidade indefesa sobrevivesse sozinha e isolada no Mar Negro?

— Vocês foram de uma coragem tremenda ao partir para esse resgate — disse Eon. — Muitos embarcam em missões perigosas, mas fazer algo que nunca foi feito antes requer um tipo especial e raro de bravura.

— Seria algo que um de nós... — começou Rohr.

— Foi mesmo muito corajoso — Elyssa interrompeu-o.

Rohr pigarreou e concluiu:

— Bem, quebrado algum equilíbrio ou não, sempre me agrada ouvir que alguém colocou os Mortos para correr.

— Estamos preocupados com Ricardo Reis — disse Martin, mudando de assunto. — Ele está doente, arde em febre e dorme o tempo todo.

— Procurei um curandeiro na Cidade, mas ele nada sabia sobre essa doença misteriosa — completou Cristovão.

— Diga-me, Martin, seu capitão foi ferido durante a operação de resgate? — perguntou Elyssa.

Martin pensou por um momento e, então, lembrou-se de que Ricardo Reis sofrera um ferimento superficial na batalha.

— Sim, um dos monstros o arranhou.

Elyssa dirigiu-se a Cristovão:

— Não há nada de misterioso nessa doença. Nós, da Fronteira, a conhecemos bem demais: é a Febre dos Mortos.

Martin estremeceu.

— E do que se trata?

— É uma doença que pode se manifestar toda vez que alguém é ferido por um Morto — respondeu Elyssa.

— Não faz sentido. Fui ferido a bordo do *Tierra Firme* e não estou doente.

— A doença é imprevisível — respondeu Elyssa. — Às vezes, aparece em ferimentos superficiais e, em outras, não se manifesta mesmo se a vítima perdeu um braço ou uma perna. Quando a Febre surge, porém, só existe uma certeza: sem tratamento, é fatal.

— E qual é o tratamento? — perguntou o pai.

— Apenas os curandeiros da ilha de Hess conhecem a cura. Eles fazem uma poção com ingredientes secretos, que combate a Febre. É conhecida como Suspiro dos Vivos. Raramente perdemos um homem para essa doença, pois as tripulações que partem para a linha de frente sempre levam consigo um estoque do Suspiro.

— Precisamos dar isso a Ricardo Reis! — exclamou Martin.

— Não nos dirigíamos para a batalha, por isso não trouxemos o Suspiro a bordo — explicou Eon.

Elyssa completou em tom urgente:

— Se Ricardo Reis foi ferido há várias semanas, muito pouco tempo lhe resta. Ele deve partir conosco para Nastalir. Essa é a forma mais rápida de receber o remédio. Eu prometo que cuidaremos bem dele.

A despeito da notícia de que Ricardo Reis receberia tratamento, algo impedia Martin de relaxar.

— Não temos como agradecer, princesa — disse Cristovão.

Ela sorriu.

— Para vocês dois — dividia o olhar entre Martin e o pai —, sou apenas Elyssa.

— É sempre uma honra ajudar qualquer um que tenha enfrentado os Mortos — completou Rohr.

Martin viu que o pai relaxara e, pela primeira vez, um período de silêncio pousou sobre a sala de jantar.

Foi Rohr quem interrompeu a quietude:

— O que você acha que devemos fazer, Elyssa?

Com todos os olhos postos sobre ela, Martin teve a sensação de vê-la vacilar por uma fração de segundo: seu olhar se desviou e a sua beleza tornou-se diferente, mais pueril. Deu-se conta de que havia um grande peso depositado em suas costas: tanto dependia do que ela decidisse e, contudo, ela também era, em certo sentido, apenas uma menina. Mas aquilo durou somente um segundo; quando ela voltou a fitá-los, seus olhos verde-claros eram resolutos como sempre.

— Fomos tolos e míopes. Todos nós. Agora vejo com clareza que o senhor Veress colocou em movimento um grande plano. Não sei do que se trata, mas sei o que ele quer: nos tirar por completo da Fronteira. Destruir-nos.

— Nunca houve amizade entre Guardiões e Comerciantes — argumentou Eon —, mas, se eles nos atacarem, quem os defenderá?

— Não sei, Eon — respondeu Elyssa. — A minha intuição diz que o senhor Veress tem uma solução para isso também.

Rohr ajeitou-se na cadeira.

— Isso só pode ser verdade se a Ordem do Comércio estiver construindo uma frota em segredo.

— Seria possível tal loucura? — perguntou Cristovão.

Eon sacudiu a cabeça.

— Impossível não seria... Nossa vigilância se concentra na Fronteira, não por aqui.

— Ouve-se dizer que há algum tempo existe uma falta de mão de obra no porto — continuou Rohr. — Os estivadores sumiram...

— E hoje o uso de tal frota, se ela existir mesmo, foi tornado legal por Tar-Salatiel. Devemos partir o quanto antes, e acho que vocês devem vir conosco — disse Elyssa, com os olhos fixos em Martin e no pai.

Martin voltou-se para o pai, aguardando a sua resposta, mesmo já sabendo qual seria.

— Não vejo a hora de sair desta cidade...

CAPÍTULO XI

A CIDADE DO CREPÚSCULO SE FECHA

Martin e o pai fizeram em silêncio o caminho de volta ao porto.

Percorreram ruas vazias e passaram por casas com as janelas fechadas. A Cidade repousava preguiçosa sob a luz de fogo do céu do crepúsculo, como uma enorme besta adormecida. Mas Martin percebia que era um sono agitado; uma inquietude pairava no ar. Os ventos mudariam de direção em breve.

No horizonte, além da baía do porto, grandes nuvens de tempestade se enfileiravam. Os grossos algodões tinham a base negra e o topo incandescente, e preparavam-se para avançar sobre a Cidade.

Martin compartilhava de toda aquela inquietação. Percebia que alguma coisa estava prestes a acontecer e sentia-se inseguro, pois não entendia a situação como um todo. Não compreendia os Talir. O que eles haviam demonstrado fora bem mais do que cortesia: tinham-no tratado com intimidade.

Estavam quase chegando ao local onde o *Firmamento* estava atracado, quando Martin perguntou:

— Por que Guardiões e Comerciantes se odeiam tanto?

Seu pai diminuiu o passo.

— Sempre houve uma disputa por poder, Martin.

— Não é só isso — protestou, convicto.

O pai suspirou e deu uma olhadela para longe, como costumava fazer quando era obrigado a falar de um assunto que preferia ter deixado de lado.

— Além da rixa histórica por poder, há dezesseis anos algo tornou o problema também... pessoal.

Tinham chegado ao mercado que, àquela hora, estava deserto e silencioso. Martin parou e cruzou os braços.

— Quero saber o que houve.

— Aconteceu uma grande tragédia ao norte da ilha de Nastalir. A esposa do senhor Veress tinha feito uma visita de negócios à terra dos Talir e retornava, junto aos pais de Eon e Elyssa, para a Cidade do Crepúsculo, onde todos compareceriam a um Recital...

— Continue — pediu Martin.

— Uma grande tempestade vinda do sul empurrou os navios a águas desprotegidas, próximas demais da Singularidade — respondeu Cristovão. — Em meio à tormenta, uma grande força de ataque Knuck caiu sobre eles e os apanhou de surpresa. Apenas uma das galés de escolta sobreviveu ao massacre e retornou a Nastalir com um punhado de homens feridos, à beira da morte. Rolf Talir e a *Princesa Riva*, os pais de Eon e Elyssa, bem como a esposa do senhor Veress, que viajava em seu próprio navio, desapareceram com o resto da frota no mar.

— Todos mortos — murmurou Martin para si mesmo.

Compreendia agora por que o senhor Veress não confiava nos Talir para defendê-los...

— Eon tinha quatro anos e Elyssa apenas dois — prosseguiu o pai. — Por pura sorte, as duas crianças tinham ficado em Nastalir.

Martin permaneceu em silêncio.

— Foi uma grande catástrofe e ficou conhecida como a tragédia do *Princesa Riva*, que era o nome do galeão dos Talir. Rolf Talir o batizara em homenagem à esposa.

— Johannes Bohr me disse uma vez que toda história tem mais de um lado.

O pai abriu um amplo sorriso ao relembrar o velho cientista.

— Ele tem razão... como sempre. Mas não julgue apressadamente, Martin. Ser vítima de uma tragédia não torna um homem digno de confiança; torna-o apenas merecedor de nossa pena e empatia.

Martin mergulhou em dúvidas e retomou a caminhada. Seu pai o seguiu, colocando um braço ao redor das suas costas. Seguiram em silêncio até o *Firmamento*, onde se despediram, e o pai rumou para a pensão.

Martin ficou imóvel no cais deserto. Estava agitado e algo o impedia de simplesmente ir a bordo, entrar na cabine e dormir.

Voltou a si ao escutar o som de galope que vinha da rua junto do mercado. Uma liteira puxada por dois cavalos aproximava-se, escoltada por uma dúzia de guardas de manto prateado.

A comitiva se dirigiu para onde ele estava e a liteira parou bem na sua frente. Um braço surgiu lá de dentro e abriu a cortina que servia de porta, de forma que Martin pôde ver o ocupante.

— Por favor, entre por um momento, Martin — disse o senhor Veress, com seu meio-sorriso fixo no rosto.

Embora perplexo, Martin não viu motivo para recusar. Subiu um pequeno degrau e sentou-se de frente para o homem mais velho. O senhor Veress deixou a cortina cair, isolando-os do mundo lá fora.

— O que você achou do Recital, Martin?

Preparou-se para responder, mas percebeu que estava mais confuso do que imaginava. O senhor Veress notou e prosseguiu:

— Você ficou magoado comigo porque enfrentei os Talir. Acha injusto que aqueles que lutam não recebam apoio incondicional.

—A princípio, sim. No entanto, pensando bem, entendo que a questão é complicada e que eu não sei de tudo que se passa...

O senhor Veress sorriu de verdade pela primeira vez.

— Você é muito inteligente, Martin. É fácil deixar-se fascinar pelos galantes homens de Nastalir e se esquecer do resto.

E a princesa Elyssa, então... alguns rendem-se à sua vontade apenas ao contemplar seus olhos verde-jade.

— Já o senhor acredita que eles não são capazes de defender o Mar do Crepúsculo.

— Tenho certeza disso. Podem ser bons na luta e na navegação, mas os Guardiões não enxergam longe o suficiente para ver as coisas como elas realmente são.

— E o que o senhor pretende fazer?

— É complicado... mas sinto que temos muito em comum e que em breve me sentirei livre para dividir todos os meus planos com você. Por ora, basta que você entenda que não existe vitória contra as forças do Mar Morto. Não pelo aço, pelo menos. Precisamos ser mais inteligentes do que isso se pretendemos sobreviver. E me refiro a todos nós, incluindo a sua Vila.

Martin levantou uma sobrancelha.

— O senhor sabe o que se passa por lá?

Ele assentiu.

— Faço negócios com os Anciãos desde muito antes de você nascer.

— E os meus amigos, Maya e Omar... Tem notícias deles? — O coração de Martin estava prestes a sair pela boca.

— Sim, acabo de recebê-las, e é por isso que estou aqui.

Martin nem quis investigar de que forma ele sabia: mercadores, foras da lei, pouco importava. Queria apenas descobrir se Maya estava bem.

— Maya corre grande perigo, e este é um dos motivos pelos quais vim procurá-lo a esta hora.

Martin levantou-se com ímpeto e deu com a cabeça no teto da liteira.

— Calma, nada aconteceu com ela... ainda.

— O que está havendo? — perguntou, sentando-se outra vez. A cabeça latejava.

— Em primeiro lugar, como você provavelmente já sabe, ela está doente. Os homens da Fronteira chamam este mal de "Febre dos Mortos". Ela deve ter sido contaminada, assim como todos os outros, durante o ataque à Vila.

Dominou-se pelo pânico; a lembrança dela delirando e ardendo em febre em sua cama encheu seus olhos.

— Em segundo lugar, Maya foi procurada por um Ancião, um homem que se voltou contra seus colegas. Ele quer que ela faça uma coisa que ele mesmo não tem coragem de fazer.

— E o que é? — inquiriu Martin, chocado. Um Ancião, que loucura seria aquela?

— Ele quer que Maya roube um livro da Biblioteca Anciã. Um volume com informações tão importantes que podem mudar o destino de todos os povos do Além-mar.

Martin sacudia a cabeça, incrédulo. O senhor Veress se inclinou para a frente e colocou uma mão em seu ombro a fim de confortá-lo.

— Eu sei que é muita coisa para digerir de uma vez só, mas preciso que você fique firme, pois... tenho muito mais a lhe contar.

Endireitou-se e indagou:

— Por que Maya está ajudando um Ancião? E o que acontecerá se ele conseguir esse livro?

— Maya o ajuda porque acredita estar fazendo a coisa certa. Ela é corajosa como você; são feitos do mesmo material — disse o senhor Veress, afastando-se de Martin. — Se o Ancião conseguir o que quer, despertará a ira dos monstros de tal forma que toda a vida no Além-mar será destruída.

Sentia-se confuso, mas, antes de tudo, precisava ajudar Maya de alguma maneira.

— E o que eu devo fazer?

— Quero que retorne à Vila e impeça Maya de levar adiante o que ela está prestes a realizar.

Fechou os olhos numa tentativa de segurar o mundo que girava sem controle. E quanto ao pai, o que pensaria daquilo? E Ricardo Reis? Receberia o tratamento a tempo? Agora entendia que Maya e muitos outros na Vila também precisavam do Suspiro dos Vivos.

— Vou providenciar o Suspiro dos Vivos para que você leve à Vila. Nenhum dos seus amigos ficará sem o remédio. Salvará todos.

— Por que você quer me ajudar? Por que me trata desta forma? — disparou Martin.

O rosto do senhor Veress ficou sério.

— Seu pai já lhe contou sobre a tragédia do *Princesa Riva*?

Martin fez que sim com a cabeça.

— Aposto que ele não lhe disse toda a verdade.

— Ele me falou que o senhor perdeu a sua esposa.

— E o meu filho também.

Sentiu a cabeça girar sem controle outra vez, mas forçou-se a ir em frente.

— Filho?

— Sim... Perdi a minha esposa e o meu filho, um bebê de colo.

— Eu sinto muito...

O senhor Veress estreitou os olhos.

— Eu senti durante muito tempo, mas agora não sinto mais.

— E por quê?

— Porque reencontrei meu filho. Por um milagre de Prana, o mesmo Além-mar que o roubou, também o devolveu. Um homem-feito, mas, ainda assim, o retornou para mim.

— Seu filho sobreviveu à tragédia?

O olhar de Martin entrecruzou-se com o do homem mais velho. Havia naqueles olhos uma intensidade nova, algo diferente do que existia até um segundo atrás.

— Eu sou seu pai, Martin.

A sensação que teve foi a de levar uma bofetada. Aquele homem mentia.

— Isso não é possível... — balbuciou, agarrando-se à verdade que conhecia.

— Sinto muito. Você merecia ter descoberto tudo com mais calma, e não desta forma, mas as coisas estão acontecendo mais rápido do que previ...

— Como pode saber disso? Não é verdade!

— A verdade é que Cristovão Durão e sua esposa o encontraram em um bote vindo do Além-mar.

Sentiu uma estranha vertigem. Por que ele mentia daquela forma? Já o havia convencido a retornar à Vila; não precisava de mais nenhum argumento...

— Não fique triste ou irritado com seu pai adotivo. Tenho certeza de que ele guardou o segredo para a sua segurança. Na Vila, os Anciãos nunca teriam permitido que alguém vindo do Além-mar vivesse uma vida normal. Eles o teriam matado ou trancafiado longe dos olhos de todos.

Mais uma vez lembrou-se de Maelcum...

— Respondendo à sua pergunta: sei de muitas coisas que se passam em toda parte. Assim que seu pai ficou sabendo da tragédia do *Princesa Riva*, ele iniciou uma investigação pessoal a respeito do assunto. Fiquei curioso e não tardei a descobrir que ele dividira com os Talir a verdade quanto à sua origem.

Então aquele era o motivo que levara o pai a buscá-lo...

— Vamos com calma, Martin. É muito para se ouvir de uma só vez — disse o senhor Veress. — Com relação à Maya, porém, temo que não tenhamos tempo...

— Preciso ficar sozinho.

— Eu entendo. Vou lhe dar uma hora e volto para buscá-lo. Muitas coisas estão para acontecer; quero você do meu lado e... longe deste porto.

Martin deixou a liteira em silêncio. Quando pisou no cais, parecia ter retornado a um mundo diferente.

E se, por alguma insanidade do destino, aquilo tudo fosse verdade? Havia dentro de si uma estranha voz; ela falava em uma língua diferente, que não compreendia bem, mas que afirmava que a realidade podia mesmo ser outra. E aquela voz soava cada vez mais forte.

Precisava conversar com o pai, mas sentia-se confuso e cansado demais para fazê-lo naquele instante. Em vez disso, subiu a bordo do *Firmamento* e foi ver Ricardo Reis.

O ranger da porta da cabine do capitão acordou Higger, que cochilava em uma cadeira ao lado da cama. Ainda sobressaltado, ele levou alguns segundos para reconhecer Martin. O imediato não arredara o pé da sua vigília: havia uma grande lealdade por debaixo daquele mau humor.

— Como ele está?

Higger sacudiu a cabeça, desolado.

— A febre baixou, mas... me pareceu um mau sinal.

Estudou o rosto impassível de Ricardo Reis e entendeu o que Higger queria dizer: a febre baixara, mas o fazia na mesma medida em que a vida existente em seu corpo se dissipava.

— Ele dorme cada vez mais profundamente — completou o imediato.

Observou mais uma vez as feições de Ricardo Reis: não reconheceu no homem que o salvara em mais de uma ocasião a força que sabia nele existir. Viu apenas desamparo. Subitamente, percebeu a mente clara: precisava ajudar aqueles que amava. Precisava tomar uma decisão. Sozinho.

Partiu da cabine do capitão sem dizer nem mais uma palavra. Postou-se na amurada e perdeu o olhar no cais e na cidade. Mais uma vez, sons inesperados interromperam o silêncio. Eram, ao mesmo tempo, diferentes e bem conhecidos. O corpo e os sentidos se puseram em alerta por gritos ásperos seguidos pelo clangor de aço contra aço; tudo misturado com o relinchar e o galope de cavalos.

Na rua, ao longo do cais, surgiu uma fileira de carroças acompanhada por homens a cavalo e vários outros a pé. Todos usavam os mantos verde-claros de Nastalir. Parte dos homens se separou do grupo principal para lutar num combate corpo a corpo com guardas de mantos prateados que vinham logo atrás. Enquanto a luta se desenrolava, Martin observou a comitiva disparar em direção ao local onde estava atracado o *Estrela de Nastalir*.

Minutos depois, os soldados de manto prateado tinham sido dizimados ou afugentados para o interior da cidade. No entanto, Martin viu o preço que aquilo custara: pelo menos cinco homens com mantos verde-claros jaziam mortos, seus corpos estendidos no calçamento. Os homens de Nastalir recuaram para a entrada do cais, prontos para embarcar assim que possível, mas também atentos para o caso de surgir uma nova onda de agressores. Aquilo fora apenas o começo.

No emaranhado de homens correndo pelo cais, identificou Eon. O príncipe se separou dos seus e apressou-se rumo ao *Firmamento*, acompanhado por duas figuras que Martin teria reconhecido a qualquer distância: seu pai e Brad. O gigante tentava segui-los, mas com a sua maneira inconfundível de andar, ficara muito para trás. Acabou desistindo e retornando para o *Estrela de Nastalir*.

Martin desceu aos pulos pela prancha de desembarque e correu ao encontro deles.

— Martin! Vamos embora agora mesmo! — berrou o pai.

— O que está acontecendo? — perguntou, sem fôlego.

Eon respondeu:

— O senhor Veress colocou os mantos prateados atrás de nós. Quer nos impedir de retornar a Nastalir.

— Vou chamar a tripulação do *Firmamento* — gritou Martin, já virando-se, pronto para outra corrida, daquela vez em direção à pensão onde os homens se hospedaram.

Seu pai o segurou pelo braço e o forçou a dar uma meia-volta.

— Eon nos disse que há uma grande força de mantos prateados vindo para o porto.

— São muitos, Martin. Não teríamos a menor chance.

— Não podemos deixar Ricardo Reis! — protestou, aterrorizado com a ideia.

A voz do seu pai era calma:

— Filho, não há outra forma. Voltaremos para buscá-lo.

Martin sacudiu a cabeça.

— Se ficarmos, nos matarão. Todos nós — completou o pai.

Martin perdeu-se em dúvidas. O senhor Veress tinha dito que iria buscá-lo e que deveria ficar longe do porto. Ele também afirmara que precisava retornar à Vila para ajudar Maya. Se decidisse partir, abandonaria Maya e Ricardo Reis.

— Ele me disse que... — balbuciou Martin. — Me disse que eu deveria ficar... Seria a única maneira de ajudar Maya e Ricardo Reis...

A expressão do pai suavizou-se, como se pudesse ler a dor que o dilacerava. Tomou o rosto de Martin em suas mãos.

— O senhor Veress o procurou...

Martin fez que sim.

— Filho... escute: não sei o que aquele homem lhe disse, mas é mentira. Também não sei o que ele lhe prometeu, mas sei que não irá cumpri-lo — continuou o pai. — Você confia em mim?

Martin fechou os olhos com força, mas não respondeu.

— Lembra quando o *Tierra Firme* partiu da Vila? Como eu jurei que nos veríamos outra vez?

Martin abriu bem os olhos.

— Eu confio em você.

— Voltaremos para buscar Ricardo Reis. Eu prometo.

Agora corra comigo até o *Tierra Firme*. Vamos partir deste lugar — disse o pai.

Desolado, Martin anuiu e pôs-se a correr. Eon seguiu-os, vigiando a retaguarda com a mão no punho da espada.

No meio do tumulto, Martin viu Brad tropeçar e estatelar-se na prancha de embarque que conduzia ao *Estrela de Nastalir*. Quando percebeu que ninguém o notara, adiantou-se para ajudá-lo. Assim que pôs o atchim em pé, ambos foram empurrados por uma enxurrada de homens que embarcavam no navio. Já a bordo, abriu caminho até a amurada, esbarrando nos marinheiros que corriam desesperados para pôr o navio a velejar, e avistou o *Tierra Firme* derivando para longe do cais. Um minuto depois, no mesmo instante em que sentiu o balanço reconfortante do navio navegando livremente, Martin identificou um enxame de figuras prateadas jorrando de dentro da cidade e infestando a rua.

Os homens de Nastalir eram grandes velejadores; em um minuto, as imensas velas do *Estrela de Nastalir* já estavam abertas e se enchiam com o vento, impulsionando-os para fora da baía. A última cena que Martin registrou do porto da Cidade do Crepúsculo foi a dos pontos prateados despejando-se por sobre o *Firmamento* como uma chuva de gotas de prata.

Martin sentiu a culpa e o remorso corroerem tudo que havia dentro de si... Grande covarde... Jurou para si mesmo que retornaria para buscar Ricardo Reis.

O convés do *Estrela de Nastalir* fervilhava em atividade: marinheiros ou oficiais, todos andavam atarefados de um lado para o outro. No tombadilho, junto à roda de leme, estavam Elyssa, Eon e Rohr Talir.

Elyssa usava um vestido branco simples, colado ao corpo; os dois homens ainda trajavam as mesmas roupas do jantar. Era evidente que o senhor Veress não lhes dera tempo nenhum para fugir. Os três tinham os olhos fixos no horizonte, ao sul. Antes de voltar-se àquela direção, Martin identificou o *Tierra Firme* e as cinco galés de escolta navegando próximo ao *Estrela de Nastalir*, rumo ao norte. Somente então dirigiu o olhar para o sul...

Por detrás da ponta de terra que formava o braço meridional da baía da Cidade do Crepúsculo, surgia uma fileira de galeões. Vinham a distância, mas Martin percebia, assim como os outros, as suas óbvias intenções.

Uniu-se aos Talir na popa.

— Isso encerra a discussão sobre se a Ordem do Comércio estava ou não construindo uma frota em segredo — comentou Elyssa.

— Sete galeões de grande porte — disse Rohr. — Estiveram ocupados.

Eon olhava através de um longo tubo que tinha uma peça de vidro montada em uma das extremidades. Martin já vira um instrumento semelhante na casa de Johannes Bohr e sabia que era usado para ver coisas distantes como se estivessem perto.

— Observe — falou Eon para Elyssa, entregando-lhe o instrumento.

Os lábios de Elyssa se moveram de forma a sugerir um sorriso.

— Agora você, Martin. Diga-me o que vê.

Ele colocou um olho na abertura estreita, e os galeões da Ordem do Comércio saltaram em sua visão, tão próximos que quase podia tocá-los.

Martin não entendia como poderia saber da reposta, mas ouviu-se dizendo mesmo assim:

— Cada um navega com as velas postas de modo diferente... cada um desenvolve uma velocidade diferente.

Elyssa sorriu, satisfeita.

— São péssimos navegadores — concluiu ela.

— O senhor Veress acha que basta usar o seu dinheiro para construir navios e esquece que é necessário treinar os homens para navegá-los.

— Vamos virar e enfrentá-los — sugeriu Eon.

— Não. Vamos usar a sua inexperiência a nosso favor — contrapôs Elyssa. — Tio, por favor, convoque Cristovão e os capitães das galés de escolta para uma reunião urgente.

Em menos de dez minutos, botes partiram do grande navio e retornaram com os comandantes das galés. O *Tierra Firme*, por ser maior, navegou perto o suficiente para que uma prancha de madeira fosse colocada entre as duas embarcações. Cristovão a percorreu em dois ou três passos e, no instante seguinte, já estavam todos reunidos.

Elyssa não perdeu tempo:

— Senhores, são sete galeões de grande porte em perseguição, portanto, uma força predominante à que temos aqui. Além disso, desfrutam uma posição favorável acima do vento. Observamos, porém, que não são bons navegadores. Creio que, forçando-os a uma manobra difícil, podemos eliminar a sua vantagem. O vento sopra do sul, empurrando todos para o norte. Um vento de popa, fácil de navegar, como bem sabem.

— O que propõe, Elyssa? — perguntou Cristovão.

— Viraremos em direção a eles e, quando estivermos perto o suficiente, contornaremos a sua frota com um semicírculo, abordando-os pelo sul. Isso os forçará a manobrar com o vento no sentido contrário: para nos encarar, terão de virar para o sul e velejar com o vento vindo daquela mesma direção.

— Enfrentaremos o mesmo vento desfavorável enquanto estivermos navegando este semicírculo para contorná-los, princesa — observou o capitão de uma das galés.

— Eu sei, mas nós nascemos no mar; a manobra será fácil para vocês.

Todos sorriram, inclusive o capitão que fizera o comentário.

— Quando os abordarmos pelo sul, devemos atacá-los ao mesmo tempo.

Olhares de aceitação foram trocados.

— Ao trabalho! — disse Rohr, e se dispersaram.

Tudo se passou com estranha rapidez. A frota descreveu um grande semicírculo, enfrentando vento desfavorável durante toda a manobra. Martin admirou-se com a habilidade dos marinheiros: as galés eram embarcações pequenas e muito manobráveis; o *Estrela de Nastalir*, porém, era grande e pesado. Apesar disso, em nenhum momento o navio almirante de Nastalir perdeu velocidade. Também ficou satisfeito ao constatar que os tripulantes do *Tierra Firme* haviam se tornado bons navegadores e executaram a manobra quase tão bem quanto os homens da Fronteira.

Quando os grandes galeões da Ordem do Comércio perceberam que seriam contornados e que enfrentariam o inimigo no contravento, tentaram desesperadamente dar meia-volta. Mas a avaliação de Elyssa fora certeira: a maior parte deles não conseguiu completar a volta para encará-los, agora vindos do sul e, os que conseguiram, perderam toda a velocidade ao fazê-lo.

No momento em que avistou os navios inimigos quase sem impulso, cada um apontando para uma direção diferente, Martin soube que venceriam com facilidade.

Ao se aproximarem o suficiente, o *Estrela de Nastalir*, o *Tierra Firme* e as cinco galés menores viraram de lado e dispararam os canhões em uníssono. Uma chuva de fogo desabou sobre os navios da Ordem do Comércio, e o ruído de madeira se estilhaçando, entremeado a gritos de agonia, encheu o ar.

Grandes labaredas encimadas por nuvens negras ergueram-se da frota inimiga. A distância, Martin observou alguns tripulantes dominados pelo pânico correrem aos berros pelos conveses, enquanto combatiam as chamas ou lutavam para controlar as velas que se agitavam rebeldes ao vento. A maior parte dos homens, porém, rendera-se ao caos e não parecia desempenhar nenhum papel específico.

O imediato do *Estrela de Nastalir* apresentou-se à Elyssa.

— Muito bem, princesa. O inimigo está de joelhos: dois galeões foram a pique, três estão em chamas, e os dois restantes não aparentam vontade de continuar a perseguição. Vamos abordá-los?

Elyssa sacudiu a cabeça, decidida:

— Combatemos somente os Mortos. — Fitava com olhos tristes os galeões em chamas que se afastavam. — Já tivemos o suficiente por hoje. Maldito seja o senhor Veress e os seus por terem nos forçado a lutar contra outros homens.

Martin, de novo, teve a sensação de que Elyssa sentia o peso de seu fardo. Assemelhava-se mais a uma menina do que à princesa que os conduzira de uma posição desfavorável a uma vitória segura.

— Quero ir para casa... — completou ela.

Eon colocou um braço em volta da irmã.

— Você foi muito bem... não tínhamos escolha.

Elyssa virou-se, e Martin a viu soltar um suspiro cansado.

— Precisamos de mais uma coisa — disse ela ao imediato.

— O que foi, princesa?

— Ordene que a galé mais rápida se livre de toda a carga desnecessária e veleje na nossa frente até Nastalir. Diga para avisá-los de que devem esperar por inimigos provenientes do sul, e não apenas do norte.

Depois daquilo, um pesado silêncio se impôs sobre o convés. Todos estavam perdidos em seus próprios pensamentos: agora, haveria guerra também dentro do Mar do Crepúsculo, mas os monstros não deixariam de avançar sobre a Fronteira.

Olhando para trás, Martin teve um último vislumbre dos navios sucumbindo às chamas; grossas colunas negras se elevavam contra as nuvens de tempestade. Na Cidade do Crepúsculo, um pouco mais ao longe, o temporal já desabava com toda a força: viam-se apenas véus prateados de chuva obscurecendo os contornos da cidade. Voltou-se para o norte e perdeu o olhar no oceano tinto de vermelho. Nada, além do mar aberto, os separava de Nastalir.

CAPÍTULO XII

UMA TRAGÉDIA, DUAS HISTÓRIAS

Já navegavam há várias horas quando Martin percebeu que a ilha onde ficava a Cidade do Crepúsculo desaparecera por completo, engolida pelo horizonte. À medida que avançavam, iam deixando a tempestade para trás, e as nuvens espessas aos poucos davam lugar a fios róseos que cortavam o céu em todas as direções. Era como Martin primeiro vira o céu de crepúsculo e como preferia que ele ficasse.

No fim do dia seguinte, seu pai foi convidado para jantar a bordo do *Estrela de Nastalir*; mais uma vez, o *Tierra Firme* foi emparelhado e a prancha de madeira colocada entre as duas embarcações. Assim que Cristovão a atravessou, seu imediato manobrou o navio para longe, de maneira a evitar o risco de uma colisão.

O jantar foi simples e de pouca conversa. Estavam todos cansados e, os Talir, abalados pelos homens que haviam perdido na luta no porto da Cidade do Crepúsculo. Já Martin inquietava-se com a situação de Ricardo Reis; não conseguia parar de pensar no que aconteceria a ele.

Depois da refeição, andou junto ao pai até um convés quase vazio, pois era o horário de descanso da maior parte tripulação. No tombadilho, identificou Elyssa e Eon conversando e Rohr logo atrás, observando os dois com os braços cruzados.

— Ele os ama como se fossem seus filhos — disse o pai, olhando na mesma direção. — Rohr perdeu a esposa e seu bebê recém-nascido durante uma incursão Knuck, muitos anos antes da tragédia do *Princesa Riva*. Depois que Elyssa e Eon ficaram órfãos, Rohr cuidou deles. Um homem duro, sem dúvida, mas há um grande coração ali, para os que se dispuserem a procurar.

Martin sentou-se com as costas apoiadas na amurada. Sentiu um alívio por poder esticar as pernas. O pai se acomodou em um caixote ao lado.

— O senhor Veress me contou uma história maluca — disse Martin. — Alega que sou filho dele e que você e a minha mãe me encontraram em um bote à deriva, vindo do Além-mar.

Vasculhou o semblante do pai em busca de um sinal de surpresa, mas não encontrou nenhum. Levantara a questão sem levá-la realmente a sério; de repente, pela reação do pai, percebeu que era verdade.

— Maldito seja aquele homem. Planejo há tanto tempo a melhor maneira de lhe contar isso, e ele estraga tudo...

Por uma fração de segundo, Martin sentiu o sólido convés do *Estrela de Nastalir* perder por completo a firmeza. De algum modo, sabia o que viria a seguir. Buscou os olhos do pai e preparou-se.

— É verdade. Foi assim que o encontramos: num bote surgido da escuridão do oceano, em plena rua do Porto. Por um golpe de extrema sorte, ninguém mais testemunhou a sua chegada. Você estava sozinho e muito perto de morrer de frio ou de fome. Eu e a sua mãe éramos incapazes de ter filhos, e você foi o presente mais maravilhoso que poderíamos ter ganhado. Sua mãe ficou com você por tão pouco tempo, mas, durante aqueles meses, ela o amou o equivalente a uma vida inteira.

Martin controlou o nó que agarrava sua garganta, roubando-lhe o ar, apenas o suficiente para libertar as palavras:

— Por que nunca me contou?

O pai sacudiu a cabeça.

— A forma como apareceu foi tão extraordinária, que a única maneira de garantir a sua segurança era guardar segredo de tudo e de todos, inclusive de você.

Desviou o olhar do pai, confuso. Nada disse.

— Eu sinto muito, filho. Contar a verdade para quem quer que fosse era o mesmo que entregá-lo aos Anciãos. Você terminaria como Maelcum: trancafiado pelo resto da vida, além de qualquer socorro — prosseguiu o pai. — Mentir não foi fácil, mas jamais me permitiria colocá-lo em perigo.

Martin tornou a encarar o pai.

— Então é verdade: sou o filho que o senhor Veress perdeu no mar?

— Não — respondeu ele. — Com a ajuda dos Talir, pesquisei a fundo sobre o acontecido. Junto com Eon e Elyssa, localizei e entrevistei os poucos sobreviventes do evento. Agora são homens velhos, mas contam a mesma história: o bebê do senhor Veress não foi a única criança a se perder na tragédia do *Princesa Riva*.

Martin olhou os Talir de relance mais uma vez antes de perguntar:

— Por que o interesse deles?

— Porque a outra criança era o irmão mais novo dos dois, Alan Talir, um bebê de colo. Como era muito pequeno, a *Princesa Riva* decidira levá-lo junto na viagem.

Seria possível que aquelas pessoas fossem seus irmãos? Quando os viu juntos pela primeira vez no Recital, teve uma estranha sensação. Seria aquilo um sentimento de familiaridade? Poderia um bebê tão pequeno guardar recordações? Achava que não.

— Como pode ter certeza?

— A cronologia encaixa-se com perfeição: a tragédia ocorreu na mesma época em que você apareceu para nós naquele bote. Você está com dezesseis anos... — respondeu o pai.

— Logo no início, também tive dúvidas; elas acabaram assim que entrevistamos os sobreviventes.

— O que eles dizem?

— Todos contam a mesma história: um único bote do *Princesa Riva* foi lançado ao mar, em plena batalha. Nele, as testemunhas dizem que a própria princesa colocou o seu bebê, enrolando-o em mantas para que pudesse sobreviver ao frio, e depois o empurrou para longe.

— E por que ela não foi junto?

— Porque os monstros a teriam farejado; odeiam os Talir mais do que tudo. Teriam ido atrás dos dois. Sozinho, o bebê chamaria menos atenção: o bote pareceria vazio. Além disso, como parte do plano, logo depois de soltá-lo ao mar, a princesa comandou um contra-ataque com toda a força que lhes restava. Lutaram ferozmente durante horas e quase se desvencilharam dos Knucks. No fim, foram vencidos, mas deram a você o tempo de que necessitava para sumir no Além-mar.

— E a esposa do senhor Veress?

— Ela e o seu bebê nunca deixaram o navio de transporte que viajava com o *Princesa Riva*.

— E o que você acha?

O olhar que o pai lhe lançou era carregado de ternura.

— Acho que você é Alan Talir... — Sorriu e completou: — Tanto quanto é o meu Martin Durão.

Martin não levou mais do que um segundo para absorver por completo a sabedoria da resposta simples do pai. Podia ser um Talir, irmão daquela gente estranha, mas continuava sendo seu filho. Em um certo sentido, a revelação que sacudira sua vida também tinha pouca importância: Cristovão Durão sempre seria seu pai. Agora percebia como o pai o amava; até mesmo quando parecia esconder algo que os afastava, era para a proteção de Martin.

Recordou-se de um episódio aleatório da sua infância: aos seis anos, ficou doente e ardeu em febre durante uma semana. Lembrava-se da figura do pai, sentado em uma cadeira ao lado da cama. Ele não arredara o pé enquanto Martin não melhorara.

Apesar de todas as suas esquisitices, Cristovão era um bom homem. Podia ser excêntrico e, às vezes, parecer perder-se em um mundo próprio, mas, na verdade, ele nunca estava longe. Quanto aos Talir, precisaria se convencer de que tinha algo em comum com eles; isto seria bem mais difícil do que apenas aceitar que compartilhavam do mesmo sangue.

— É bastante coisa para se ouvir de uma só vez — disse Martin, puxando os cabelos para trás com força.

— Vá com calma. Aceite a coisa aos poucos. Sempre tivemos um ao outro, e assim continuará a ser.

— Temos muito a fazer — falou Martin, mais desanimado do que surpreso. — Precisamos ajudar Ricardo Reis e socorrer Maya e todos na Vila.

Contou ao pai a primeira parte da conversa com o senhor Veress. Quando escutou que Maya fora procurada por um Ancião para roubar algo importante da Biblioteca, Cristovão ficou abalado.

— Há algo naqueles livros que interessa a todos no Além-mar, inclusive aos monstros — disse ele. — O meu pior temor é que exista algum novo estratagema dos Anciãos para restabelecer o equilíbrio com os Knucks.

— Talvez algo que envolva tanto eles quanto o senhor Veress...

— Venho há algum tempo considerando essa possibilidade. Em conversas de taberna, ouve-se por todo o Mar do Crepúsculo histórias de mercadores e foras da lei que navegaram até o Mar Negro. São homens ousados e gananciosos o suficiente para cruzar a Singularidade a fim de fazer negócios com a nossa Vila, em troca de um lucro extraordinário. Há lendas de mercadores humildes que, em duas ou três viagens, enriqueceram, compraram o seu próprio navio ou até se aposentaram. É claro que existem tantas outras a respeito dos inúmeros barcos que nunca retornaram.

— E o senhor Veress confirma que tem negócios com os Anciãos...

Cristovão se levantou, esticou os braços e bocejou.

— Preciso pensar... Vou voltar ao *Tierra Firme* e descansar. Você deve fazer o mesmo; em breve chegaremos a Nastalir e teremos que decidir nossos próximos passos. Muito pouco tempo nos resta.

O pai inclinou-se e o beijou nos cabelos.

— Ficarei por aqui... eles arranjaram uma cabine só para mim — disse Martin.

O pai riu.

— É claro, este navio também é seu — completou com uma piscadela.

Martin observou enquanto o *Tierra Firme* emparelhava com o *Estrela de Nastalir* e o pai retornava ao seu navio. Permaneceu com os olhos fixos no pequeno, mas valente, galeão do pai, assistindo às duas embarcações até que velejassem separadas outra vez.

Levantou-se, tendo a cabeça confusa e o corpo cansado. Deveria dormir, porém, com a mente transbordando de dúvidas daquele jeito, tentar descansar seria perda de tempo...

Avistou Brad na amurada. O gigante o estudou de cima a baixo com os grandes olhos redondos, inclinando a cabeça para um lado, como se Martin tivesse acabado de pintar os cabelos de alguma cor exótica.

— Já sei: vai me dizer que estão todos errados e que você é o meu verdadeiro pai — disse Martin, rindo.

Brad deu de ombros.

— Atchins não têm filhos — respondeu ele, incapaz de compreender a brincadeira.

Neste sentido, são iguais às morfélias, pensou Martin. Sem saber ao certo o porquê, contou toda a história para Brad.

— Faz sentido — disse o atchim, coçando o queixo com os longos dedos brancos.

Martin levantou uma sobrancelha.

— A maneira como eles olham para você... principalmente ela...

— Os Talir?

Brad assentiu.

— Qual o problema?

— Você pode não ter certeza — replicou, lendo os sentimentos de Martin —, mas eles têm.

— E o que há de diferente com ela?

— A princesa considera que reuniu a família de novo, acha que devia isso aos pais mortos.

— Você sabe de tudo isso só olhando, Brad?

— Olhando — bateu com um dedo na cabeça — e escutando — completou, espalmando as mãos sobre o coração.

Martin não estava preparado para aquilo.

— Vou dormir — anunciou. — E você, não dorme?

— Durmo.

— E quando dorme, sonha?

Ele negou.

— Começo a sonhar no momento em que acordo.

Pensando no significado daquilo, Martin se despediu. Caminhou à cabine, mas seus olhos acabaram encontrando Elyssa no tombadilho. Ele ponderou por um segundo antes de decidir ir até lá.

Subiu as escadas e a viu sozinha, sentada em uma cadeira voltada para a popa, fitando o mar que deixavam para trás. Martin cruzou por um marinheiro que manejava em silêncio a roda de leme e foi até ela. Elyssa tinha o corpo relaxado e estava quase deitada na cadeira, com os pés apoiados na amurada. Seus olhos verdes, bem abertos, pareciam perdidos no horizonte.

Martin achou que ela não o tinha visto, mas então a escutou dizer:

— Gosto de ficar aqui sozinha, observando o mar se afastando...

Ele sorriu, um pouco envergonhado.

— Bem, vou descansar.

— Não — disse ela, virando-se, os olhos fixos em Martin —, por favor, fique um pouco comigo.

Martin encontrou uma pequena cadeira de madeira e a colocou ao lado da dela. Sentado, ficou quase uma cabeça mais baixo do que a princesa em sua grande poltrona almofadada.

— Observei que vocês não fizeram a saudação das Vozes no início do Recital — comentou Martin.

— Você crê em Prana, Martin?

— Não temos religiões na Vila. Não é permitido pelos Anciãos.

— Mas você acredita que existe alguma força nos guiando, mesmo se não crê em um deus material, certo?

— Acho que não. Esse conceito nos é estranho, mas agora também vejo como nós da Vila somos ignorantes. Estamos alheios à existência de todos estes povos no Além-mar, ignoramos todo o seu conhecimento e toda a sua história. Não sabemos de nada.

— Não é culpa de vocês. Os Anciãos os mantiveram no escuro. — Elyssa levantou-se e virou sua cadeira para Martin.

— E você, acredita no deus Prana? — perguntou Martin.

— Povos diferentes têm entendimentos distintos do que é Prana. Para as pessoas que vivem na Cidade do Crepúsculo, por exemplo, Prana é um deus material, uma entidade individual dotada de vontade própria e com um espírito voluntarioso que pode ser tanto benevolente quanto autoritário. Assim sendo, os homens devem venerar este Deus e dobrar-se à sua vontade. — Elyssa inclinou-se para a frente. — Em Nastalir, temos uma visão diferente do que é Prana. Para nós, Prana é uma forma de energia, e não um ser único. Está ao mesmo tempo por toda parte e em parte nenhuma. É algo que emana de nós e nos transfixa o tempo todo, fazendo de nós seres racionais, capazes de amar, pensar e descobrir coisas novas. Prana flui através de nossos corpos, nos tornando criaturas luminosas, diferentes de objetos inanimados ¬— prosseguiu ela. — Um pai que toma no colo o filho recém-nascido pela primeira vez, o reencontro de velhos amigos há muito separados, o sorriso secreto que dois amantes trocam... procure nessas coisas, e nelas você encontrará Prana em toda a sua força.

Martin a contemplou, hipnotizado; o conceito o fascinara instantaneamente. Não conseguiu verbalizar nada em resposta.

— Os Talir tiram a sua energia do fluxo constante de Prana por seus corpos. Ele nos dá força para viver, navegar e lutar, quando é preciso. Por isso, vivemos e lutamos tão plenamente, porque somos movidos por Prana desde o nascimento até a hora da nossa morte.

— Não é algo fácil de se entender... — disse Martin, maravilhado.

— Prana não deve ser entendido... deve ser sentido — explicou Elyssa, sorrindo.

— E o que as Vozes escutam enquanto estão sob o efeito das Lágrimas de Prana?

— O que um homem enxerga quando fecha os olhos? — perguntou ela.

— O que ele bem entende...

— É isso mesmo. As Vozes podem ouvir muitas coisas, mas, no fundo, estão sempre escutando a si mesmas.

Mergulharam em um silêncio inquieto. Martin sentia algo pairando no ar entre os dois.

Elyssa parecia capaz de perceber o que se passava na sua cabeça com a mesma facilidade do que Brad. A princesa disse apenas:

— Você conversou com seu pai.

Antes de responder, Martin a observou por um momento.

— Acredita que sou seu irmão?

— Pesquisamos o assunto com Cristóvão, e eu me convenci de que você era, de fato, o nosso irmão perdido. Tudo se encaixava. Mas quando o vi pela primeira vez no Recital, embora a distância, tive a certeza de que você realmente é Alan.

— Meu pai me contou da tragédia do *Princesa Riva* — disse Martin. — Uma batalha feroz em meio a uma tormenta... monstros por todos os lados... diversos navios... dois bebês...

Elyssa endireitou-se na sua poltrona.

— Dois bebês? Como você sabe disso?

Relatou o encontro que tivera com o senhor Veress logo antes da fuga da Cidade do Crepúsculo.

Os olhos de Elyssa faiscaram.

— Martin, ele mente.

Martin soltou um suspiro que exprimia seu cansaço e sua perplexidade.

— Já enfrentei os Knucks numa batalha em meio à tempestade. Além de algumas poucas sensações, tais como o ruído dos zumbidos e o cheiro de ozônio dos monstros misturado à maresia, guardo muito pouco do que se passou. É uma confusão indescritível. Pensando nisso, não vejo como alguém poderia ter certeza do que aconteceu com o *Princesa Riva*.

Elyssa se aproximou.

— Pense naqueles que você ama. Pense em como a distância física é incapaz de afastá-lo verdadeiramente deles; pondere como o universo conspira a nosso favor quando lutamos por quem amamos. Quando você embarcou no *Firmamento* para enfrentar os Mortos, acha mesmo que foi sozinho? Não foi. Seu pai e sua mãe, os adotivos e os de sangue, assim como todos aqueles que já o amaram, estavam com você. Eram a sua força, a energia que o fez enfrentar o terror e derrotar um inimigo invencível. Essa força é a única coisa que nos torna capazes de travar uma guerra contra um inimigo cuja crueldade está além da nossa compreensão. É assim que vivemos na Fronteira, e isso é a energia de Prana.

Martin sentiu uma estranha força permear seu corpo. De algum modo, compreendia com clareza o que Elyssa dizia. Quando pensava na missão do *Firmamento*, frequentemente imaginava que não estivera sozinho, que aqueles que amavam o tinham acompanhado, elevando-o à altura da perigosa empreitada.

— Talvez você tenha razão — disse Martin. — Mas sempre haverá uma possibilidade de que as testemunhas tenham se enganado...

— É possível, Martin. Nem sempre a vida nos oferece as respostas escritas e sublinhadas. A verdade é que, ao mesmo tempo, conheço e desconheço o que houve na batalha que nos roubou nossos pais. Não sei o que se passou nos últimos momentos do *Princesa Riva*, mas sei, de maneira cristalina, que você é meu irmão. É o que o meu coração me diz. Você deve fazer o mesmo e escutar a sua própria voz, para então decidir-se. Uma coisa eu posso lhe garantir: a história que o senhor Veress usou para envenená-lo é mentira.

Martin não teve receio de escolher as palavras certas; por algum motivo, sentia-se à vontade com ela e não precisou esconder a confusão que o consumia com uma resposta educada, mas pouco autêntica.

— É muita coisa para se absorver... pouco tempo atrás, eu ainda acreditava que a Vila era única no universo...

Ela riu.

— Nem imagino o que você deve estar sentindo. No seu lugar, eu também nem tentaria dormir.

Martin pensou por um momento e, então, perguntou:

— Quando Eon interveio na confusão com os Sussurros, vocês estavam me observando?

— Ele me falou do ocorrido. Cristovão nos contou que havia enviado Ricardo Reis à Vila para buscá-lo. Não tínhamos como saber ao certo quando você viria, mas, no instante em que as nossas sentinelas nos relataram que um galeão emergira da Singularidade, apostamos que você estava a bordo. Avisamos Eon, que já se encontrava na Cidade do Crepúsculo, e ele acompanhou de longe o seu desembarque.

Martin sorriu.

— Fico feliz que ele tenha aparecido...

Elyssa sorriu de volta e, juntos, voltaram a admirar o rastro que o *Estrela de Nastalir* deixava.

— Você precisa de tempo — disse ela, depois de um minuto.

A princesa levantou-se e virou a cadeira outra vez para o mar. Ficaram em silêncio, vislumbrando o céu e o oceano que deslizava para longe do navio. Após segundos, ela caiu no sono. Martin sentiu os olhos ficarem pesados e, antes que pudesse pensar em ir para a cabine, também adormeceu.

CAPÍTULO XIII

NASTALIR

No segundo dia de viagem, logo após o horário do almoço, a ilha de Nastalir desenhou-se no horizonte.

Martin postou-se na proa do *Estrela de Nastalir* e observou o lar dos Talir aos poucos crescer e tomar forma. Nas últimas horas, a frota tinha avançado com mais velocidade, impulsionada por um vento vindo do sudeste. A tempestade ficara no sul, e o céu que abraçava Nastalir era de um laranja-claro límpido e não estava maculado por nenhum tipo de nuvem.

A ilha era menor do que aquela que abrigava a Cidade do Crepúsculo e também tinha um relevo mais plano; exibia apenas um suave ondular de colinas baixas que começavam onde outras terminavam. Eram todas cobertas por pastos, bosques e gramados verdejantes que transmitiam uma primeira impressão de que o local era inabitado. Entre dois morros, bem no meio da silhueta da ilha, porém, repousava a cidade de Nastalir.

A cidade fora construída nos fundos de uma enseada em disposição semelhante à da Cidade do Crepúsculo. Aqui, contudo, a baía, que se voltava para o sul, era bem menor e mais aberta. A cidade também seria muito parecida — casas e torres de tijolos claros e avermelhados; ruas movimentadas com grandes postes encimados por lampiões e, por fim, um porto cravejado de embarcações —, não fosse por um único detalhe: quase a metade das casas tinha um tipo de telhado muito peculiar. No lugar da estrutura tradicional em forma de V, ostentavam uma peça única e arredondada, de um material translúcido verde-claro. Martin achou que se parecia com um grande cristal e logo descobriu que não fora o único a fazer aquela associação: os homens dali chamavam o seu lar de Cidade de Cristal.

Uma grande fortificação dominava toda a baía e o mar territorial da ilha no lado leste de Nastalir. Erigida sobre uma elevação que se projetava mar adentro, a torre Talir era cercada por grandes muralhas de pedra clara. Na face voltada para o oceano, o paredão rochoso se fundia com a falésia e, juntos, desciam sem interrupção desde as ameias até a superfície do mar, trinta ou quarenta metros abaixo. Em sua base, as ondas quebravam em grandes explosões de espuma, como se reverenciassem a residência dos seus senhores.

Do centro da estrutura nascia uma torre única arredondada que impressionava não somente por sua altura, mas, principalmente, porque seu domo abobadado era feito por uma imensa peça única do material verde translúcido, idêntico ao que se via na cidade ao lado. Mais abaixo, a superfície da torre era pontuada por incontáveis pequenas janelas e sacadas.

Como o *Estrela de Nastalir* era grande demais para o cais, assim que penetraram na enseada as velas foram recolhidas e, as âncoras, lançadas ao mar. Com o navio fundeado e os botes preparados, rodeando o galeão, o desembarque teve início. Martin foi acomodado em um deles, junto com os Talir.

Enquanto os marinheiros remavam em direção ao porto, Martin percebeu os primeiros sinais do conflito. Os navios ali abrigados eram em sua maioria vasos de guerra: grandes galeões e pequenas galés de ataque. E quase todos exibiam sinais de luta: alguns apenas danos menores no casco, ou uma vela rasgada aqui ou ali; outros, porém, tiveram um mastro arrancado ou lhes faltava parte do convés. Martin viu o esqueleto enegrecido de uma galé, sem mastros e com rombos tão grandes dos lados que só não afundara porque se achava escorada em dois navios maiores. Repousando sobre o convés, identificou uma longa fileira de corpos encobertos por mantos verde-claros.

Martin estremeceu. O navio queimado ainda fumegava: os Knucks não podiam estar longe.

O silêncio do bote foi quebrado pela voz firme de Eon:

— Nunca deveríamos ter partido.

Elyssa e Rohr concordaram, os olhos postos nos sinais de luta que se espalhavam por toda parte. Martin nunca havia estado em Nastalir antes, mas tinha a forte sensação de que a situação ali se deteriora no pouco tempo em que os Talir se ausentaram.

Uniram-se ao pai no *Tierra Firme*, que atracara diretamente no cais. Juntos, seguiram para a torre, cujos portões ficavam a curta distância da orla: um Talir nunca erguia a sua residência longe do mar, explicara Elyssa no trajeto.

À medida que percorriam as ruas de Nastalir, Martin observou que os sinais da luta iam diminuindo. Longe do porto, a cidade parecia-se menos com uma zona de guerra e mais com o entreposto comercial que era. As ruas estavam movimentadas, o comércio era rico e não se percebia, pelo menos à primeira vista, falta de alimentos ou de mercadorias. As pessoas, por outro lado, conduziam seus afazeres com seriedade e de forma austera; excetuando-se as brincadeiras das crianças, não se ouvia o som de risos no ar.

O povo de Nastalir era orgulhoso; mulheres bonitas e homens sérios enchiam as ruas e as calçadas. Os olhos que estudavam Martin e o pai com curiosidade eram verdes ou castanho-claros. Tinham um aspecto ao mesmo tempo triste e resiliente, como um navio que vence um mar tempestuoso, mas paga um preço alto pela conquista.

O interior do castelo Talir agitava-se com o movimento de soldados, marinheiros e ajudantes indo e vindo apressados de depósitos, casernas e oficinas que funcionavam em prédios erguidos junto à parte interna das muralhas. Rohr despediu-se e permaneceu no pátio; era o encarregado da administração da frota da Fronteira e, durante a sua ausência, diversas questões haviam surgido e exigiam a sua atenção imediata.

No salão de entrada da torre, Martin encontrou a mesma decoração sem exageros ou extravagâncias que vira na residência dos Talir na Cidade do Crepúsculo. Uma mulher idosa, com olhos atentos e um ar de autoridade, os aguardava, acompanhada por outras duas ajudantes mais jovens. Todas vestiam uniformes de trabalho verde-claros. Elyssa apresentou Martin e o pai para a senhora; ela os cumprimentou de forma cortês, mas breve, e imediatamente retornou o olhar para a princesa.

— Seus cabelos estão imundos, Lyssa. E estas roupas... que vergonha — declarou, tomando entre os dedos um pouco do tecido da barra do vestido de Elyssa.

— Deixe para lá, Margo. Tenho centenas de problemas para resolver — disse Elyssa com a voz cansada.

— Não mesmo. Não vou deixar que ande por aí assim — sentenciou a senhora. — Vamos já tomar um banho e escovar esses cabelos.

Elyssa corou um pouco e obedeceu. Margo tomou seu braço e a arrastou para longe.

— Margo cuida de Elyssa desde o dia em que nossos pais não retornaram ao porto de Nastalir — disse Eon. — Acho que ela ainda não entendeu que Elyssa cresceu.

— Elyssa é uma das pessoas mais inteligentes que conheço e tem uma sabedoria que está muito além da sua idade. Mas a verdade é que ela enfrenta todos os dias decisões que fariam homens-feitos tremerem — falou Cristovão. — Precisamos lembrar que Margo não está completamente errada: ela continua tendo apenas dezoito anos.

Eon concordou com um aceno da cabeça.

— É verdade — disse ele. — Vamos descansar, amigos. Mais tarde precisaremos da mente clara para decidir o que fazer.

Martin e o pai despediram-se de Eon e foram conduzidos a aposentos nas dependências da torre. O quarto que dividiram era espaçoso, com três grandes camas e uma ampla sacada voltada para o Mar do Crepúsculo; em uma mesa havia uma boa refeição recém-servida e, nos armários, encontraram roupas limpas de um tecido leve e confortável. Descansariam por algumas horas e depois compareceriam a um jantar que reuniria todos os comandantes das forças que defendiam a Fronteira.

****

Martin não conseguiu dormir mais do que uma hora. Não parava de pensar em Maya e, para piorar, foi invadido por uma tristeza imensa ao dar-se conta de que o livro que ela lhe dera tinha ficado para trás, junto com o resto das suas coisas a bordo do *Firmamento*. Pensando naquilo, lembrou-se também de Ricardo Reis. Precisava ajudar os dois, mas não sabia como fazê-lo antes que fosse tarde demais.

Dividindo espaço com o turbilhão de sentimentos, percebia também a excitação por estar naquele lugar. Havia alguma coisa em Nastalir que a tornava bela e fascinante de uma maneira que a Cidade do Crepúsculo, com toda a sua imponência, não conseguia ser.

Descobriu que o pai também não estava no quarto e decidiu partir para explorar a torre. Percorreu longos corredores e galerias cortados por escadarias em espiral, todos iluminados pela luz do crepúsculo que entrava por grandes janelas e sacadas que estavam por toda parte. Não apenas o castelo projetava-se oceano adentro, mas a disposição das aberturas era tal que, de onde quer que se estivesse na torre, era possível avistar o mar. Aquilo dizia muito a respeito de quem ali morava, refletiu Martin.

Encontrou Brad sozinho em uma sacada de um andar baixo, que tinha vista para a movimentada área interna da torre. O gigante segurava uma garrafa de leite e, era difícil de dizer, mas parecia satisfeito consigo mesmo.

— Leite? — perguntou Martin, escorando-se no parapeito.

— Os Talir tratam os atchins com respeito.

— É a única coisa da qual você se alimenta?

Brad assentiu.

De repente, lembrou-se do pai comentando que os atchins eram grandes contadores de histórias, embora nem sempre fosse fácil de se compreender o seu significado.

— Os Talir chamam os Knucks de Mortos. É isso que eles são, Brad? Coisas mortas?

— Vivos é que eles não estão — respondeu ele, com os lábios manchados de branco.

— Então é isso: coisas mortas que, por algum motivo, andam por aí?

— Não. Não é isso que os Mortos são. Não estão vivos como nós, mas também não estão mortos. São uma abominação; uma parte de uma coisa que deveria ser indivisível.

— E de onde vêm? — Tentava ler aqueles olhos redondos em sua infinita complexidade.

— Do Mar Morto.

— O que há por lá?

— Agora? Apenas os Mortos e...

— E? — insistiu Martin, aproximando-se.

— ... o Mal.

Martin recuou, pensativo.

— É de lá que viemos, você sabia? — continuou Brad. — Você conhece a história da grande civilização de Tanir?

— Tanir?

Brad deixou a garrafa de leite vazia sobre a balaustrada e cruzou os braços.

— Há mais de dois mil anos, quase toda a vida que existia no Além-mar ficava no norte, no local que atualmente conhecemos como Mar Morto. Tanir foi a maior e mais esplendorosa de todas as civilizações humanas. Cidades gigantescas e prósperas, povoadas por homens orgulhosos que honravam suas famílias e amavam seus filhos. Eram donos de uma riqueza material, espiritual e científica que nunca foi superada. Escreveram mais livros do que você pode imaginar e os guardaram na maior de todas as bibliotecas: está localizada no subsolo da sua Vila, no Mar Negro.

Martin deu um pulo, atônito.

— A Biblioteca Anciã?

— Foi apropriada pelos Anciãos que construíram sua Casa em cima dela. A biblioteca está lá muito antes da fundação da Vila, erguida pelos homens de Tanir.

Martin estava boquiaberto. O pai tinha razão: não fazia ideia de como era profunda a mentira Anciã.

Brad prosseguiu:

— Tanir era composta por duas ilhas iguais, uma voltada para a outra, como uma figura na frente de um espelho: Lumya e Tenebria. As pessoas eram livres para escolher em qual delas prefeririam morar; sendo a terra dos justos, porém, Lumya era o lar de quase todos em Tanir. Tenebria, por outro lado, era praticamente desabitada.

— E o que houve? — perguntou Martin, ainda atordoado.

— Os séculos de prosperidade tornaram alguns em Tanir ambiciosos e gananciosos demais. Queriam partir para o Além-mar para conquistar e escravizar os povos que viessem a encontrar; sonhavam com os tesouros e o espólio que teriam em suas mãos. — Brad fez uma pausa. — Contrariados em suas intenções, esses homens decidiram se mudar para a ilha de Tenebria. — Baixou a cabeça. — Depois disso, o colapso de Tanir não demorou. Tantas almas sombrias reunidas em um lugar como Tenebria acabou por fazer com que o Mal assumisse uma forma física.

— Significa que essa ilha é a origem do mal? — questionou Martin.

Brad sacudiu a cabeça.

— Não é tão simples assim. Não basta um homem pisar em Tenebria para se tornar, magicamente, uma pessoa má.

Martin fitou o atchim, confuso.

— Aqui em Nastalir, as pessoas acreditam que um tipo de energia é gerada quando fazem coisas boas, quando amam ou se dedicam umas às outras, por exemplo. Talvez também exista uma forma oposta dessa energia — explicou Brad. — A verdade é que tudo que fazemos, seja bom ou ruim, é como um organismo vivo, que cresce e se ramifica através do grande tecido do universo, à medida que repercute na ordem das coisas.

— Talvez essas energias sejam mais intensas em alguns lugares do que em outros — observou Martin, após uma pausa para pensar. — E, se fossem suficientemente intensas, seria possível que sentimentos se transformassem em um ser material?

Brad assentiu, satisfeito.

— É isso mesmo, Martin. Os sábios de Tanir acreditavam que isso fosse possível. Ao longo de muitas eras, coisas terríveis se passaram em Tenebria. Os eventos se perderam no tempo, mas deixaram a sua marca naquele local. Aqueles dissidentes de Tanir que se fixaram na ilha tinham intenções terríveis; veneravam a violência e sonhavam em escravizar outros povos. Cedo ou tarde, trariam guerra e sofrimento para todo o Além-mar. O que eles acabaram conseguindo, na verdade, foi fazer com que toda aquela energia tomasse uma forma física: um afloramento do Mal.

— Foi assim que os Mortos surgiram? — perguntou Martin.

— Ainda não — disse Brad. — Houve uma grande guerra, a maior que já existiu, entre o Bem e o Mal, entre Lumya e Tenebria. No fim, Lumya estava arruinada, prestes a ser conquistada. Toda a vida humana desapareceria do Além-mar. Mas, na hora mais escura, quando toda a esperança se desvanecia, um herói surgiu em Lumya e partiu para Tenebria de modo a enfrentar o Mal. Ele não conseguiu vencê-lo, mas o partiu em pedaços.

— Os Mortos.

Brad aquiesceu novamente.

— A essa altura, porém, Lumya estava condenada. Restou uma única solução: uma grande retirada para o exílio. É conhecida como Êxodo. Liderada por dois heróis da guerra, dois irmãos gêmeos, Robbins e Robbard Talir, uma frota de sobreviventes foi conduzida para o Além-mar. Durante o percurso, foram atacados de forma incessante pela nova forma do Mal: os Knucks. A maior parte pereceu na viagem e seis navios se perderam do grupo principal, mas foram guiados por Robbins Talir para o Mar Negro.

— O capitão Robbins! A nossa Vila! — exclamou Martin. Não tinha palavras para aquilo...

— Sim, é ele mesmo. Já a parte principal da frota dos sobreviventes aportou neste lugar, que passou a ser conhecido pelos povos que habitavam as ilhas vizinhas como Nas-al-Talir: o porto dos Talir.

— E essas pessoas que já viviam na Fronteira não se sentiram incomodadas com a chegada dos sobreviventes de Tanir?

— Na época não era conhecida como Fronteira — respondeu Brad. — E, sim, houve alguns conflitos, mas poucos. Os Talir sempre foram governantes justos e, além disso, logo organizaram a defesa contra os Mortos, que já atormentavam estas águas. As pessoas não demoraram a perceber que, lutando juntas, teriam mais chances de viver uma vida relativamente segura. Por isso, juraram lealdade aos Talir, e foi assim que se criou a Ordem dos Guardiões.

— Há dois mil anos que se luta neste lugar. Foi por isso que Robbard não procurou o irmão?

Brad fez que sim com a cabeça.

— Os primeiros anos após o Êxodo foram os mais difíceis. Os exilados de Tanir mal conseguiam se defender em Nastalir, que dirá procurar por sobreviventes na imensidão do Além-mar. E todos julgavam que aqueles navios que se separaram do grupo principal haviam se perdido e que seus ocupantes tinham morrido pelas mãos dos Mortos. O que quase foi verdade. O contato com a sua Vila se restabeleceu muitos séculos depois, quando a verdadeira história já havia sido transformada apenas em uma fábula. As pessoas parecem fazer questão de se esquecer da própria história...

— E como você sabe de tudo isso?

— Qualquer um que leia os livros certos conhece a real história de Tanir. E sou um atchim. É contando histórias, reais ou imaginárias, que compreendemos a mente humana.

Martin sentiu-se um idiota. Como todos na Vila acabaram sendo enganados daquela forma? Como podiam ter sido deixados à margem de uma história tão grandiosa e relevante? A verdade é que na Vila, tal qual na Cidade do Crepúsculo, as pessoas se entorpeciam com seu próprio cotidiano enfadonho e se esqueciam de questionar o mundo onde viviam.

— O que é esse Mal? — indagou Martin.

— Posso contar uma história?

Martin fez que sim com a cabeça.

— É uma fábula conhecida como o Velho e o Mal; data dos dias da antiga Tanir.

Nem todos deixaram Tanir durante o Êxodo. Alguns poucos ficaram, por motivos variados: talvez por serem muito velhos e não desejarem ocupar o lugar dos mais jovens nos navios, ou quem sabe porque haviam perdido na guerra todos aqueles que amavam e não viam mais razão para continuar vivendo. Não importa, ficaram.

Em um vilarejo de pescadores próximo à cidade de Tanir, um velho octogenário morava sozinho em uma pequena tapera em meio ao povoado abandonado. Num dia bem cedo, foi acordado por uma batida à porta. Levantou-se para atender ao chamado com a pressa que as suas articulações rígidas lhe permitiam. Ao abrir a porta, deparou-se com o Mal em sua varanda; assumira uma forma física e fora ele quem batera. Atrás, hordas de Mortos enchiam o mundo até onde a vista alcançava: acarpetavam o chão do vilarejo, preenchiam colinas e campos ao redor e podiam ser vistos até mesmo entre os barcos ancorados no mar raso perto dali.

O velho não se abalou nem desviou o olhar do Mal (embora este não tivesse olhos para serem encarados).

— Por que não foi embora com os outros, velho? — perguntou o Mal.

— Não o temo. Nem você, nem seus Mortos — disse ele, encurvando-se um pouco. Tinha dificuldade em ficar em pé por muito tempo; suas costas havia muito relutavam em sustentar o peso do corpo.

O Mal soltou uma gargalhada.

— Sou a raiz de todo ódio, pavor e dor que existem. Tenho ao meu serviço um mar de criaturas feitas apenas de maldade. Seus heróis estão mortos e, os que restaram, o abandonaram. Como pode não me temer, ficou senil?

— Não. Penso agora com a mesma clareza de sempre.

— Então? — insistiu o Mal, impaciente.

— Vivi oitenta anos de uma vida por vezes dura, mas, antes de tudo, plena e feliz. Amei a mesma mulher por sessenta anos e a enterrei em meu jardim. Minha esposa morreu dormindo, de velhice; não foi ferida em sua guerra hedionda. Tivemos dois filhos e uma filha, e eles nos deram dois netos. Estão todos a caminho de um novo mundo, e o meu coração me diz que lá chegarão em segurança e que ajudarão a construir um lugar justo.

— E daí? — perguntou o Mal com desdém.

— Não tenho medo de você porque é incompleto: nunca entenderá o que é amar, rir, chorar ou qualquer outra coisa que não seja odiar. — Inclinou-se para o lado a fim de vislumbrar o mar de Mortos que o rodeava. — E esses seus Mortos... os temo menos ainda. Resumem-se a ódio em carne e osso.

O Mal soltou outra gargalhada.

— Está sugerindo que eu o tema?

— Não — respondeu o velho, se escorando no batente da porta em busca de apoio. As costas continuavam a doer. — Mas a sua incompletude o faz vulnerável e, um dia, será desafiado por alguém diferente; um homem que seja inteiro e que daí tire a sua força.

— Sandice. Meus Mortos acabam de dizimar todos em Lumya. Não posso ser vencido.

— Pode e será. Se não me engano, você e seus Mortos precisam de ajuda para continuar existindo... Importa se eu me sentar? Sou velho e estou cansado.

Desconcertado, o Mal fez um gesto de indiferença.

Sentaram-se os dois em cadeiras na varanda, voltadas para a legião de criaturas ainda impassíveis que se espalhava em todas as direções.

— E então? — perguntou o Mal.

— Algum dia, talvez amanhã, ou quem sabe daqui a mil anos, alguém o procurará. Poderá não se parecer com o mais forte dos guerreiros ou o mais destemido, mas terá percorrido uma jornada pessoal que o fará inteiro. E saberá usar isso para o desfazer.

O Mal titubeou.

— Se eu fosse você, iria embora agora — sugeriu o velho.

O Mal se levantou em um ímpeto, furioso. Tinha sido envenenado por dúvidas. Já fora enfrentado por um herói de Lumya; ele não o destruíra, era verdade, mas tinha conseguido parti-lo em pedaços.

— Retornarei, velho — sentenciou o Mal.

— Eu não estarei mais aqui, mas esse de quem eu falo estará.

O Mal não respondeu. Virou-se e, em seguida, perdeu-se em meio aos monstros. No segundo seguinte, os Mortos deram meia-volta juntos, como se fossem um único organismo. O horizonte ondulou quando começaram a se afastar, como ondas do mar na maré vazante.

Martin escutou a história com atenção. Quando Brad terminou, ele observou:
— Essa história não pode ser verdadeira.
— Uma fábula é isso... medidas iguais de história e imaginação dispostas em sucessivas camadas ao longo dos séculos — disse Brad. — É tão verdadeira quanto qualquer fábula jamais será.

Martin ainda refletia a respeito da história quando Elyssa se aproximou. A princesa tinha tomado um banho e trocara o traje simples da viagem por um vestido bem mais elaborado.

Brad fez uma reverência engraçada para Elyssa e partiu. Ia procurar mais leite e, depois, estaria na biblioteca da torre, avisou antes de sair.

Martin ficou ao lado dela, ambos debruçados sobre o parapeito, observando o ir e vir no pátio interno lá embaixo. O movimento parecia ter se acalmado bastante; não havia mais o mesmo tumulto de antes, e o silêncio permitia que se entreouvisse o barulho das ondas quebrando nas pedras no ponto oposto à torre. Viu alguns homens descansando no chão, com as costas escoradas na muralha, e um grupo de mulheres cosendo uma grande vela de tecido branco. Em uma das extremidades do pátio, Eon supervisionava com olhos atentos um grupo de marinheiros que faziam reparos em um canhão.

— Eon é muito sério — observou Martin.
Elyssa percorreu o pátio com os olhos até encontrar o irmão.
— Você tem razão, Martin. Ele raramente sorri.
— Entendo que vocês enfrentam muita coisa por aqui...
Ela suspirou.

— Desde que éramos pequenos, Eon sempre foi muito forte, tanto de corpo quanto de espírito. Tanta força pode deixar um rapaz... autoconfiante demais.

Martin não esperava uma resposta como aquela.

— Quando Eon completou dezesseis anos, ele disse as Palavras ao Mar e ganhou o comando de uma pequena embarcação — prosseguiu Elyssa.

— Palavras ao Mar?

A princesa virou-se para fitá-lo.

— É o juramento que o povo de Nastalir faz toda a vez que parte para o mar. A primeira vez que alguém profere as Palavras marca o momento em que meninos viram homens e meninas se tornam mulheres. É um dos acontecimentos mais importantes da nossa vida. Mas não é só isso: dizer as Palavras significa aceitar o nosso meio de vida e declarar o seu amor pelo mar. Enfim, este barco que ele passou a comandar é muito usado para vigiar a Fronteira; tripulado por apenas seis homens, é uma galé pouco armada, mas veleja rápido para buscar ajuda e distribuir informações sobre a movimentação dos Mortos.

— E o que houve?

— Eon e seus velejadores patrulhavam uma ilha remota no extremo oeste da Fronteira, quando encontraram um pequeno vilarejo em chamas. Aí, Eon foi traído pelo excesso de confiança: em vez de observar o terreno e buscar ajuda se fosse necessário, ele ordenou um desembarque.

Martin sentiu, pelo tom de voz dela, que o episódio não terminaria bem.

— Normalmente, ele estaria certo — prosseguiu ela. — Na época, a maior parte das incursões dos Mortos era rápida e com pouca força. Era raro que, depois de arrasar algum local afastado, ficassem tempo suficiente para que os encontrássemos e travássemos uma batalha.

— Mas daquela vez foi diferente.

Elyssa assentiu.

— No lado oposto da ilha, oculta pelo terreno, navegava uma nau repleta de Mortos. Eles apanharam Eon e a sua tripulação de surpresa, no momento em que botavam os pés em terra firme.

— Ele sobreviveu...

— Eon foi o único que saiu com vida, e isto aconteceu apenas porque o nosso tio Rohr enviara, em segredo, um grupo de homens experientes para cuidar dele. Ficavam sempre a distância, pois ele não desejava melindrar Eon, superprotegendo-o. Mas a verdade é que se essa força não tivesse intervindo, meu irmão teria morrido naquele lugar. Eles chegaram ao fim da luta, a tempo de salvá-lo. Seus homens já haviam tombado; morreram defendendo seu príncipe.

Martin lembrou-se do semblante de Eon. Achava que agora podia ver a dor e a culpa estampadas naquele rosto severo.

— Eon retornou para Nastalir completamente mudado. O pesar e a culpa fizeram dele um homem do dia para a noite. Desde aquele episódio, ele é assim: triste e resignado, porém, obstinado com seus deveres e feroz na batalha. Creio que ele jamais se verá livre dessa dor e, com ela, nunca será feliz de verdade. Por outro lado, ela o fortalece de uma maneira poderosa, que causa admiração nos demais.

A vida neste lugar tão belo é dura como o quebrar das ondas do mar lá embaixo, pensou Martin.

— E você, Martin? — perguntou ela, abrindo um sorriso que iluminou toda aquela escuridão. — Conte-me mais de sua vida na Vila. Já ouvi como a cidade funciona. Quero saber agora da sua vida.

Correspondeu ao sorriso e, quando deu por si, estava falando sem parar a respeito de Maya. Começou pelo dia em que se encontraram pela primeira vez, ainda crianças, e não parou mais.

****

Martin reencontrou o pai apenas no jantar. Sentaram-se juntos à longa mesa que fora montada no salão principal da torre para receber os visitantes. Havia gente vinda de todos os cantos da Fronteira, incluindo vários tios, tias e primos de Eon e Elyssa, além de uma grande variedade de tipos diferentes, representando boa parte das ilhas vizinhas a Nastalir.

Durante a refeição, Martin comentou a respeito da conversa que tivera com Brad. O pai achou graça da forma como o atchim contara a história de Tanir e observou que expor fatos seguidos por uma fábula era a maneira típica de eles comunicarem uma ideia ou um fato a alguém.

Martin conversou bastante com o pai durante o jantar, mas reparou nos rostos sérios dos homens e das mulheres na mesa; tendiam mais ao silêncio do que à prosa. A tensão da situação pairava pesada no ar. Deu-se conta de que muitas daquelas pessoas haviam se deparado com os monstros recentemente. Perguntou-se quantas delas teriam perdido alguém para os Knucks ou tido o seu lar arrasado por eles.

Depois do jantar, Rohr Talir convocou os comandantes da frota ali presentes para uma reunião. Os demais foram convidados a permanecer e aproveitar a comida e a bebida. Eon foi pessoalmente buscar Martin e o pai na mesa.

A sala de comando da frota da Fronteira ficava bem no topo do domo abobadado da torre. O recinto era espaçoso, mas não amplo demais que roubasse um certo ar de aconchego que transmitia. Como não poderia deixar de ser pela sua localização, a sala tinha um formato arredondado; as quatro portas que deixavam a luz do crepúsculo entrar marcavam cada um dos pontos cardeais e abriam para pequenas sacadas. Martin espiou por uma delas: a visão era vertiginosa. Se das demais sacadas da torre a vista já era magnífica, dali a impressão que se tinha era de pairar sobre o oceano como uma nuvem. O quebrar das ondas se fazia ouvir apenas como um ruído suave, de tão distante, e a espuma que as encimava mal podia ser adivinhada.

No recinto estavam, afora Martin, o pai e os anfitriões, mais cinco comandantes de confiança dos Talir. Foram todos reunidos em pé ao redor de uma mesa que não tinha cadeiras; sobre a sua superfície, um grande mapa da Fronteira estava esculpido em relevo. Cada ilha fora cuidadosamente trabalhada em madeira e pintada para reproduzir com precisão o seu relevo e a sua geografia. Martin localizou a ilha de Nastalir, guardando o extremo leste da Fronteira, e identificou a enseada que abrigava a cidade. Percebeu que até mesmo a fortaleza Talir tinha sido retratada: uma pequena peça de madeira, do tamanho de um dedo mínimo, marcava o local onde estavam.

Martin e o pai foram apresentados ao restante e, logo após, Elyssa passou a palavra para um primo, Einar Talir, responsável pelo comando da frota durante a sua ausência. O primo era um homem na casa dos sessenta, com cabelos brancos e ombros muito largos. Parecia-se com uma versão mais velha de Rohr, embora fosse também mais baixo e ainda mais corpulento do que ele.

— Desde que vocês partiram, os Mortos intensificaram os ataques que já vinham conduzindo e, agora, se fazem presentes ao longo de toda a Fronteira. Seu modo de operar é sempre o mesmo: atacam algum vilarejo menos protegido, matam ou sequestram as pessoas e depois queimam tudo — começou Einar Talir. — Quando chegamos, resta pouco a fazer a não ser apagar incêndios e enterrar o que sobrou das vítimas.

— E o que tem sido feito? — perguntou Cristovão.

Foi Elyssa quem respondeu:

— Convocamos todas as forças de todos os povos da Fronteira. Proibimos a circulação de navios de transporte e mercantes que não estejam devidamente escoltados. Por fim, sugerimos às pessoas que vivem em locais mais afastados e menos protegidos que deixem as suas casas para lugares mais bem guarnecidos. Porém, poucos têm seguido essa orientação e não podemos obrigá-los.

— Agora percebemos que tudo o que está acontecendo foi cuidadosamente planejado — disse Eon para Cristovão. — Em um primeiro momento, os Mortos penetraram no Mar do Crepúsculo com alguns poucos barcos e não entraram em combate com ninguém, à exceção do seu navio.

O pai aproximou-se do mapa, pousando as mãos sobre a borda da mesa.

— Durante aquela fase, os monstros apenas colheram informações a respeito das defesas da Fronteira e do posicionamento da sua frota. Creio que encontramos aqueles Knucks por pura falta de sorte e tenho certeza de que não tinham como objetivo nos destruir, caso contrário, não teríamos sobrevivido.

— Assim que avaliaram o campo de batalha, levaram seus planos adiante e, agora, atacam ao longo de toda a Fronteira — concluiu Eon em tom sombrio.

— Mas ainda não atacam com força — disse Rohr. — Atingem pequenos povoados desprotegidos e indefesos com maior frequência do que entram em combate aberto com nossas forças, e isto não faz sentido. Eu não compreendo o que querem.

— Houve algum enfrentamento maior? — perguntou Cristovão.

— Sim — disse Einar. — Há uma semana, uma força de nove barcos avançou sobre a ilha de Vas, no extremo oeste da Fronteira. Nós os repelimos a um grande custo: perdemos bons homens na luta e três navios. Já deslocamos boa parte da frota para lá. Não nos pegarão de surpresa outra vez.

Martin sentiu uma pontada de inquietude com aquela observação. Mais uma vez, como se estivessem em sintonia, Elyssa leu o seu desconforto.

— O que foi, Martin?

Constrangeu-se com os olhos dos grandes líderes de batalha postos sobre si. Vacilou, debruçando-se em cima do mapa, o pensamento a correr.

— Olhar por tanto tempo para este mapa pode ter nos deixado míopes, amigos — disse Elyssa. — Gostaria de ouvir a opinião não viciada dos nossos convidados.

O pai se aproximou e perguntou em voz baixa:

— O que há, filho?

Martin ainda não sabia, mas algo, aos poucos, tomava forma. Uma ideia, talvez.

— A Fronteira é extensa, pai?

— Sim. De Nastalir até Vas, da ponta leste a oeste, são três a quatro dias de viagem, dependendo do vento.

Martin ergueu o olhar e encarou Einar Talir.

— Existe uma tendência para os ataques mais recentes, aqueles em que os Knucks empregaram mais força?

— Sim — afirmou Einar Talir. — Os quatro ataques mais importantes foram aqui, aqui... — Apontava com o dedo cada vez mais para o oeste, afastando-se de Nastalir. — O último foi este de que falei, em Vas.

— No extremo oeste... — observou Martin.

Levou mais um segundo para que a ideia tomasse forma na mente de Martin e, quando ela o fez, o pai a teve no mesmo momento. Trocaram um olhar aterrorizado. Foi Martin quem anunciou: — Os monstros jogam com vocês: organizam ações que não só espalham sua frota por uma grande área, como também a afastam de Nastalir.

Elyssa levou as mãos à boca, em espanto. O pai finalizou:

— Os Mortos atacarão Nastalir com todo seu poderio; ocorrerá a qualquer momento, pois já nos têm onde querem: espalhados por toda parte.

Eon cerrou os punhos.

— Como não percebemos...? — lamentou-se com a voz carregada.

— Esses forasteiros não sabem de nada. Um ataque maciço dos Mortos nunca ocorreu desde o Êxodo — retrucou um dos comandantes.

— Mas acontecerá agora — Elyssa o interrompeu. — Não percebemos porque fomos cegos e estúpidos.

— Precisamos agir de imediato — anunciou Rohr. — O que ordena, Elyssa?

Ela pensou por um segundo, encarou os comandantes e comunicou:

— Senhores, quero que enviem seus barcos mais rápidos para toda a Fronteira. As ordens são para que todos se reúnam e se reagrupem em Vas. De lá, dois terços da frota retornará para Nastalir e, o restante, permanecerá na ilha. Achamos que os Mortos cairão sobre nós, mas é possível que ataquem em outro ponto.

— Mas, princesa, isso deixará vastas extensões da Fronteira desguarnecidas — argumentou outro dos comandantes.

— Eu sei... Não temos escolha. Ordene a todos que possam navegar que busquem refúgio aqui ou em Vas, o que for mais perto. Desta vez, tratem de convencer o povo de que precisam deixar suas casas. Não podemos mais defendê-los onde estão.

Os cinco homens saudaram Elyssa e partiram apressados para cumprir as ordens. Einar Talir garantira que estariam navegando em menos de uma hora.

— Quanto tempo até que a frota se reúna? — perguntou Cristovão.

Rohr sacudiu a cabeça, desolado.

— Até que juntem todos em Vas e partam para cá... de sete a dez dias, se o vento estiver favorável.

— E podemos ter de enfrentar os navios da Ordem do Comércio vindos do sul — completou Eon.

Elyssa caminhou pela sala, pensativa. Martin não conseguia tirar os olhos do mapa: agora que o pai falara, a Fronteira parecia tão vasta...

Depois de um longo silêncio, Elyssa retornou à mesa do mapa.

— Você veio até o Mar do Crepúsculo em busca de conhecimento — disse ela para Cristóvão. — O que descobriu que possa nos ajudar?

— Sabemos que os Knucks têm um acordo muito antigo com os Anciãos: recebem alguma coisa de que precisam muito e, em troca, não arrasam a nossa cidade. A missão do *Firmamento* e a ascensão de um homem não ligado aos Anciãos ao posto de Zelador da Vila parecem ter sido o suficiente para quebrar este acordo.

— E o que é que os Mortos buscam na sua Vila? — indagou Rohr.

— Martin, conte a eles... — pediu o pai.

Martin descreveu o encontro com o senhor Veress. Ao terminar, viu Eon e Rohr vermelhos de raiva. Elyssa, que já ouvira a maior parte daquela conversa, permaneceu impassível.

— Ele mente, Martin! — trovejou Eon. — Sabemos que sua esposa e seu filho não sobreviveram.

— Veress quer forjar uma falsa ligação com você para convencê-lo a procurar a garota — falou Rohr. — Pelo que entendi, o livro que ela está buscando pode ser a chave de tudo.

— Devemos nos antecipar e apanhá-lo nós mesmos — disse Elyssa.

— Preciso retornar à Vila, mas também devo ajudar Ricardo Reis — avisou Martin com a voz mais firme possível.

O cerco se fechava sobre eles, e aquele livro poderia mudar tudo... Por outro lado, pressentia que o tempo do capitão do *Firmamento* seria o primeiro a se esgotar.

Elyssa viu tanta determinação em seus olhos que recorreu a Cristóvão por ajuda.

— Desculpe-me, Elyssa — disse ele, sacudindo a cabeça. — Prometi a Martin que retornaria e ajudaria Ricardo Reis.

— Se vocês voltarem para a Cidade do Crepúsculo, morrerão nas mãos do senhor Veress — sentenciou Eon, com o rosto ainda mais sério do que o normal. — Eu sinto muito em dizer, mas seu amigo deve estar morto. Pelo que me lembro, vocês contaram que ele sofria da Febre dos Mortos...

Rohr cruzou os braços.

— E nós precisamos de todos os homens que pudermos encontrar para lutar.

— Eu fiz uma promessa ao meu filho — insistiu Cristovão. — Seremos rápidos: partiremos com o *Tierra Firme* o quanto antes.

— E como farão para resgatá-lo? — perguntou Elyssa. — Eu não preciso lembrá-los de que a Cidade do Crepúsculo se voltou contra nós. Vocês não serão bem-vindos por lá.

— Pensaremos num plano durante a viagem — respondeu o pai. — Se tudo der certo, retornaremos a tempo de ver a frota reunida, e então planejaremos como ajudar Maya e os outros na Vila.

Elyssa contornou a mesa e apanhou uma mão de Martin e outra de seu pai.

— Não gosto da ideia de vê-los partir, mas entendo que não aceitem deixar seu amigo para trás — disse ela. — Por favor, tenham cuidado.

CAPÍTULO XIV

CAMINHOS ESCUROS, ENCONTROS ESCUROS

O caminho que Maya fazia para chegar à Biblioteca Anciã era cansativo, cheio de idas e vindas desnecessárias, que quase dobravam a distância a ser percorrida. Em um primeiro momento, o percurso a afastava do seu destino verdadeiro; depois, serpenteava por vielas escuras e pouco movimentadas, evitando qualquer via de maior movimento, até chegar onde precisava. Em circunstâncias normais, o trajeto nada teria de extraordinário, mas, no estado febril em que se encontrava, cada nova quadra a ser vencida tornava-se um esforço exaustivo.

Maya sabia, porém, que a cautela era necessária. Por mais impossível que parecesse, a situação na cidade se tornara ainda mais tensa. Aos poucos, as badernas diárias iam cedendo espaço a ruas desertas: apavoradas, as pessoas tinham decidido recolher-se ao refúgio de suas casas.

A viela que percorria assemelhava-se bastante àquela onde ficava a casa que disfarçava a entrada da passagem secreta: era mal iluminada e repleta de residências decadentes que pareciam abandonadas. Para piorar, tinha a companhia da mais fina das chuvas, com gotículas tão pequenas que mais pairavam no ar do que verdadeiramente caíam, mas que eram suficientes para revestir o calçamento com uma camada de umidade.

Maya escutou passos apressados atrás de si e, num sobressalto, virou-se para ver quem era. Com o coração aos pulos, tentou recuar, mas era tarde: Noa se aproximara, silencioso como uma sombra, e, com mais dois passos, esticou os braços e agarrou seu pescoço, tal como fizera dias antes.

Daquela vez, o primo de Martin estava sem o capuz pontiagudo, embora ainda vestisse a toga branca. O significado daquilo era óbvio: com o enfraquecimento dos seguidores de Heitor, os truculentos defensores do regime Ancião já não temiam mais serem punidos por suas atrocidades. Alguns passos atrás, como não poderia deixar de ser, Maya identificou Erick, que também se achava com o rosto descoberto.

Noa a empurrou com força contra a parede de pedra de uma casa. Maya arquejou com o impacto e sentiu as costas umedecerem com o contato com a superfície molhada. Ele aproximou-se ainda mais e colou o rosto no dela. Na penumbra, podia apenas adivinhar as rugas que se formavam em sua testa franzida e o sorriso que se desenhava na boca entreaberta.

— Nos encontramos de novo — grunhiu ele.

Maya contorceu-se, tentando se libertar. Para a sua surpresa, viu-se livre das mãos que a imobilizavam. Noa deu um passo para trás, ainda ostentando o sorriso de desdém.

— Vocês dois são mesmo muito corajosos — disse ela, com a cabeça erguida. — Assaltando uma garota sozinha em uma rua escura.

Erick gargalhou; seu corpo oscilava de um lado para o outro: estava tão bêbado quanto era possível ficar sem perder a consciência.

— Sozinha, num lugar como este... — prosseguiu Noa, sacudindo a cabeça. — Espero que você não esteja metida em alguma confusão. Senão, terei que puni-la.

— Vocês dois não valem nada.

— Além disso, você não é apenas uma garota — disse Noa, ignorando-a. — É uma subversiva, que lê livros proibidos e anda com gente perigosa.

— Pela primeira vez na vida você tem razão, Noa. São livros perigosos porque contam a verdade a respeito de gente como...

Noa a interrompeu com um gesto brusco: deu um súbito passo à frente com a mão espalmada erguida. Ela ainda se lembrava do peso da mão do rapaz pelo incidente na livraria. Para a sua sorte, porém, daquela vez ele se deteve e logo retornou a uma postura mais relaxada.

— Não me interesso pelo que tem a dizer. E, quanto à coragem, saiba que fui promovido a chefe do serviço de informações de sua excelência, o Ancião-Mestre.

— É. Somos muito corajosos — ecoou Erick, rindo de si mesmo.

— Sim, é claro. Como eu poderia esquecer? Quando os Knucks invadiram a cidade, vocês estavam lá na rua do Porto, lutando na linha de frente — disse Maya. — Ou estou enganada? Vocês não são do tipo que teriam corrido com seus papais para a Casa dos Anciãos, onde a coisa mais séria que poderia acontecer durante a batalha seria torcer um tornozelo.

Daquela vez, Noa não conteve o gesto. A mão espalmada que atingiu o rosto de Maya parecia estar coberta por uma centena de pequenas agulhas. Ela recuou e encostou novamente na parede, em parte pelo impacto do golpe, em parte pelo pavor que a dominou.

— Heitor ficará sabendo — arriscou Maya. — E tenho certeza de que o próprio Dom Cypriano não aprova este tipo de coisa.

Noa sacudiu a cabeça, aborrecido. Com o sorriso enfim se desfazendo, ele disse:

— Heitor já era. Quando os Anciãos tomarem de volta todo o poder, as coisas mudarão de uma forma que nenhum de nós imagina.

Maya endireitou-se.

— O que você quer dizer?

— Não sei — respondeu Noa. — Sei apenas o que Dom Cypriano disse a seus homens mais próximos: preparem-se para novos tempos.

Ela se afundou em dúvidas. O quanto o Ancião-Mestre teria revelado a seus subordinados? Achou que devia ser muito pouco; por outro lado, talvez Dom Cypriano precisasse de pessoas com obediência cega, tal como Noa, para executar seus planos. Apesar disso, Maya acreditava que ele não podia saber da verdade. Noa era estúpido demais para receber tanta confiança.

— Você precisa me escutar — disse Maya, lançando mão de um último e desesperado recurso.

— Não — replicou ele, dando um passo a frente.

Maya sentiu o corpo tomado de pavor tremer sem parar. Fechou os olhos e sentiu uma lágrima brotar, pronta para escorrer pelo rosto.

CAPÍTULO XV

O RETORNO À CIDADE DO CREPÚSCULO

O vento parou por completo no fim do segundo dia de viagem, quando já se preparavam para avistar a Cidade do Crepúsculo despontar à proa a qualquer momento. O *Tierra Firme* perdeu velocidade e passou a jogar inerte contra as ondas. Junto à calmaria, desabou uma chuva constante e intensa; e, acompanhando a tromba d'água, formou-se uma névoa úmida. Combinadas, chuva e cerração roubaram a visão do horizonte.

Ao que parecia, as nuvens de tempestade não tinham se movido nem um centímetro desde a última vez que as tinham visto, dias atrás. As grandes formações cinzentas, com topos frondosos, filtravam a luz do crepúsculo até sobrar apenas uma penumbra cinza e triste. E elas permaneciam estacionadas sobre o mar, ao redor da Cidade.

Desde o instante em que deixaram Nastalir, o pai ordenara a todos que ficassem em máxima prontidão. A possibilidade de encontrar galeões da Ordem do Comércio ou, ainda pior, barcos Knucks, era uma realidade tão concreta quanto assustadora. Mas, durante todo o percurso, não tinham avistado nem um único navio. E as águas seguiam desertas, mesmo naquele momento, em que já deveriam estar velejando muito próximo do movimentado porto da Cidade. Naquele ponto, o fato de não enxergar nem uma pequena embarcação pesqueira soava estranho e sinistro.

Continuavam a avançar em meio à névoa e à chuva, sem identificar sinais de vida. O pai não era o tipo de homem que se deixava dominar por presságios, mas, a cada novo minuto silencioso, ele se tornava mais inquieto.

— Tem alguma coisa errada, Martin — murmurou ele, enquanto seus olhos esquadrinhavam o oceano.

Durante a despedida no porto de Nastalir, Elyssa havia lhes dado um frasco do Suspiro dos Vivos. O remédio deveria ser bebido e, por isso, era necessário torcer para que Ricardo Reis ainda tivesse forças para fazê-lo. No mesmo instante em que partiam, Rohr e Eon também se preparavam para se lançar ao mar. Todos tinham um papel a cumprir, Eon afirmara. Ele e o tio comandariam galés rápidas e velejariam até as ilhas próximas; seu objetivo era arregimentar todos os navios da frota que encontrassem nos arredores e levá-los até Nastalir.

Sem nenhum aviso, uma brisa encheu o ar e devolveu a forma às velas do *Tierra Firme*. O balanço irregular da calmaria foi substituído pelo movimento suave do navio que engatinhava sobre as pequenas ondas. A chuva não cessara, mas a névoa parecia menos espessa; seus redemoinhos cinzentos perdiam-se no ar e, aos poucos, davam lugar à superfície ondulada do oceano. Pouco depois, descortinou-se a linha do horizonte e, sobre ela, a silhueta da ilha avolumava-se, já mais próxima do que Martin poderia ter imaginado.

Mesmo com a visão desimpedida da Cidade, não avistaram nem um único navio navegando nas proximidades. Não que os olhos estivessem postos no oceano, não estavam. A atenção de todos fixava-se nas grossas colunas de fumaça negra que se erguiam do fundo da baía.

A Cidade do Crepúsculo ardia em chamas.

Martin enroscou-se no cordame e se pendurou para fora da amurada para observar: bem no meio da cidade, o Santuário das Vozes e a sua Torre mantinham-se intactos, mas estavam cercados por focos de incêndio numerosos demais para serem contados. Nas ruas, pelo que podia ver àquela distância, não se identificavam sinais de vida ou dos Knucks. Sabia que só os monstros poderiam ter feito aquilo à Cidade.

O pai comandou uma aproximação cautelosa ao porto. Uma vez na baía, contariam com um vento ainda mais fraco e irregular do que em mar aberto, e um inimigo vindo de fora da enseada poderia muito bem surpreendê-los e encurralá-los. A geografia do lugar era perfeita para tal armadilha.

A disposição dos navios atracados em seus devidos lugares nos ancoradouros transmitia uma falsa sensação de normalidade. Martin percorreu as embarcações com os olhos e respirou aliviado ao identificar o *Firmamento* repousando no mesmo lugar onde o haviam deixado. O navio parecia deserto.

Foi na parte sul do porto que identificaram o local do desembarque: cinco navios tinham queimado até afundar, entulhando a passagem daquela seção do cais. O que restara deles não passava de esqueletos enegrecidos, ainda fumegantes. Ao lado, uma dezena de embarcações tinha sido amontoada, umas sobre as outras, criando um corredor desimpedido até o atracadouro. Daquele ponto, os invasores ganharam acesso à rua que corria ao longo da orla, na altura do mercado que Martin visitara.

— Os Knucks estiveram aqui — sussurrou Martin.

— Ou ainda estão — completou o pai no mesmo tom.

Martin estremeceu. A cidade podia estar infestada de monstros.

Cristovão ordenou que o *Tierra Firme* fosse fundeado ao largo do porto; não se atreveriam a ancorar no cais, pois isso impossibilitaria qualquer tentativa de fuga. Assim que o navio ancorou, a tripulação pegou em armas, e um bote foi descido ao mar. Combinaram que dez homens, incluindo Martin e o pai, remariam até a cidade. Os demais ficariam a bordo, atentos, com os canhões preparados e prontos para levantar velas em caso de perigo.

No abrigo da enseada, as ondas do mar perdiam quase toda a força; somado a isso, havia a ausência completa de movimento no porto. O resultado era um silêncio espesso e impenetrável que os deixava em um estado de nervosismo permanente. Remaram com movimentos calculados e cuidadosos para não gerar mais barulho de que o necessário. Aproximaram-se usando os barcos maiores como cobertura e amarraram o bote junto à popa de uma grande galé mercantil.

Martin pôs os pés outra vez na Cidade do Crepúsculo e notou que, nesta ocasião, o sentimento era outro, muito diferente. Não sentia nenhum fascínio ou excitação, apenas um senso de urgência tão intenso que lhe tirava o fôlego: precisavam encontrar Ricardo Reis a tempo. Além disso, havia o terror, do mesmo tipo que experimentara quando os monstros invadiram a Vila.

Se tinham alguma dúvida de que o ataque fora obra dos Knucks, ela desapareceu ao examinarem a massa esfumaçada de destroços a que fora reduzida a orla da Cidade do Crepúsculo. A maneira como os prédios tinham queimado era idêntica ao que Martin vira na rua do Porto, na Vila. Apenas os monstros seriam capazes de perpetrar tamanha destruição. E, se ainda assim restasse dúvida, bastava respirar fundo e absorver o fedor de ozônio que impregnava o ar.

O que antes havia sido o mercado agora não passava de uma montanha de destroços empilhados, sepultados pela grande tenda branca que fora a sua cobertura. No cais, no pavimento e por toda parte, viam-se corpos estirados no chão. Muitos jaziam mutilados e, alguns, traziam espadas e cutelos nas mãos.

Enquanto atravessavam o mercado arruinado, perceberam os primeiros sinais de vida. Pessoas em estado de choque saíam de casas e abrigos improvisados e vagavam pelas ruas, paralisadas pelo pavor. Nunca aquela cidade fora assaltada pelos monstros, e a cena lhes parecia o pior dos pesadelos; não podia ser real. Alguns poucos começavam a voltar a si e já tratavam de cuidar dos sobreviventes e organizar o combate aos incêndios. Por sorte, a chuva permanecia constante e os ajudaria a impedir que o fogo se alastrasse ainda mais.

O pai percebeu seus homens paralisados pelo horror da cena.

— Rapazes, fiquem firmes — disse, encarando-os. — Não podemos mais ajudá-los, mas temos que tirar os nossos daqui.

Martin correu ao lado do pai, ambos seguidos pelos demais tripulantes. Sabia para onde ele se dirigia: a melhor chance de encontrar Ricardo Reis e os rapazes do *Firmamento* era na pensão na qual se hospedaram. Se não estivessem lá, poderiam ter sido presos em alguma masmorra, o que tornaria o resgate muito mais difícil. Martin agarrava-se à esperança de que os homens da Ordem do Comércio não tivessem considerado seus companheiros como inimigos; não tinham por que feri-los. Mas também era verdade que o *Tierra Firme* participara da batalha junto aos navios de Nastalir durante a fuga, e aquilo poderia ter ajudado a mudar as coisas.

Na calçada próxima à entrada da pensão, encontraram cinco guardas de mantos prateados mortos. Abriram caminho por entre os corpos, desembainharam espadas e entraram na pensão. O lugar estava às escuras, mas, à medida que avançavam por um longo corredor, a fraca luminosidade de lampiões se insinuava. O caminho terminava em uma ampla sala comum, onde encontraram uma grande aglomeração de homens, mulheres e crianças, todos petrificados de pavor.

Da multidão, surgiu um grito com a voz inconfundível do imediato Higger:

— Capitão Durão! Martin! Estamos aqui!

O rosto carrancudo do imediato emergiu das sombras; trazia um sorriso no rosto como Martin nunca vira antes.

— Eu disse aos rapazes que vocês voltariam — comemorou ele.

— Onde está Ricardo Reis? — perguntou Martin.
Higger baixou a cabeça.
— Venham comigo — sussurrou.
Martin sentiu um aperto no peito. Não era possível que tivessem chegado tarde demais...

O pai embainhou a espada e ordenou aos seus homens que vigiassem a entrada. Juntos, seguiram Higger através do aglomerado de gente, sem atrair qualquer olhar curioso; estavam apavorados demais para notá-los.

Em um canto da sala encontraram os homens do *Firmamento*. Alguns em pé, outros sentados no chão, mas todos cercavam e guardavam uma maca improvisada, onde Ricardo Reis repousava. O capitão do *Firmamento* tinha o rosto impassível e jazia inerte, enrolado em cobertores.

Martin ajoelhou-se ao seu lado e tirou o frasco do Suspiro dos Vivos de uma pequena bolsa de couro.

— Preciso de ajuda para levantá-lo — disse com a voz firme para ninguém em particular.

O imediato Higger foi o primeiro a ajoelhar-se perto de Martin; em seguida, outro homem tomou posição ao seu lado e, juntos, ergueram o tronco de Ricardo Reis. Martin tinha esperança de que ele reagisse àquilo, mesmo que fosse apenas com grunhidos, e que então pudesse derramar o remédio na boca entreaberta. Mas ele não se mexeu. O único sinal de que ainda vivia era o suave arfar do seu peito.

Martin desesperou-se.

— Vamos ter que abrir a boca dele.

O pai uniu-se aos três e comprimiu as bochechas de Ricardo Reis até que a boca se entreabrisse.

— Tenha cuidado, Martin. Elyssa disse que ele deve tomar todo o conteúdo do frasco. Não podemos desperdiçar.

Martin desejou ter uma colher, mas, como não tinha, virou o gargalo do pequeno frasco diretamente na boca de Ricardo Reis. Assim que o primeiro fio do líquido escorreu, ele parou. No mesmo instante, o pai levantou o queixo do amigo para garantir que engolisse. O corpo enfermo estranhou o remédio e tentou recusá-lo; ele tossiu, mas acabou por tomá-lo.

Martin suspirou aliviado. Mais relaxado, começou a repetir a operação a intervalos regulares, cada vez administrando um volume maior. Enquanto isso, Higger começou a contar o que se passara:

— Os Knucks varreram a cidade. Achamos que íamos todos morrer... nós e essas pessoas que buscaram refúgio aqui.

— Quando foi isso? — perguntou Cristóvão.

— Minutos antes de vocês chegarem. Não viram os monstros?

O pai fez que não com a cabeça.

— E quanto àqueles guardas da Ordem do Comércio, mortos na entrada? — indagou o pai.

— Fomos confinados na pensão como prisioneiros. Nos permitiram apenas ir buscar o capitão, que ainda estava em sua cabine no *Firmamento*.

— E o que eles pretendiam?

O imediato Higger olhou em volta e, depois, retornou o olhar para Martin e o pai.

— Ouvimos dizer que nos prenderiam em uma masmorra qualquer e que confiscariam o *Firmamento* para sua frota de guerra.

Cristóvão pensou por um instante e então disse ao imediato Higger:

— Preste bem atenção: quero que leve todos os seus homens para o *Firmamento* e deixe o navio pronto para navegar.

— E quanto aos monstros?

— Ao que parece, foram embora. A cidade está entregue ao caos, mas não temos muito tempo até que os mantos prateados voltem às ruas. A hora de partirmos despercebidos é agora.

Higger compreendeu a situação. Soltou gentilmente as mãos do tórax de Ricardo Reis, levantou-se e disparou uma série de ordens. Em questão de segundos, os homens do *Firmamento* já se precipitavam em direção à saída.

Martin e o pai permaneceram ao lado de Ricardo Reis. Precisavam se assegurar de que ele recebesse toda a dose do Suspiro dos Vivos antes de se arriscarem a levá-lo até o *Firmamento*.

Já perdera a conta de quantas vezes tinha vertido um fio do líquido na boca imóvel do capitão; percebia apenas que o recipiente ficava cada vez mais leve em suas mãos.

— Quanto ele já bebeu, filho?

Martin deu uma sacudidela no recipiente.

— Quase tudo.

— Está ótimo. Vamos levá-lo. O restante ele tomará quando já estivermos navegando em segurança.

O pai assobiou, e dois homens que vigiavam a entrada retornaram correndo. Juntos, os marinheiros ergueram Ricardo Reis e começaram a transportá-lo. O avanço era lento, pois ele era um homem pesado e continuava inconsciente.

No lado de fora, encontraram a cidade ferida aos poucos recobrando os sentidos: o movimento de gente nas ruas era maior e mais organizado. Voluntários corriam para combater os incêndios e tratar dos feridos, em meio a uma cacofonia de gritos de dor e palavras de ordem, sobrepostas ao estalar de madeira e outros materiais em combustão. A chuva havia parado, mas o ar estava impregnado com o cheiro de fuligem misturado à maresia.

Percorreram o caminho em direção ao porto a passos lentos e vigilantes. Ricardo Reis vinha logo atrás, carregado por dois tripulantes do *Tierra Firme*, enquanto os homens restantes fechavam a retaguarda. Conseguiremos, pensou Martin. O trajeto não era tão longo, e já podiam avistar o *Firmamento* no cais. No convés, percebia o ir e vir nervoso dos homens, correndo para preparar as velas. Junto à proa, três botes estavam a postos para rebocar o navio para fora do porto. Era uma boa ideia, pois ao abrigo da baía o vento havia cessado por completo, tornando a superfície do oceano quase plana. Aquela seria a maneira mais rápida de pôr o *Firmamento* a navegar.

Quando o grupo se preparava para atravessar os escombros do mercado, depararam-se com um batalhão de mantos prateados. Os homens da Ordem do Comércio tinham surgido do nada e, em instantes, estavam cercados. Os marinheiros do *Tierra Firme* formaram um círculo em torno de Ricardo Reis e desembainharam as espadas.

Do meio dos soldados surgiu o senhor Veress, também vestindo um longo manto prateado. Martin percebeu-o mudado: seu meio-sorriso desaparecera, ostentava grandes bolsas escuras sob os olhos e tinha as feições carregadas de tensão, como alguém atormentado por uma sequência de decisões difíceis, cada uma mais importante do que a anterior. Retinha, porém, o olhar astuto e inteligente de quem sempre tem uma resposta pronta para tudo.

Ele se aproximou e deu ordem para que seus guardas baixassem as armas.

— Nada temam — disse em voz firme. — Têm a minha palavra de que não serão atacados.

Martin percebeu que aquilo havia pegado até o pai de surpresa.

— Atacamos seus navios — observou Cristovão, com cautela e a espada na mão.

— Por favor, baixe sua lâmina, capitão — pediu o senhor Veress. — Fizeram o que deviam para se defender. Precisam acreditar que eu não dei ordens para que aqueles navios os atacassem.

O pai embainhou a espada e indicou que seus homens fizessem o mesmo. Assim como Cristovão, os tripulantes do *Tierra Firme* já viviam havia um bom tempo entre os habitantes da Cidade do Crepúsculo; conheciam a índole dos homens da Ordem do Comércio e, por isso, obedeceram relutantes.

— Posso ser o líder da Ordem do Comércio, porém, não sou a única autoridade com voz nas decisões. Aquela perseguição foi obra de outras lideranças.

Mentira, pensou Martin. Veress não respondia a ninguém.

— Mesmo assim, fomos atacados, e homens de Nastalir morreram nesta mesma rua — disse o pai.

— Eu sei, lamento muito por isso — disse o senhor Veress, abrindo as mãos em um gesto de impotência. — Foi um ato de insubordinação e, quando tudo isso acabar, garanto que vou punir pessoalmente os comandantes daqueles navios.

O senhor Veress voltou-se para seus homens:

— Tratem de ajudar essas pessoas! Rápido!

Em segundos, os homens de manto prateado se dispersaram. Permaneceram apenas dois, flanqueando seu líder.

— E quanto às Vozes?

— Boa pergunta, Martin. Esta catástrofe foi tão devastadora quanto inesperada. As Vozes estão em pânico e me cederam provisoriamente todo o poder, para que eu resolva a situação da forma que julgar melhor. Aceitei este fardo, pois entendo que devo fazer a minha parte. A condição de Tar-Salatiel para essa transferência de poder foi que Comerciantes e Guardiões deixassem de lado a sua querela e se unissem na proteção do povo do Mar do Crepúsculo.

Seria verdade? Teria o senhor Veress compreendido que aqueles que defendiam a Fronteira precisavam de ajuda? Algo em sua percepção daquele homem mudara e o impedia de acreditar nele facilmente.

— O que quer de nós? — perguntou Cristóvão.

— Vocês são livres para partir. Quero apenas que transmitam aos Talir a mensagem de que estamos do seu lado. Colocaremos o que restou da nossa frota à disposição deles.

— Quantos navios?

— São apenas nove. Sei que nossos homens não são grandes navegadores, mas seus galeões estão bem armados.

— Levaremos a mensagem a Nastalir — disse o pai, preparando-se para prosseguir.

— Mais uma coisa — apressou-se o senhor Veress. — Martin, precisamos daquele livro sobre o qual conversamos da outra vez. Aquele que está na sua Vila.

O olhar que o pai lançou ao senhor Veress foi feroz.

— Martin contou-me da conversa que tiveram. Por que o interesse no livro?

— Honestamente, não sei, capitão Durão. Mas sei que os Mortos precisam muito de alguma coisa que está explicada naquelas páginas. Algo que os seus Anciãos forneciam para eles e, agora, aparentemente, não o fazem mais.

— Você não respondeu à pergunta — interveio Martin.

— Se nós o obtivermos, talvez conquistemos uma vantagem nesta guerra, mesmo que não saibamos qual.

Aquilo fazia sentido. Ademais, Martin sempre tivera em mente que, depois de ajudar Ricardo Reis, trataria de retornar à Vila o mais rápido possível para levar o Suspiro dos Vivos à Maya e aos outros.

— Devemos partir — disse o pai. — Os Talir receberão a sua mensagem.

— Muito bem — disse o senhor Veress, fitando Martin com o meio-sorriso já de volta ao rosto. — Agora que somos amigos outra vez, tornaremos a conversar.

Martin e o pai nada disseram, apenas prosseguiram em direção ao cais.

Martin decidiu ir a bordo do *Firmamento* para terminar de administrar o Suspiro dos Vivos. Assim que embarcou com Ricardo Reis, os tripulantes nos botes começaram a remar com toda a força para manobrar o navio para fora do porto. O pai seguiu com seus marujos ao bote do *Tierra Firme*, que permanecia ancorado em posição mais afastada.

Alguns minutos depois, o esforço frenético dos marinheiros nos botes tinha dado resultado: deslizavam lenta, mas inexoravelmente, para fora da baía da Cidade do Crepúsculo. O imediato Higger ordenou que os botes fossem recolhidos, mas não perdeu tempo: enquanto eram içados, mandou que as velas fossem desfraldadas. Assim que os remadores retornaram ao convés, o *Firmamento* foi manobrado para o norte, de modo a iniciar a viagem para Nastalir. Naquele ponto, o escaler com o pai recém-chegara ao *Tierra Firme* e, mesmo que o navio já estivesse preparado para partir, era evidente que ficariam um pouco para trás.

No mesmo instante em que observava o pai subir a bordo do seu navio, Martin avistou os barcos Knucks. Uma fileira das estranhas embarcações, impulsionadas pelas velas negras triangulares, surgiu por detrás da ponta sul da baía da cidade, de forma semelhante à que os navios da Ordem do Comércio tinham feito dias antes. Ao fundo, Martin já escutava o som dos zumbidos. Sentiu um arrepio e suas pernas falsearam; não tinha como esquecer aquele som hediondo.

Um silêncio carregado de terror se abateu sobre o convés do *Firmamento* à medida que cada tripulante avistava as velas escuras oscilando a distância. O *Tierra Firme* colocara velas ao vento e começava a se movimentar. Mais atrás, Martin contou dez barcos Knucks abarrotados de monstros, revelando-se um a um ao contornar o braço de terra da baía. Tratava-se, sem dúvida, do mesmo grupo de batalha que tinha assaltado a Cidade do Crepúsculo. O vento soprava do sul, suave, mas talvez fosse suficiente para uma fuga. Martin lembrava-se de que as embarcações Knucks não eram velozes.

Correu até o tombadilho, onde Higger estava ao lado do marinheiro que manejava a roda de leme.

— Precisamos diminuir a velocidade e deixar o *Tierra Firme* emparelhar — gritou.

— Rapaz, não sabe contar? São dez barcos Knucks. Não faz diferença se velejamos juntos ou separados: não temos como enfrentá-los.

— Não vou deixar meu pai para trás! — berrou Martin. — Ele voltou para buscar vocês.

Higger fechou a cara, mas acabou cedendo.

— O que você quer?

— Deixe-os emparelhar.

Ele não respondeu, mas gritou uma série de ordens aos marujos. As velas do mastro de proa foram recolhidas e, na mesma hora, o navio desacelerou.

Martin debruçou-se sobre a amurada junto à popa e olhou para trás. Viu o *Tierra Firme* navegando na máxima velocidade que o vento fraco permitia. Mais ao longe, os barcos Knucks haviam formado uma linha coesa e avançavam com estranha rapidez. Observou a superfície do mar onde os monstros se encontravam: era mais irregular naquele ponto do que onde o pai navegava. A conclusão era desesperadora: no local onde os Knucks estavam, havia um vento mais intenso do que a brisa que desfrutavam.

— Droga! — exclamou para si mesmo.

O *Tierra Firme* aproximou-se aos poucos do *Firmamento*, mas o avanço da frota Knuck era muito mais rápido. As formas negras se avolumavam atrás do navio do pai. Já era possível discernir as figuras monstruosas saltando nos conveses e escutar seus zumbidos enfurecidos.

— Isso é uma loucura! Já chega — bradou Higger.

O imediato gritou uma nova ordem, e as velas do mastro de proa foram mais uma vez postas ao vento.

No convés do *Tierra Firme*, via o pai gesticulando para que se afastassem e seguissem na frente. Martin tentou se concentrar e pensar: se não conseguissem fugir, teriam de lutar, mas como? Os monstros os superavam em número, e não contavam com nenhuma ajuda. Estavam sozinhos.

Enfim, o *Tierra Firme* emparelhou com o *Firmamento*, ambos navegando lado a lado, aproveitando o vento que gradualmente aumentava em intensidade. Martin suspirou aliviado ao ver o pai, mas o sentimento durou apenas o tempo que levou para virar a cabeça e olhar para trás. Os Knucks estavam quase os alcançando: velejavam a apenas duzentos ou trezentos metros de distância.

Martin trocou a amurada de popa pela de boreste para ficar mais próximo do *Tierra Firme*; seu olhar encontrou o do pai.

— Vamos virar e lutar — gritou para ele.

Cristovão Durão olhou para as naus repletas de monstros com um ar sereno e sacudiu a cabeça. Depois, trocou algumas palavras com seu imediato e o marinheiro que manejava a roda de leme. Falaram baixo, logo, a distância não permitiu que Martin escutasse.

— Pai, vamos conseguir! — exclamou Martin.

— Não, filho. Não vamos.

Sentiu uma dor lancinante no peito, à medida que foi compreendendo o que o pai faria. Um grito ficou preso em sua garganta, impedindo-o de respirar.

— Força, meu filho!

E, com aquilo, o pai fez um gesto com a cabeça para o marinheiro à roda de leme. Ele a girou com violência, e o *Tierra Firme* guinou para longe do *Firmamento* com grande velocidade. Mesmo naquele vento fraco, as velas chicotearam e mudaram de posição com força conforme o navio virava. Em menos de dez segundos a manobra fora completada, e o *Tierra Firme* rumava em um curso que o levaria quase direto aos Knucks.

Martin assistiu, impotente, ao navio do pai aproximar-se dos monstros, virar de lado e disparar seus canhões; em seguida, recuperou um pouco de velocidade, manobrou para o outro lado e abriu fogo com o outro bordo. Pelo menos três barcos inimigos foram a pique com a fúria do ataque, mas em questão de segundos os demais os cercaram. As criaturas saltaram como insetos para dentro do *Tierra Firme*, enquanto os homens corriam para combatê-las; suas lâminas, apenas fracas cintilações dançando em meio à fumaça negra que os envolvia. Logo o próprio *Tierra Firme* também ardia: grandes nuvens de fumaça irrompiam de dentro da cabine.

O sacrifício dos homens do *Tierra Firme* lhes garantira uma fuga segura. Os barcos Knucks restantes tinham todos entrado na luta e não conseguiriam retomar a perseguição a tempo.

Martin sentiu uma mão pousar em seu ombro. Era Higger.

A maneira como reagiu foi a mais estranha de todas. Como num pesadelo que se sente, mas do qual não se recorda, acompanhou a mente esvaziar-se de tudo o que era bom. Percebeu apenas uma dor surda, enquanto um vazio ocupava cada recanto onde antes houvera alguma lembrança luminosa.

Finalmente, desprovido de qualquer razão ou dor, lembrou-se apenas de que tinha algo a fazer. O que seria? Sim, precisava terminar de dar o remédio a Ricardo Reis.

Antes de deixar o convés, avistou no horizonte um galeão em chamas afundar lentamente, cercado por um enxame de vultos negros. Martin desviou o olhar, desceu para a cabine e mergulhou no abismo.

CAPÍTULO XVI

O HERÓI COM A FRIGIDEIRA

Antes que a lágrima em seu rosto tivesse tempo de escorrer, Maya escutou um estrondo metálico, ecoando a curta distância. O som reverberava intensamente, recusando-se a cessar. Nada podia ser mais ensurdecedor.

Pelo menos foi o que pensou até escutar, poucos segundos depois, uma segunda explosão de metal, ainda mais próxima e violenta. Maya abriu os olhos a tempo de ver o olhar de Noa se perder de forma estranha no vazio. Na mesma hora, seus braços e suas pernas se afrouxaram, e ele deslizou para o lado, estendendo-se inerte no calçamento.

Com a visão desimpedida, Maya viu Omar em pé, segurando pelo cabo uma enorme frigideira de ferro fundido. Ele tinha um aspecto aterrorizado e fitava com os olhos arregalados a arma improvisada, como se não pudesse acreditar no que acabara de fazer.

Maya agarrou-se ao amigo e começou a soluçar.

— Maya, precisamos sair daqui — disse Omar com a voz trêmula.

Ela separou-se do abraço e olhou em volta: Noa e Erick estavam estirados no calçamento, semiconscientes; aos poucos, reiniciavam uma movimentação.

Omar não precisou insistir. Maya caminhou a passos rápidos para longe da dupla de agressores, acompanhada pelo amigo. Logo, ambos estavam correndo rua abaixo.

Depois de percorrem três quadras, decidiram parar para recuperar o fôlego. Situavam-se numa via mais importante, com casas iluminadas enfileiradas dos dois lados da rua. Apesar disso, as calçadas permaneciam desertas. A garoa tinha dado uma trégua, mas o ar continuava impregnado de umidade.

— Obrigada, Omar — disse Maya, ofegante, arqueando o corpo de forma a pousar as mãos nos joelhos.

Omar continuava a tremer de cima a baixo, algo que não foi provocado pela fuga desesperada.

— Aqueles dois... — balbuciou ele. — Eu sabia que não eram boa gente, mas nunca imaginei...

O coração de Maya dava pulos no peito. A imagem do olhar perverso de Noa seguia impressa em sua retina.

— Estava me seguindo, Omar?

Ele olhou para o lado, coçou a cabeça sem jeito e assentiu.

— Você andava sumida. Visitei várias vezes a livraria, e nunca a encontrava lá. Achei que podia estar encrencada e decidi segui-la. — Sentou-se na calçada, sem nunca largar a frigideira.

Aos poucos, Maya recuperou o fôlego e o pavor começou a arrefecer.

— Como me achou?

— Eu seguia você a distância e vi Noa e aquele grandalhão a apanharem. Estava a duas quadras da padaria, decidi correr até lá e pegar qualquer coisa que visse pela frente para ajudá-la.

Maya olhou para a arma que a salvara: no fundo da frigideira, havia duas grandes áreas deformadas, onde o metal tinha encontrado a cabeça de Noa e Erick.

— Omar, não tenho como agradecer...

Ele sorriu.

— Na hora, entrei em pânico.

— A ideia da frigideira foi muito boa. Você pensou rápido.

— Fechei os olhos e tentei me concentrar. Sabe como? Maya fez que não.

— Pensei no que o Martin faria numa hora daquelas.

Ela riu. Era o tipo de solução que Martin teria encontrado. Ficou feliz por ter dado certo; se Omar errasse um dos golpes...

— Vamos, quero procurar o Heitor e contar o que esses dois andam fazendo — disse Maya, ajudando o amigo a ficar em pé.

Seguiram até a Zeladoria com olhos vigilantes, mas não avistaram nenhum sinal de Noa ou de Erick. À medida que se aproximavam da área ao redor da Praça, perceberam que o movimento de pessoas nas ruas ia aumentando.

Enquanto cruzavam pela Praça, a caminho da Zeladoria, avistaram uma pequena aglomeração de gente entre a estátua do capitão Robbins e as escadarias que conduziam à entrada da Casa dos Anciãos. Todos observavam em silêncio um homem que descia os degraus, escoltado por dois Capacetes Escuros. Maya precisou se aproximar da cena e levou algum tempo para reconhecê-lo, mas enfim lembrou-se de quem era aquele: Alpio, o tio com o qual Martin fora morar depois da partida do pai.

Alpio parou alguns degraus antes do término da escadaria, para ficar em um plano acima da plateia. Maya pressentiu que ele faria um anúncio importante e aproximou-se, junto com Omar, para saber do que se tratava.

— Caros cidadãos — começou Alpio com uma voz melosa. — Tenho um comunicado triste. — O burburinho das conversas cessou após alguns segundos, permitindo que ele prosseguisse: — O nosso estimado Zelador caiu doente, vítima de uma febre misteriosa.

O som de vozes nervosas se multiplicava, à medida que os espectadores repercutiam a notícia. Maya sentiu um nó subir pela garganta: tinha razão, aquilo era um mau presságio.

— Como Heitor está impossibilitado de administrar a cidade, sua excelência, o Ancião-Mestre, decretou o seu afastamento temporário. Mas não se preocupem, a ordem está garantida, pois tenho o prazer de anunciar que o nosso também estimado Victor Goering reassumirá o seu antigo cargo de Zelador da Vila.

Maya levou as mãos à cabeça, atônita. Então os rumores eram verdadeiros: Heitor também adoecera. Sofria do mesmo mal que atormentava seu pai e tantas outras pessoas na Vila.

— Calma, Maya — disse Omar, tentando consolá-la. — Não tem como ficar pior do que já está.

Ela afastou-se alguns passos e deu as costas para a multidão. Omar a seguiu com um ar preocupado.

— Você está bem? — perguntou ele. — Concorda comigo, não é? Impossível ficar pior...

Maya virou-se para ele e respondeu:

— Não, Omar. Agora é que vai começar a piorar de verdade.

CAPÍTULO XVII

PALAVRAS AO MAR

Ricardo Reis abriu os olhos pela primeira vez horas antes de atracarem no porto de Nastalir. Ainda estava fraco, não conseguia sair da cama e as poucas palavras que tentara dizer faziam quase nenhum sentido. Mas Martin sabia que a Febre dos Mortos abandonara seu corpo. O capitão do *Firmamento* não tinha mais febre, recuperara a cor saudável da pele e, principalmente, fitava o mundo com olhos serenos.

Quando os Talir avistaram apenas um galeão vindo do sul, logo compreenderam que o pior acontecera. No cais, Elyssa e Eon abraçaram Martin com força e tentaram consolá-lo de todas as formas. Mas ele nada escutou; as palavras se perderam no vento e flutuaram pela atmosfera carregada com as nuvens de chuva que finalmente atingiram Nastalir.

A pedido de Elyssa, um curandeiro da ilha de Hess aguardava no cais e examinou Ricardo Reis antes mesmo de ele desembarcar. A figura encapuzada confirmara que ele ficaria bem, precisaria apenas de um bom descanso.

Martin foi levado pelos Talir até a sala do mapa na torre. Sentaram-no em uma cadeira à beira da grande mesa com o mapa esculpido e respeitaram o seu silêncio. Quando as palavras começaram a sair de sua boca, pareciam proferidas por outra pessoa. Apesar disso, contou tudo que se passara, incluindo a conversa com o senhor Veress e o ato heroico do pai e dos homens do *Tierra Firme* para segurar o avanço dos monstros.

— Cristovão Durão e seus homens foram heróis, Martin — disse Rohr. — Foi uma honra tê-lo conhecido e garanto a você que ele jamais será esquecido em Nastalir.

Elyssa acomodou-se ao lado de Martin.

— Essa proposta do senhor Veress... O que vocês acham?

— Vejo as coisas com bastante simplicidade — falou Rohr. — O senhor Veress queria todo o poder para si; desejava nos enfraquecer. Para isso, construiu uma frota em segredo e convenceu as Vozes a deixar que a usasse. Por algum motivo, os monstros atacaram a Cidade do Crepúsculo, e isto fez com que os Comerciantes entendessem que enfrentar os Mortos não é uma tarefa fácil. São covardes; agora estão apavorados e compreendem o quanto precisam de nós.

Os olhos verdes de Elyssa pousaram sobre Martin em busca da sua opinião, mas nada encontraram.

— Não sei, tio — disse Eon, cruzando os braços. — Há algo fora de lugar... não sei o que é.

— Por que os Mortos atacaram a Cidade do Crepúsculo, tão mais ao sul, quando poderiam ter caído diretamente sobre nós? — concordou Elyssa.

Eon aproximou-se de Martin e da irmã.

— Ainda mais sabendo que Nastalir estava desprotegida.

— Vocês estão complicando as coisas — interveio Rohr. — Está claro para mim que em questão de muito pouco tempo enfrentaremos uma grande força de Mortos, talvez a maior já vista desde os tempos de Tanir. Precisaremos de toda a ajuda que pudermos ter. É lógico que não me agrada lutar ao lado da Ordem do Comércio, mas seríamos loucos se não aceitássemos seus galeões.

— E o que sugere, tio? — perguntou Eon.

— Nós os designaremos para a reserva ou para algum flanco menos importante. Não interessa. Mas não deixaremos de usá-los.

Elyssa levantou-se e caminhou, pensativa, até a soleira de uma das portas que se abria para as sacadas.

— Tem certeza disso, tio?

Rohr assentiu.

— Então assim será — aceitou, relutante. — Quanto a esse livro... não deixarei que o senhor Veress ponha as mãos nele até compreender por que é tão importante. Martin...

— Preciso voltar à Vila de qualquer forma... devo levar o Suspiro dos Vivos para os meus amigos — murmurou, falando pela primeira vez, com os olhos perdidos no vazio.

Elyssa o observou por um instante e anunciou:

— Quero prestar homenagem ao capitão Cristovão Durão e a seus homens. — Virou-se para o irmão e o tio e completou: — Desejo dizer as Palavras ao Mar na despedida.

Eon e Rohr se entreolharam e assentiram.

****

No cais do porto de Nastalir, uma pequena multidão se reuniu para assistir a Elyssa, Eon e Rohr Talir depositarem em um pequeno bote alguns objetos pessoais de Cristovão Durão e dos tripulantes do *Tierra Firme*. Os pertences tinham sido obtidos nos alojamentos que a tripulação usara em visitas anteriores a Nastalir. Do pai, haviam encontrado em seu quarto uma manta marrom que ele sempre usava, mas, daquela vez, se esquecera de levar, além de botas e de um caderno que continha vários mapas de navegação. Os Talir tentaram lhe dar o caderno, mas Martin o recusara.

— Uma grande honra eles oferecem a seu pai, Martin.

Com os sentidos dormentes, Martin não havia percebido a aproximação de Brad. O atchim postara-se ao seu lado na beira do cais.

— Os homens de Nastalir dizem as Palavras ao Mar sempre que vão navegar, mas a primeira e última vez que as proferem são as mais importantes — continuou ele. — É muito raro que decidam dedicá-las a alguém que não seja do seu povo.

Elyssa terminou de acomodar os objetos e recuou. Juntos, Eon e Rohr deram um forte empurrão no bote, colocando-o em movimento. Logo seria também impulsionado pela maré vazante e deixaria a enseada de Nastalir para ganhar o mar aberto. Enquanto o bote se afastava, deslizando sobre a superfície plácida do oceano, Elyssa começou a falar em voz baixa as Palavras. A princípio, sua voz encheu o ar sozinha, mas, em seguida, um coro de vozes se uniu à dela:

> *Vou para o mar, retorno para casa.*
> *Não peço boa sorte. Tenho o coração livre, o vento nos cabelos e o mar aos meus pés; o céu é a minha coroa e isto me basta, estou completo.*
> *Minha bússola sou eu mesmo. Não estou perdido. Todos os ventos me ajudam, pois sei para onde vou.*
> *Tenho o espírito forte, fui forjado sob o som do requebrar das ondas; pertenço ao mar e a ele retorno.*
> *Não peço proteção de nenhuma divindade. Meu escudo é o irmão à minha esquerda. Minha espada protege o irmão à minha direita.*
> *Por mim, por meus irmãos e por meu barco, os Mortos não passaram ontem, não passam agora e não passarão amanhã.*
> *Agora vou para o mar, retorno para casa.*

Martin ouviu as palavras, contudo, pouco se deteve ao seu sentido. Tentou imaginar o que sentia, mas não conseguiu. A mente, tão vazia quanto confusa, gritava apenas uma coisa: raiva.

Aquele sentimento era sólido e cristalino, não trazia ambiguidade de nenhum tipo. O ódio transbordava, cegando-o de qualquer outra coisa que pudesse vir a sentir.

CAPÍTULO XVIII

ROHR TALIR

Os primeiros navios de guerra começaram a chegar a Nastalir uma semana depois da reunião com os comandantes na sala do mapa. Os primeiros a aportar eram galés menores, que patrulhavam as ilhas próximas, e tinham sido convocadas por Eon e Rohr enquanto Martin e o pai estavam na Cidade do Crepúsculo. Depois, surgiram do oeste grandes galeões trazendo refugiados que haviam perdido seus lares e feridos. Logo a cidade transbordava de gente, com o cais do porto tão cheio que os recém-chegados eram obrigados a ancorar ao longo da costa da ilha.

No total, vinte e três galés e galeões de guerra abrigavam-se junto a Nastalir, mas todas as tripulações achavam-se desfalcadas devido às perdas em batalhas recentes. Além disso, muitos navios também exibiam cicatrizes da luta e não poderiam enfrentar os Mortos outra vez sem passar por reparos demorados. O pior, porém, era a notícia que todas as tripulações traziam: os ataques ao longo da Fronteira tinham cessado, e os Mortos haviam sumido.

Martin não precisava entreouvir os comentários dos marinheiros no porto para saber o significado daquilo: os monstros reuniam forças e, em breve, cairiam sobre eles. Na verdade, ansiava por aquilo; não via o momento de enfrentar as criaturas outra vez.

Passou os dias desde a perda do pai enclausurado em um silêncio que era só seu. Visitava Ricardo Reis e acompanhava a sua recuperação, mas durante a maior parte do tempo fazia algo que parecia trazer algum conforto à alma. Todos os dias, logo depois de acordar, dirigia-se ao pátio, apanhava uma espada e golpeava um alvo feito de palha com tamanha fúria que arrancava olhares desconfiados dos outros homens. Continuava a fazê-lo até os músculos suplicarem que parasse, mas não parava; seguia lutando contra o espantalho até a hora de dormir.

Esquivava-se da melhor maneira que podia das investidas de Elyssa, Eon e Rohr, quando tentavam conversar. Brad nem mesmo tentara. Certa vez, encontraram-se por acaso em um corredor, e o atchim desviou dele. Martin perguntou qual era o problema e recebeu como reposta apenas: *"Estou com medo de você..."*.

Alguns dias depois, Rohr o abordou no pátio, enquanto espancava o alvo de palha. O tio de Elyssa e Eon tinha uma intensa determinação no olhar, o que fez com que Martin percebesse que não o evitaria daquela vez. Largou a espada e limpou o suor que escorria do rosto e dos cabelos para encará-lo.

Rohr Talir não era um homem jovem. Seus cabelos grisalhos e as rugas de expressão ao redor dos olhos atentos e da boca silenciosa denunciavam que ele já vira a passagem de muitos anos a mais do que Martin. A julgar pela pele áspera, coberta por inúmeras cicatrizes, aqueles anos tinham sido vividos em mar aberto, com um convés sob os pés. Apesar da idade, sua constituição ainda era poderosa: alto, com ombros largos e braços feitos para manejar o leme de uma embarcação em meio a uma tormenta ou, mais ainda, para empunhar uma espada. Martin o observou com atenção: via um homem duro, feito à semelhança de uma rocha do mar. Se tivesse de enfrentar os monstros novamente, gostaria de tê-lo ao seu lado.

—Caminha comigo, Martin?

Martin fez que sim, e Rohr o levou através dos portões, em direção à cidade. Percorreram o caminho de pedras que serpenteava suave, descendo aos telhados verdes translúcidos de Nastalir. O céu era de um azul-escuro profundo, com longas riscas cor-de-rosa. O vento suave vinha do oeste e trazia não somente o odor de maresia e pão fresco, mas também a esperança de novas velas para lutar. Aquele era o vento ideal para ajudar os navios no retorno a Nastalir, provenientes de toda a Fronteira.

Foi apenas ao chegar às ruas movimentadas que Rohr quebrou o silêncio.

— Eu não era muito mais velho do que você (tinha mais ou menos a idade do seu irmão Eon) quando perdi a minha esposa e filha.

Martin não respondeu. Rohr sinalizou para que se sentassem em um banco de pedra voltado para o oceano. Tinham passado do cais, deixando para trás a aglomeração de embarcações. Naquele ponto, havia apenas o mar calmo da enseada para se contemplar.

— Era jovem, mas tinha o meu próprio comando. Um pequeno barco para seis homens, do tipo que usamos para vigiar a Fronteira — prosseguiu. — Passei quinze dias no mar sem encontrar nenhum sinal de problema. Enquanto estava fora, só pensava em Raissa e no bebê, prestes a nascer. Quando enfim retornei, encontrei a nossa cidade em chamas. Os Mortos tinham acabado de se retirar. Corri para casa, passando por cima dos corpos de amigos e vizinhos estirados no chão, e encontrei a minha esposa e o bebê recém-nascido mortos na varanda. Raissa carregava a criança em um dos braços e, na outra, empunhava uma faca longa, que as mulheres da Fronteira aprendem a usar desde cedo.

Martin voltou a si e olhou Rohr de verdade pela primeira vez. Ele continuou, com os olhos perdidos no mar:

— Fui tomado por um ódio tão intenso que mal posso descrever... uma raiva visceral daquelas criaturas covardes e de mim mesmo, por não ter estado lá. Depois daquilo, eu simplesmente... saí de mim. Não chorava e não falava com ninguém, só pensava em vingança. Parti sozinho em um barco e avancei de forma insana em direção à Singularidade, na esperança de me deparar com os Mortos. Tive muita sorte... não encontrei ninguém.

— E como você se viu livre do ódio? — perguntou Martin, ouvindo a própria voz depois de vários dias.

— O meu irmão Rolf já tentara falar comigo, mas eu não escutava. Então mandou um atchim me procurar.

— Um atchim? — Levantou uma sobrancelha.

— Sim, um atchim. O contador de fábulas já tinha uma história pronta para me contar. Sabe qual era?

Martin fez que não. Agora estava curioso.

— A história da origem dos Mortos — respondeu Rohr e prosseguiu: — Nos dias derradeiros de Tanir, um herói partiu de Lumya, disposto a enfrentar o Mal que tomara residência em Tenebria. O grande guerreiro não venceu o Mal, mas, durante a luta, conseguiu parti-lo em pedaços... os Mortos. Ao fazê-lo, deu ao povo de Lumya a chance de escapar para o Além-mar, da mesma forma que o sacrifício do seu pai garantiu que você pudesse fugir em segurança.

— Os Mortos são... o ódio... — murmurou Martin.

— Sim, Martin. São fragmentos da consciência do Mal.

— E por que os chamam de Mortos?

— Uma criatura que vive apenas de raiva e rancor está tão morta quanto um cadáver numa sepultura. Compreender isso curou o meu ódio. Não posso aceitar me transformar em um Morto; sou muito mais do que isto. Devo à Raissa, minha esposa, e à Tina, meu bebê.

— Era uma menina...

— Sim, Martin, era uma menina. Portanto, vejo o seu ódio e quero que ele acabe.

Martin baixou a cabeça; sentia-se confuso. Rohr foi adiante:

— Passei a minha vida combatendo os Mortos, mas não se engane... não vejo beleza no brilho que emana da lâmina afiada; não tenho prazer ao sentir o peso da arma em minhas mãos. Mas empunho a minha espada com orgulho, pois nada é mais valioso para mim do que as coisas que ela protege. E isso continua sendo verdadeiro, mesmo que duas dessas coisas eu já tenha perdido.

Uma tormenta de emoções dolorosas emergiu de uma só vez, à medida que a raiva se desvanecia. Rohr compreendeu e se levantou. Antes de partir, pousou uma mão no ombro de Martin.

— É bom tê-lo de volta, Alan.

Martin permaneceu, sozinho no banco de pedra, viu a cidade adormecer e se tornar silenciosa.

Subitamente, ergueu-se e voou pelas ruas como uma flecha. Correu o mais rápido que pôde até a torre Talir; saltou degraus e venceu corredores. Entrou no quarto que tinha ocupado com o pai e sentou-se na cama que ele usara.

Tomado por espasmos, começou a soluçar. Antes que pudesse perceber, Elyssa estava do seu lado, abraçando-o com força. Não a tinha visto e não fazia ideia de onde ela surgira, mas não se importou. Era exatamente nela que pensava.

Os dois irmãos choraram juntos, sentados na cama, até as lágrimas se extinguirem.

CAPÍTULO XIX

A FÁBULA DOS TRÊS GUERREIROS

— Olha quem apareceu... o anfitrião — disse Ricardo Reis, recostado em almofadas arrumadas junto à cabeceira da cama.

Martin riu.

— Parece que você andou conversando com alguém... — Sentou-se na beira do colchão.

Ricardo Reis riu de volta.

— Não aguento mais ficar deitado o dia inteiro. Conversar com quem quer que seja tornou-se o meu único passatempo. Você não imagina as coisas que tenho ouvido...

Martin ficou satisfeito com seu aspecto. A pele tinha recuperado a cor, os olhos abriam-se bem atentos e, embora o semblante transparecesse um pesar evidente, era, ao mesmo tempo, tranquilo e determinado. A imagem do Ricardo Reis que sempre conhecera.

— Sinto muito pelo seu pai... Jamais vou esquecer o que fizeram — falou ele com o olhar carregado de tristeza.

Martin assentiu. A raiva que o consumira ia enfraquecendo a cada dia; em seu lugar, o sentimento de perda e dor que se instalavam eram avassaladores. Lembrava-se do pai a toda hora, e as últimas palavras de Cristovão Durão o assombravam aonde quer que fosse: *"Força, meu filho"*.

— Acabei com todos os espantalhos do pátio...

Ricardo Reis abriu um sorriso de compaixão.

— Fiquei sabendo disso também... é normal, mas chega uma hora que a raiva tem de acabar e precisamos homenagear aqueles que se foram sendo nós mesmos.

Martin suspirou. Sentir raiva era mais simples do que conviver com o turbilhão de emoções que agora o atormentavam.

— Quais são os planos? — perguntou o capitão do *Firmamento*.

— Precisamos retornar à Vila. Temos que levar o mesmo Suspiro dos Vivos que você tomou para os nossos amigos. Além disso, há um certo livro...

Ricardo Reis preparou-se para dizer algo, mas Martin o interrompeu.

— Você já ouviu falar disso também?

Ele riu outra vez e fez que sim com um aceno.

— Sim, mas também ouvi que o pessoal daqui acredita que os monstros estão prestes a atacar. Duvido que nos deixem partir, em especial com você sendo um deles. — Completou, enrugando a testa: — Rapaz, que história!

Martin perdeu o olhar em um canto do quarto.

— Não sei bem o que pensar quanto a isso...

Ricardo Reis inclinou-se para a frente, aproximando-se.

— São boa gente, Martin.

Martin levantou para sair.

— Volto mais tarde. Vou tentar convencer Elyssa e Eon a nos deixar partir para a Vila o quanto antes.

Estava quase na porta quando o amigo disse:

— Martin, deixe o espantalho em paz... você está indo bem.

Assim que saiu do quarto, lembrou-se de uma coisa que precisava consertar. Em vez de subir ao topo da torre, desceu até as cozinhas para apanhar uma garrafa de leite. Em meio à confusão de cozinheiros e ajudantes que corriam para alimentar o número crescente de capitães e oficiais hospedados na torre Talir, Martin ficou sabendo que Brad acabara de passar por lá. O atchim pedira uma garrafa de leite e depois fora visto subindo em direção à sala do mapa, a pedido da princesa. Martin decidiu pegar o leite mesmo assim e iniciou a subida para encontrá-los.

As paredes e o piso de pedra da sala do mapa reluziam à fraca luz rósea do crepúsculo. A grande mesa com o mapa e o relevo das ilhas nele esculpidas lançavam múltiplas sombras, cada uma em uma direção diferente, ao serem banhadas pela luminosidade que entrava através das aberturas nos pontos cardeais. O local ficava tão alto que a impressão que se tinha ao contemplar a paisagem além das portas era a de que elas se abriam diretamente para o céu.

Martin encontrou Elyssa instalada em uma poltrona colocada na pequena sacada voltada para o sul. Ao seu lado, Brad espremia-se em uma cadeira que não era tão pequena, mas que não fora concebida para acomodar alguém do seu tamanho. Ambos observavam o mar e conversavam em tom despreocupado.

Martin apanhou uma cadeira e a colocou junto à Elyssa. Antes de sentar, entregou a garrafa de leite a Brad. O atchim esvaziou com um longo gole a que ainda tinha nas mãos, depois repousou-a a seus pés e pegou a que Martin lhe oferecera.

— Ainda com medo de mim, Brad?

O atchim fez que não com a cabeça.

— Você resolveu aquilo... colocou toda aquela raiva no seu devido lugar.

Elyssa apenas os observava, passeando os olhos de um para o outro.

— E qual lugar é este?

— É um lugar que o ajuda, Martin — respondeu ele. — Que o torna mais forte, pois é onde são guardadas todas as outras coisas que uma pessoa pode sentir.

Martin ficou quieto, pensando naquilo. Perdeu o olhar no longo manto escuro do oceano; a imensidão se fundia com um horizonte desfocado pela mais tênue das névoas. O céu não se decidia entre um azul-escuro a leste e uma fraca luminosidade mais clara e alaranjada a oeste. Acima, as únicas nuvens que se viam eram apenas borrifos cor-de-rosa, mas, para o sul, formações sólidas de tempestade se desenhavam, pequenas e distantes.

— Sempre gostei de ouvir as histórias que os atchins contam — disse Elyssa, pondo fim ao silêncio. — Quando era pequena, às vezes Margo me deixava escutar uma fábula antes de dormir.

— Qual era a sua preferida? — perguntou Brad, os grandes olhos redondos bem abertos.

— A fábula dos Três Guerreiros — respondeu ela, sorrindo. — Tentava imaginar como os Três enfrentaram o Mal e como era o mundo antes da Cisão.

— Cisão? — perguntou Martin.

— Brad, conte para ele. Qualquer um que enfrente os Mortos precisa conhecer a fábula dos Três Guerreiros... e a Cisão do Mundo.

— É só uma história — falou Brad. — Antes que você pergunte, não temos como saber se a coisa se passou mesmo assim.

— Quero ouvir — pediu Martin.

— Você sabe que um herói partiu para Tenebria para enfrentar o Mal que ameaçava conquistar os homens justos de Lumya — começou ele. — Segundo a história, na verdade, o herói eram três: os Três Guerreiros. Cada um tinha uma característica diferente, e foi apenas unindo as suas virtudes e fraquezas que conseguiram a vitória parcial que viriam a obter. O primeiro era o Jovem: simples e ingênuo como uma criança, descobriu-se poderoso e capaz da mais ousada valentia ao ser movido por um amor verdadeiro. O segundo era a Ira: fisicamente forte e implacável na batalha, mas cego pela fúria que o consumia. O último era a Razão: nem tão passional quanto o Jovem, nem tão forte quanto a Ira, mas maduro e equilibrado, como é alguém que completa a sua mocidade e entra para a vida adulta. O terceiro tirava sua força daí, das coisas que aprendera e dos sentimentos, bons e ruins, que experimentara. Ele sofrera uma perda, como tantos de nós, mas ela o deixou mais forte e resoluto. O terceiro foi o último a tombar.

Brad tomou um gole de leite antes de prosseguir:

— Os Três enfrentaram o Mal em sua fortaleza, no coração de Tenebria. Na luta, o Mal não foi exterminado, mas teve a sua consciência partida em milhares de pedaços: os Mortos. Os três heróis morreram, mas enquanto o Mal era partido, perdeu sua força e seus exércitos se paralisaram. Aproveitando aquele momento, o Êxodo ocorreu, e o que sobrou de Lumya foi salvo de um ataque final.

O atchim estreitou os olhos e largou a garrafa de leite. Com um dedo em riste, disse:

— Mas a quebra do Mal não aconteceu sem consequências: no mesmo momento em que o Mal foi cindido, o mundo também foi. Todas as leis naturais foram violadas, e a ordem das coisas se perdeu.

Por algum motivo, Elyssa achou melhor ela mesma contar o que vinha depois:

— Na época de Tanir, havia uma fonte de luz e calor que corria o céu, iluminando o mundo como nenhum de nós jamais imaginou. Os antigos a denominavam de sol e, a cada novo dia, surgia do horizonte leste, ascendia ao céu e mergulhava no oeste. Seguia-se um período de escuridão, conhecido como noite, que era interrompido horas depois pelo renascer do sol. Esse ciclo nunca tinha fim; era ele que ditava o significado de um "dia", e não apenas uma coleção de horas, como nós entendemos hoje.

Martin levantou-se, perplexo demais para ficar parado. Encostou-se no parapeito, de costas para o mar, fitando Brad e Elyssa. O sonho que sempre tivera: a cidade iluminada...

— A escuridão que impera na sua Vila e esta luminosidade existente aqui não são a ordem original das coisas. No exato instante em que o Mal foi quebrado, o ciclo foi congelado e, por isso, o sol nunca mais apareceu. E não só isso: o Além-

-mar também foi partido de uma forma que não conseguimos compreender, mas que deu origem à Singularidade, afetando a passagem do tempo da mesma maneira. Por essa razão, um estranho fenômeno ocorre com o relógio quando atravessamos um limiar fora de uma Radial. Tudo isso ficou conhecido como a Cisão do Mundo.

— Limiar? — questionou Martin.

— Você deve ter visto a linha do limiar desenhada nos mapas que já examinou — respondeu Brad. — O limiar é a razão pela qual as Radiais existem: atravesse um limiar fora da Radial e o tempo enlouquece. Um viajante que o faça poderá perder-se para sempre, não no espaço, e sim no tempo.

Martin lembrou-se de quando pulara a Cerca e perdera uma tarde... Ela demarcava o limiar da Vila, e ele a tinha atravessado no lugar errado. Essa era a razão pela qual não se podia transpô-la...

A mente estava confusa, mas uma ideia se insinuou:

— Morfélias, atchins... surgiram da mesma forma, no mesmo momento?

Brad assentiu.

— As morfélias são tudo que é lógico e racional; os atchins são emoções e sentimentos e... os Knucks são a raiva e o ódio. Junte-os e terá uma consciência humana.

Martin abriu a boca em espanto.

— Exato, Martin. Há uma morfélia, um atchim e um Morto dentro de cada um de nós. Somos todos criaturas cinzentas, abrigamos o mal na nossa essência — completou Elyssa. — O que nos tornamos, se bons ou ruins, é resultado de nossas ações, do que fazemos com as situações que a vida nos oferece. A decisão é nossa, da mesma forma que os homens de Tanir eram livres para viver em Lumya ou em Tenebria.

— Então o Mal era um homem? — indagou Martin, horrorizado com a possibilidade.

Elyssa levantou-se e parou junto dele no parapeito, mas foi Brad quem respondeu:

— Havia um homem em Lumya... era conhecido como Lorde Vilnius. Uma alma ardilosa e perversa. Foi ele quem primeiro mudou-se para Tenebria. Os livros antigos de Tanir dizem que o Mal que habitava Tenebria usou aquele homem para aflorar, para se tornar mais forte e, também, para tomar uma forma física. Da inteligência que travou guerra contra Lumya e que agora governa o Mar Morto, é difícil saber o quanto resta daquele homem. Provavelmente nada. Lorde Vilnius foi apenas a matriz a partir da qual o Mal germinou. O homem que existia deve ter morrido no confronto com os Três. O que sobrou é o Mal em sua forma pura.

— A fábula do Velho e do Mal parece ter ocorrido depois da dos Três Guerreiros — observou Martin.

— Está correto — disse Elyssa. — Na verdade, o que a fábula do Velho e do Mal faz é profetizar o retorno dos Três para um confronto final, quando tudo será decidido.

Ao dar-se por si, Martin contara tudo do sonho com a cidade iluminada que costumava ter quando era mais jovem.

Parou de falar e viu Brad e Elyssa perplexos, abalados de uma forma avassaladora, cada um à sua maneira. Brad o fitava com olhos vivos, complexos, como a superfície de um lago profundo. Elyssa havia dado um passo para trás e o interrogava com olhos estreitados; o rosto da guerreira determinada sobrepondo-se por completo ao da menina.

— O que foi? — perguntou Martin, pois o silêncio dos dois se estendera por um tempo longo demais.

Brad se levantou e foi embora sem dizer nada.

Elyssa se aproximou e tomou uma das mãos de Martin na sua.

— Você viu a grande civilização de Tanir antes da Cisão do Mundo... você enxergou o sol... — disse ela. — Tenho medo do que possa significar, irmão.

CAPÍTULO XX

UMA JANELA PARA O MAR NEGRO

A sala do mapa caiu em silêncio depois que Rohr relatou os últimos movimentos da frota, que se apressava em direção a Nastalir. Quando ele terminou de falar, os únicos sons que preenchiam o ambiente eram o suave assobiar da brisa carregada de maresia que penetrava pelas portas e a tênue sugestão do quebrar das ondas na parede de pedra lá embaixo.

Martin escutou atento, debruçado sobre a mesa do mapa, ao lado de Eon e Elyssa. Segundo Rohr contara, o grande fluxo de navios que chegara à cidade nos últimos dias tinha quase que cessado por completo. No total, a força reunida era de quarenta e três navios de guerra, e havia pouca esperança de que outros barcos surgissem a tempo para o confronto iminente. Horas antes, os galeões da Ordem do Comércio haviam fundeado ao largo da costa de Nastalir. Eram comandados pelo próprio senhor Veress, embora, até onde soubessem, ele não tivesse nenhuma experiência em navegação. De qualquer forma, ele se apresentara aos Talir e colocara seus navios sob as suas ordens.

Rohr enviara barcos ligeiros para vasculhar o mar vizinho a Nastalir, mas nenhum tinha avistado qualquer sinal dos Mortos.

— Não sei o que fazer — disse Martin, quebrando o silêncio. — Preciso retornar à Vila o quanto antes para levar o Suspiro dos Vivos aos meus amigos. Minha intuição diz que também devemos pôr as mãos neste livro o mais breve possível. Talvez nele existam as respostas que tanto procuramos. Por outro lado, não quero fugir da batalha...

— Gostaria de ter você ao meu lado no *Estrela de Nastalir* — disse Eon. — Mas concordo que necessitamos desse livro. Apesar de tudo, a verdade é que pouco sabemos a respeito dos Mortos e, se o livro os interessa tanto, poderia muito bem nos indicar alguma possível fraqueza a ser explorada.

— E você precisa ajudar seus amigos, Martin — completou Elyssa, pousando uma mão no braço dele. — A Febre dos Mortos não costuma ser tão grave quanto foi com Ricardo Reis, mas, mesmo assim, eles podem estar doentes e, cedo ou tarde, vão precisar do Suspiro.

Rohr afastou-se um passo da mesa e olhou para Martin.

— Não vou enviá-lo em uma viagem através da Singularidade neste momento em que temos quase certeza de que uma frota de Mortos se aproxima. Seria loucura!

Naquele instante, um guarda de manto verde-claro entrou na sala.

— Com sua licença, princesa — disse ele. — Há um visitante da Cidade do Crepúsculo que insiste em ser recebido o quanto antes.

— Quem é, Olin? — perguntou Elyssa.

— Chama a si mesmo de Don e é proprietário de uma taberna na Cidade — respondeu o guarda, um pouco envergonhado.

— Não temos tempo para isso — disse Rohr, irritado.

Martin lembrou-se do nome e da mecha de cabelo descolorido na franja do dono da taberna *A Sombra do Mar*.

— Eu o conheço — interveio Martin. — É o dono da taberna que ficava junto à pensão do meu pai na Cidade.

Elyssa estreitou os olhos, curiosa.

— Mande-o subir — ordenou ela.

Um minuto depois, Don entrou na sala do mapa. Tinha um aspecto assustado e parecia cansado.

— Bem-vindo a Nastalir. O que você deseja? — inquiriu Eon.

Don encolheu-se e apertou os braços contra o tórax, como se criando coragem para falar.

— Quero ajudar. — Depois de uma pausa, prosseguiu: — As pessoas na Cidade do Crepúsculo estão apavoradas. O ataque dos Mortos nos trouxe de volta à realidade. Todos querem ficar ao lado de vocês, Guardiões.

— E como você pretende nos ajudar? — perguntou Elyssa.

Don olhou para Martin.

— Sei que o rapaz e o pai vêm da Vila do Mar Negro — respondeu ele. — Bem, uma situação como essa que enfrentamos faz com que um homem pense naquilo que fez durante a vida. Não sou grande coisa e passei os meus dias metido em negócios escusos e trambiques. Mas, agora que o fim se aproxima, quero fazer algo de bom e, por isso, decidi lhes contar um dos maiores segredos do Além-mar.

Martin trocou olhares com os outros e se endireitou.

— Fale, homem — insistiu Rohr.

— Tenho um irmão gêmeo, chama-se Dex. Ele é igual a mim até mesmo nesta mecha de cabelo sem cor. — Cutucou o topete. — Juntos, possuímos duas tabernas de mesmo nome, uma funcionando na Cidade do Crepúsculo e, a outra, na Vila do Mar Negro. Elas são apenas uma fachada, o negócio de vender bebida não dá tanto dinheiro assim... O que realmente fazemos é organizar o comércio clandestino entre os dois Mares.

— Onde fica essa taberna? — perguntou Martin, chocado por algo assim acontecer debaixo do nariz de todos...

— Na parte sul da rua do Porto. Um lugar pouco movimentado...

Martin conhecia o local, mas não se lembrava da taberna.

— Quer nos dizer que sabe tudo o que se passa na Vila? — questionou Elyssa.

Ele assentiu.

— Toda vez que alguém quer levar uma mercadoria entre as duas cidades, eu ou o Dex somos procurados. Tudo que fazemos é arranjar um capitão louco o suficiente para topar a viagem e depois combinamos um preço. As travessias são raras, mas, quando ocorrem, geram sempre uma boa comissão...

— E para isso vocês têm olhos por toda parte... — deduziu Rohr.

— As paredes das tabernas têm olhos e ouvidos — concordou Don com uma ponta de satisfação.

— Como é possível que ninguém saiba? — indagou Martin, estupefato.

— O segredo é a alma deste negócio. As pessoas que sabem da verdade formam uma espécie de irmandade e cultuam o sigilo como se fosse uma religião. Além disso, estamos falando de um punhado de gente. Mesmo assim, de tempos em tempos, algum maluco resolve abrir a boca, e é aí que o interesse dos Anciãos em manter a coisa escondida é decisivo: qualquer um que fale demais corre logo o risco de passar uma temporada sem data para terminar na masmorra da Zeladoria...

— Mesmo assim, é inacreditável... — Martin sacudiu a cabeça.

— Pergunte para um cidadão respeitável da Vila, e ele nada saberá; questione um fora da lei ou trambiqueiro qualquer, e pode ser que a resposta seja outra...

— Quem é o seu maior cliente?

— Na prática, estamos falando do comércio entre o senhor Veress e os Anciãos que mandam na Vila.

— E o que eles negociam? — Elyssa emendou à pergunta de Martin, avançando um passo na direção de Don.

— Isso ninguém sabe. Mas quero contar a vocês o que ouvimos nestes últimos tempos... penso que talvez os ajude, embora nem eu, nem o Dex saibamos do se trata.

O dono da taberna contou em detalhes a reunião de uma moça, que Martin sabia que era Maya, com um Ancião disfarçado. Curioso, Dex havia mandado olhos e ouvidos discretos a seguirem pela cidade, e não tardou em descobrir que o Ancião a ensinara a usar uma passagem secreta que, reza a lenda, conduziria às entranhas da Casa dos Anciãos. Ninguém sabe ao certo onde esta passagem vai dar. É possível que leve à Biblioteca Anciã, segundo alguns.

Maya estava atrás do livro; o senhor Veress falara a verdade, e Martin agora entendia como ele obtivera aquela informação...

— Nossos olhos nas ruas também disseram que a menina é a sua garota — disse ele, olhando para Martin.

— Como você pode saber de tudo isso? — indagou Martin, ainda mais atônito.

— Sabemos de tudo que se passa nas ruas, filho. É a essência deste negócio. Mas indo direto ao ponto: o Zelador caiu doente, e este era o pretexto de que os Anciãos necessitavam para retomar o poder. O antigo Zelador Victor foi reconduzido ao cargo. O caos impera na Vila... há prisões arbitrárias e violência por toda parte. Péssimo para os negócios...

— E quanto à Maya? — O coração de Martin saía pela boca.

Don baixou o olhar e sacudiu a cabeça.

— Sinto muito. Dom Cypriano já descobriu tudo. Ouvimos de Capacetes Escuros, informantes nossos, que a prisão de Maya é apenas uma questão de tempo. Afora isso, ela e muitos outros também estão caindo doentes.

Martin levou as mãos à cabeça, em desespero.

— Preciso voltar!

Elyssa agradeceu e dispensou Don. Antes que o dono da taberna se fosse, Rohr disse a ele que, se quisesse continuar ajudando, poderia alistar-se como voluntário em qualquer um dos navios no porto. Ele pareceu surpreso com a sugestão e afirmou que pensaria no assunto.

— Vou retornar à Vila, nem que seja nadando — repetiu Martin, com a voz um pouco mais firme.

Elyssa suspirou, desanimada.

— Está bem. Não gosto nada da ideia, mas entendo o que você sente. Vou providenciar um navio para levá-lo.

Outro guarda de manto verde-claro irrompeu pela sala. Desta vez, era o imediato do *Estrela de Nastalir* e a mensagem que desejava transmitir não precisou ser dita, pois achava-se estampada em suas feições de puro terror.

— Princesa — tinha a voz trêmula —, nossos batedores informam que avistaram os Mortos a menos de doze horas de Nastalir.

— Qual é o tamanho da força? — perguntou Rohr.

— São... pelo menos setenta e cinco velas — respondeu, ainda mais vacilante.

Elyssa fechou os olhos, Eon cerrou os punhos, mas foi o tio quem concluiu:

— A maior força já vista desde a queda de Tanir. — Dirigindo-se à Elyssa, indagou: — Suas ordens, princesa?

Ela abriu bem os olhos; Martin os viu cintilando, verdes e intensos. Olhou para o tio e respondeu:

— Para o mar.

CAPÍTULO XXI

A BATALHA DE NASTALIR

Martin surpreendeu-se com a atmosfera de ordem que imperava no porto de Nastalir. O local convulsionava-se em alucinada atividade, mas tudo que se passava parecia um movimento sincronizado de gente conduzindo uma coreografia ensaiada. Homens apressavam-se aos seus navios de forma ordeira, ajudantes corriam para levar armas e equipamentos para os seus devidos lugares, enquanto as mulheres despediam-se de filhos e maridos. Apesar da urgência com que tudo era feito, não havia encontrões, nem se escutavam gritos nervosos ou pragas proferidas por aqueles que estavam prestes a enfrentar os Mortos.

Eram homens duros, pensou Martin; e com um senso de dever enraizado em suas almas. Passavam a vida em mar aberto, lutando contra os Mortos; aquilo era o seu chão. A despeito disso, o ar recendia medo e a tensão transbordava do rosto de cada marinheiro. A força que enfrentariam era a maior que qualquer homem ou mulher vivos já tinha visto.

Enquanto aguardava pelo transporte que o levaria ao *Estrela de Nastalir*, Martin viu-se sozinho no ancoradouro, ao lado de uma pequena galé. No convés da embarcação, cinco rapazes corriam para aprontar o barco para a partida, sob ordens de um homem grisalho. Ao estudar a tripulação, Martin percebeu que havia grande semelhança física entre eles. Imaginou se todos pertenceriam à mesma família.

— Olá, rapaz — chamou o homem mais velho ao perceber que Martin os observava. — Por favor, suba a bordo.

Martin cobriu com um passo largo a distância que separava o cais da amurada da galé.

— Bem-vindo ao Menina do Mar. Sou Renoir, o capitão — disse ele, apertando a mão de Martin. — Esses são meus filhos — completou, apontando para os rapazes atarefados.

O mais velho dos tripulantes aproximou-se; os outros permaneciam ocupados demais para notar a conversa.

— Este é Rinnar, meu filho mais velho e imediato do Menina do Mar.

— Fico feliz em conhecê-lo — disse Rinnar, estendendo a mão para cumprimentar Martin.

Antes que Martin pudesse pensar em alguma coisa para dizer, o capitão da galé completou:

— Não se espante. Todos em Nastalir ouviram falar de você. O filho mais novo da *Princesa Riva*.

Martin devolveu um sorriso sem jeito.

— Bem, não há como ter certeza...

— Os rapazes dizem que a princesa regente não tem dúvidas quanto a você — Renoir o interrompeu. — Isso é tudo de que eu preciso saber — concluiu, piscando um olho.

Mesmo sem nunca tê-lo visto antes, eles o admiravam e o consideravam uma espécie de herói, compreendeu Martin.

— Meu pai, avô dos meninos, morreu na tragédia do *Princesa Riva*. Por isso, é uma honra conhecê-lo. Sabem o que dizem por aí?

Martin fez que não, desconfortável em sua condição de celebridade.

— Dizem que o seu retorno é um sinal. Bem na hora em que os Mortos nos atacam com força total, temos os três irmãos Talir à nossa frente. Olhe em volta: — disse ele, acenando para o tumulto do porto — eles não estão sentindo nem metade do medo que deveriam sentir. Vamos acabar com os Mortos. Pará-los de uma vez por todas.

O coração de Martin afundou. O que tinha feito para atrair para si tamanha responsabilidade?

—Vamos mesmo — obrigou-se a dizer. —Agora é a nossa hora. As criaturas não pisarão em Nastalir.

O velho abriu um largo sorriso, e o filho assentiu com um aceno mais cauteloso. Naquele instante, Eon e os oficiais do *Estrela de Nastalir* irromperam pelo cais. Martin desejou boa sorte ao capitão Renoir e despediu-se.

Reuniu-se a Eon e, juntos, embarcaram em um bote em direção ao *Estrela de Nastalir*. Conforme se preparavam para partir, Martin ouviu as Palavras ao Mar serem proferidas por toda parte: alguns as diziam sozinhos, em voz baixa, os lábios mal se mexendo; outros falavam alto; e ainda havia aqueles que as gritavam em coro, junto com os companheiros. Martin percebeu que Eon e os outros marinheiros a bordo do escaler também começavam a dizê-las. Ficou em dúvida se deveria ou não unir-se a eles; no fim, porém, optou pelo silêncio.

Durante o trajeto, viram-se cercados por uma miríade de outros pequenos botes, conduzindo marujos aos seus navios. Ao som ritmado dos remos, observaram homens correndo para galeões prestes a zarpar e até mesmo alguns que nadavam atrás de naus que já navegavam. O tempo acabara-se. Os Mortos despontariam no horizonte a qualquer instante. O único navio que permaneceria atracado era o *Firmamento*. Haviam considerado que Ricardo Reis ainda não se encontrava em condições de velejar.

Antes de deixar a sala do mapa, tinham traçado às pressas os planos de batalha. A reunião fora sumária e, os planos, improvisados. Precisavam correr, pois a frota era grande e demoraria para ser lançada ao mar. Se não agissem rapidamente, corriam o risco de ter que lutar entre os telhados translúcidos de Nastalir. Nenhum dos presentes tinha admitido a mais vaga possibilidade de permitir que aquilo acontecesse. Parariam os Mortos, Eon garantira à Elyssa quando se despediram.

Elyssa permaneceria em terra, observando o desenrolar do confronto do ápice da torre. Seguindo a tradição, a princesa ficaria no comando da Última Guarda. Tratava-se de uma força de cem homens que defenderia a cidade no caso de um desembarque inimigo. A guarda recebia aquela designação por ser o recurso derradeiro no arsenal de defesa de Nastalir; não havia entrado em ação desde os dias que se seguiram ao Êxodo.

Os planos de batalha eram uma colcha de retalhos de sugestões de Martin, Eon, Elyssa e, principalmente, de Rohr. Os Mortos aproximavam-se vindos do leste, navegando um vento de través que soprava do sul. A chave para a vitória, segundo Rohr, era obter a posição vantajosa acima do vento, o que significava afastar-se de Nastalir, dar meia-volta e abordar a frota inimiga pelo sul. Daquela forma, teriam o vento de popa, o que lhes garantiria maior velocidade e poder de manobra.

Para chegar àquela posição, seria necessário dividir a frota da Fronteira em duas: a maior parte faria a volta e atacaria vinda do sul. Uma força menor, de dez galeões, permaneceria estacionada junto à ilha e enfrentaria o avanço inimigo, com o objetivo de impedir que os Mortos mudassem de rumo e perseguissem o grupo maior, eliminando a vantagem que esperavam conquistar.

Os navios da Ordem do Comércio ficariam na retaguarda, em águas protegidas, e deveriam enfrentar qualquer barco inimigo que se desvencilhasse da batalha principal. Nem Eon nem Rohr confiavam o suficiente nos marinheiros do senhor Veress para atribuir-lhes qualquer outra tarefa. O grupo menor teria o papel mais arriscado e seria comandado por Rohr, que capitanearia o galeão Escudo de Nastalir, embarcação gêmea do *Estrela de Nastalir*.

Enquanto afastavam-se de Nastalir rumo ao sul, Eon explicou a Martin como costumavam enfrentar os Mortos em batalha. Em um primeiro momento, abordavam as embarcações inimigas a distância e disparavam os canhões. Quando as frotas se misturavam, encurralavam os Mortos e seus barcos de bordo baixo entre os grandes galeões; do ponto de vista elevado, faziam desabar uma chuva de flechas. Por último, ocorria um combate corpo a corpo sobre os conveses.

Martin recebeu uma espada curta, igual à que os homens de Nastalir empunhavam; a arma era ideal para a luta a pouca distância que ocorria quando os Mortos invadiam os navios. Presa na cintura tinha também a adaga que ganhara do senhor Veress.

Um homem com o tronco largo como um armário subiu as escadas que levavam ao tombadilho do *Estrela de Nastalir*. Tinha cabelos grisalhos longos, arrumados em tranças que esvoaçavam ao redor de um rosto sorridente. Sobre as vestes de marinheiro, trazia no peito uma placa de aço esverdeado, enfeitada com o galeão de Nastalir em relevo; a peça de armadura era quase idêntica à que Eon usava. Por detrás de seus ombros despontava a forma do maior machado de batalha que Martin já vira.

Eon sorriu e voltou-se para Martin:

— Conheça Gunnar, o mestre de armas do *Estrela de Nastalir*.

— Um prazer em conhecê-lo, senhor — disse Gunnar, apertando a mão de Martin. — Lamento não ter estado presente na viagem para a Cidade do Crepúsculo... aquele lugar me dá náuseas. Sei que vocês tiveram diversão no retorno. Se eu tivesse imaginado, jamais teria pedido para ficar em Nastalir — concluiu ele, sem perder o sorriso.

— Ficamos felizes que esteja conosco agora — disse Eon.

— Não perderia isso por nada. Como estamos?

— Saímos tarde, mas com este vento acho que encontraremos o inimigo a tempo — respondeu Eon. — A tripulação é sua.

O mestre de armas assentiu, preparou-se para falar, mas interrompeu-se, como se tivesse se dado conta de algo importante. Ele estudou Martin por um momento com os olhos estreitados e, com o sorriso desfazendo-se, berrou para ninguém em particular:

— Rapazes! O príncipe precisa de uma proteção. — Os tripulantes correram para cumprir a ordem, e Gunnar completou, refazendo o sorriso: — Não perderemos príncipes enquanto eu estiver no meu posto.

Instantes depois, dois marinheiros chegaram ao tombadilho, trazendo uma placa de aço esverdeado. Colocaram-na sobre o peito de Martin; o rapaz constatou, surpreso, que era muito mais leve do que parecia.

— Obrigado.

Gunnar aproximou-se e apertou um pouco mais as tiras de tecido que firmavam a proteção em seu lugar. Martin sentiu o aço colar em seu tórax.

— Não por isso. Tenho uma dívida com você e sinto que hoje será um dia perfeito para pagá-la.

Martin ergueu as sobrancelhas. Gunnar explicou:

— Antes de ser mestre de armas do *Estrela de Nastalir*, ocupei o mesmo posto no *Princesa Riva*. — Seu rosto tornou-se verdadeiramente sério pela primeira vez. — Quando a princesa partiu para aquele maldito Recital, eu fiquei em Nastalir, graças a uma perna quebrada num acidente no porto. Se eu tivesse ido junto, nada daquilo teria acontecido, e você teria sido criado pela sua mãe na Cidade de Cristal.

Martin viu a mente perder-se no emaranhado de possibilidades advindas daquela volta do destino. Nunca teria conhecido a Vila, o pai, Maya, Omar ou Johannes. O clube de leitura não teria ocorrido, tampouco alguém teria incitado Heitor a empreender a missão de resgate do *Firmamento*. Maya e os outros não teriam sido resgatados e estariam agora todos mortos.

— Se você tivesse ido junto, teria morrido também, Gunnar. — A voz calma de Eon despertou Martin dos seus devaneios.

Gunnar gargalhou.

— Pode ser, mas teria morrido bem.

Eon sacudiu a cabeça e riu. Ao que parecia, já estava habituado ao jeito de ser do velho guerreiro.

O mestre de armas afastou-se para preparar a tripulação para a batalha. Martin percebeu na mesma hora que gostava dele: um homem simples e leal, cuja existência fora dedicada a combater os Mortos. Apesar da vida dura, encarava o dever com uma mistura de alegria e serenidade.

Assim que a frota virou em direção ao norte, rumando para o que seria o campo de batalha, as embarcações, que antes velejavam espalhadas, começaram a se juntar. Aos poucos, os grandes galeões se alinhavam, formando uma frente coesa. No mesmo momento, Martin sentiu o navio ganhar velocidade, agora impulsionado pelo vento de popa. O *Estrela de Nastalir* subia as ondas, rasgava as cristas numa explosão de espuma e depois descia as encostas d'água mais rápido do que Martin imaginava que fosse possível. E as vagas não paravam de crescer, ganhando volume com as rajadas que sopravam cada vez mais intensas. O céu permanecia encoberto; apenas um manto cinzento cobrindo o mar revolto.

Martin olhou para os lados e viu as formas orgulhosas dos galeões se perderem até onde a vista alcançava: a bombordo, as naus traziam a âncora em fundo azul-escuro da bandeira de Vas; a esquadra daquela ilha formava a esquerda da frota. No centro, os navios ostentavam o galeão em fundo verde-claro de Nastalir. Já a boreste, uma miríade de símbolos que Martin desconhecia esvoaçava nos cordames. A direita era constituída por navios vindos de vários cantos da Fronteira; cidades e povoados de ilhas menores, representados por uma ou duas embarcações cada.

O *Estrela de Nastalir* avançava emparelhado com a sua escolta: o *Vento Sul* e o *Espírito da Fronteira*. A fúria da tormenta os obrigava a navegar no limite de homens e embarcações, mas o castigo era muito bem-vindo, pois, ao vislumbrarem ao longe a grande armada dos Mortos, perceberam que haviam saído tarde demais: o inimigo enfrentaria o grupo de Rohr antes que pudessem chegar para juntar-se à luta. Mas o tempo perdido tinha sido bem empregado: com o vento favorável, ajustavam o curso com facilidade, em preparação para desferir um violento golpe no flanco dos invasores.

    O primeiro vislumbre que Martin teve da armada do Mar Morto se deu quando o *Estrela de Nastalir* subiu no topo de uma grande vaga. Entre as formas dos homens em movimento no tombadilho, avistou um pontilhado de velas negras que maculava a superfície cinzenta do mar, espalhando-se ao horizonte, como se não tivesse fim. O mergulho no vale entre duas ondas bloqueou a visão, mas, no mesmo instante, escutou os zumbidos. O som dos monstros já se fazia entreouvir com o assobio do vento.

    — Senhor! — gritou Gunnar, para sobrepor a sua voz ao ruído da tormenta. — A esta velocidade, estaremos na batalha em questão de minutos. Suas ordens?

    Eon olhou para os lados, estudou as velas retesadas, dirigiu o olhar para a proa e então anunciou:

    — Abriremos fogo com as baterias de bombordo. Posições de batalha!

    As palavras de Eon arrancaram Martin da estranha calma que até então vinha experimentando. O coração acelerou-se e a mão abriu caminho, sem ser convidada, até o punho da espada. A sensação de pavor, apertando a garganta e roubando o ar, veio súbita e poderosa. Viu-se outra vez a bordo do *Firmamento*, prestes a enfrentar os Knucks no resgate de Maya. Tremendo sem parar, dirigiu o olhar para o convés que se esvaziava a olhos vistos, ao passo que parte da tripulação descia para a cabine a fim de preparar os canhões.

    Subiram outra crista. As velas negras desenhavam-se com clareza contra o oceano prateado. Sob elas, as formas brancas dos Knucks, centenas deles, já podiam ser discernidas, dardejando nos conveses. Gunnar tinha razão: àquela velocidade, chegariam a eles em mais um ou dois minutos.

Uma chuva intensa começou a cair. Martin sentia os grossos pingos atingirem o rosto como pequenas pedras lançadas ao vento.

Mergulharam em mais um vale, o *Estrela de Nastalir* precipitando-se quase sem controle pela montanha d'água. Martin percebeu que havia três marinheiros lutando contra a rebeldia da roda de leme.

A voz de Gunnar trovejou no convés:

— Arqueiros na amurada! Todos prontos agora! — Aljavas cheias de flechas foram penduradas no lado interno das amuradas. — Façam bonito. Aqueles Comerciantes estarão olhando de longe. Mostrem para eles como se luta na Fronteira!

O *Estrela de Nastalir* começou a escalar mais uma onda; a proa erguendo-se alto, como se quisesse alçar voo. No convés, fez-se um súbito silêncio. Escutava-se apenas o silvo agudo das rajadas, tornado pequeno pela sinfonia dos zumbidos. Os homens a bordo recolheram-se para dentro de si mesmos, cada um enfrentando o medo à sua maneira: alguns falavam sozinhos, outros tocavam em amuletos da sorte repetidas vezes, e uns poucos fechavam os olhos com força, como se para afugentar aquilo que os esperava.

Ganharam o topo da vaga, e, então, o inimigo se revelou em toda a sua força: para onde quer que se olhasse, as velas negras estavam presentes. E mais delas se tornavam visíveis, descortinando-se a distância, à medida que subiam e desciam as ondas. Achavam-se muito mais próximas do que tinham antecipado: a primeira fileira de Mortos navegava antes do cume da onda seguinte.

O grito de "fogo" proferido por Eon pareceu apenas um chamado distante para Martin. Neste momento final, a mente desligou-se por completo da realidade; era como se outra pessoa estivesse naquele convés. Sentia somente a chuva lavar o rosto e escorrer entre a roupa e o aço da armadura.

Mas notou, com todos os sentidos, a madeira do convés vibrar; escutou o rolar de trovões sob os pés e, de algum modo, sorveu o odor e sentiu o gosto da combustão. A sensação repetiu-se nos segundos seguintes, enquanto o *Estrela de Nastalir* abria fogo com seus canhões. Assim que a cacofonia cessou, Martin não controlou o gesto involuntário de firmar os pés contra o chão, para talvez confirmar que o convés ainda estava lá. No segundo seguinte, ouviu as salvas dos canhões do restante da frota também sendo disparados.

Grossas nuvens de fumaça negra erguiam-se da lateral do navio, onde os canhões haviam sido deflagrados. Por um segundo ou dois, a névoa escura como breu espalhou-se e obscureceu os contornos do mundo. Então, sem nenhum aviso, ela se dissipou, e aquilo que se abria ao redor deles revelou-se de uma só vez: estavam cercados pelas velas negras.

Penetraram nas linhas inimigas com tanta velocidade, e a carga dos canhões fora tão violenta, que tinham aberto um enorme rombo no flanco dos Mortos. Por todos os cantos, grossas nuvens de fumaça erguiam-se de barcos Knucks em chamas; as velas negras tombando, e os cascos sendo engolidos pelo mar agitado. Alguns ainda eram atingidos por disparos de navios que vinham mais atrás: com um estrondo, as embarcações se desfaziam em centenas de fragmentos incandescentes que varriam a crista das ondas.

Martin afastou-se da amurada e fitou Eon: o príncipe tinha o rosto severo e obstinado; aquele era o seu momento. Ele tentou falar, mas foi interrompido por gritos vindos do convés abaixo:

— Mortos!

O som de madeira contra madeira que os barcos Knucks fizeram quando abalroaram as laterais do *Estrela de Nastalir* lembrou Martin do momento em que as embarcações dos monstros tinham batido na mureta da rua do Porto, segundos antes da invasão da Vila ter início.

Martin retornou para a amurada de boreste e viu duas naus abarrotadas de Mortos logo abaixo. Mas os homens do *Espírito da Fronteira* também os tinham avistado, e logo manobraram para aprisionar as embarcações junto com o *Estrela de Nastalir*.

— Flechas! — A voz de Gunnar soou a distância.

Um enxame de flechas jorrou dos dois navios. O urro gutural que as criaturas faziam ao serem alvejadas congelou o sangue de Martin. Conforme as flechas ainda caíam, os Knucks começaram a saltar, como se propelidos por catapultas. No segundo seguinte, a chuva de monstros sobre o convés teve início.

Gunnar retornou ao tombadilho gritando:
— Espadas!

O mestre de armas empunhou o seu machado no exato instante em que um Knuck aterrissou na sua frente. O monstro corcunda rugiu de cólera, exibindo os dentes pontiagudos enfileirados na boca bem aberta.

— Eu detesto — berrou, a lâmina do machado dançando na chuva — a maneira — a arma desceu na vertical e arrancou o braço esquerdo da criatura — como vocês gritam — finalizou, ao que machado voou mais uma vez, decepando o braço direito. Com o rosto quase colado no monstro mutilado, disse:
— Entendeu? — Dando um golpe de cima para baixo, partiu a cabeça albina em duas.

Outro Knuck caiu às costas de Gunnar. Martin, percebendo que ele não giraria o corpo a tempo, precipitou-se em sua direção com a espada em punho. Assim que teve alcance, cravou a lâmina com as duas mãos na lateral do abdome musculoso. O monstro bramiu, numa explosão de ira, e desferiu um golpe com as garras afiadas contra o tórax de Martin, mas a placa de aço absorveu o impacto. Martin sacou da cintura a adaga que ganhara do senhor Veress e a afundou no pescoço da criatura. Ao puxar a arma de volta, em meio a jorros do sangue negro, viu que Eon unira-se à luta, enfiando toda a extensão da sua espada no tórax do inimigo.

Gunnar virou-se para eles, afastando para o lado a carcaça sem vida do Knuck com o pé.

— Parece que vocês não precisam de ajuda por aqui. — Riu.

Antes que pudessem responder, o mestre de armas virou-se outra vez e desceu as escadas rumo ao convés, onde a luta já se alastrava, violenta. Na confusão de espadas e monstros dançando, Martin enxergava apenas o grande machado a voar.

Durante a batalha, percebeu os sentidos amortecidos. Registrava pouco das coisas que via; se sentiu dor, a mente não acusou; se estava cansado, os músculos não disseram; se o medo retornou, não saberia apontar. Mas lutou. Lutou junto de Eon o tempo todo; às vezes lado a lado e, em outras, quando a situação piorava, brandiu a espada com as costas grudadas nas do irmão. Protegeram o marinheiro que manejava a roda do leme, de forma que o *Estrela de Nastalir* foi uma das poucas embarcações que não ficou sem controle durante o calor da batalha.

Os dois podiam ser jovens, mas enfrentavam o que tinham de enfrentar com uma estranha mistura de fúria e calma. Aquilo fascinou e inspirou os demais tripulantes de tal modo que logo lutavam em uma fileira coesa, como ensinavam as Palavras ao Mar: um homem é, ao mesmo tempo, a espada e o escudo dos irmãos que o rodeiam.

No mar, a batalha ardia feroz; para onde quer que se olhasse, havia um tumulto de embarcações conflagradas. Martin viu a tripulação alucinada de uma galé assaltar o convés de um barco Knuck; em meio à insana inversão de papéis, os homens loucos dizimaram os Mortos em seu próprio barco. Mas também presenciou mais navios tombarem do que podia suportar. Grandes galeões eram invadidos e consumidos pelo fogo em minutos; tripulações lutavam acuadas até o último homem. Ao longe, avistou um navio ser infestado pelos Mortos como se os monstros fossem insetos dizimando uma plantação.

Mas os homens da Fronteira não cederam. Pouco a pouco, os navios do grupo de Eon voltavam a formar uma linha sólida, e o mesmo ocorria com a esquadra de Rohr. Depois de várias horas de luta, duas frentes organizadas se fechavam como gigantescas mandíbulas sobre a frota dos Mortos: Eon avançava do sul e, Rohr, do oeste. Como que anunciando que o dia se voltava para o lado dos defensores, a chuva cessou. Pedaços de céu alaranjado se deixavam entrever entre as nuvens de tempestade.

Com a situação a seu favor e a luta se distanciando, Martin e Eon aproveitaram para respirar por um minuto. O *Estrela de Nastalir* navegava emparelhado à sua escolta, todos com os conveses livres dos Mortos. Por um acaso da distribuição caótica na batalha, avistaram, nas proximidades, o navio de Rohr. O tio achava-se mais próximo do conflito e berrava ordens para organizar o assalto final às forças remanescentes do inimigo.

O som da explosão veio súbito e terrível, rasgando o ar e dilacerando a audição. Uma violenta onda de choque, trazendo uma chuva de estilhaços, varreu o *Estrela de Nastalir*. No segundo seguinte, o ar impregnou-se com o cheiro de combustão. O Espírito da Fronteira fora feito em pedaços e queimava em grandes labaredas. Martin, arremessado ao chão, bateu com a cabeça; sentiu a visão escurecer e retornar na sequência. Os gritos, que exprimiam uma mistura de perplexidade, pavor e agonia, chegavam amortecidos aos seus ouvidos, como ruídos distantes e abafados. Ao seu redor, espalhavam-se os corpos dos mortos e feridos. Mesmo em meio ao caos, Martin foi o primeiro a compreender o que tinha ocorrido. Lutou para se pôr em pé e vasculhou a cena desesperadora em busca de Eon ou de Gunnar. Precisava alertá-los.

Localizou Gunnar sentado no último degrau da escada que levava ao tombadilho. Ele tinha o abdome transfixado por um imenso fragmento pontiagudo de madeira, cujas extremidades despontavam logo abaixo da placa de aço que protegia o peito. Alguns centímetros para cima, e o projétil não teria feito mais do que barulho contra a armadura.

Martin agachou-se do seu lado. O sangue do mestre de armas brotava dos ferimentos; a respiração vinha rápida e superficial, o corpo já sem forças para lutar por ar. Quando o viu, Gunnar disse em um sussurro:

— Não entendo... de onde veio... — Uma golfada de sangue jorrou de sua boca. — Eu sinto muito, Alan... — O velho guerreiro caiu de lado e não falou mais.

Em pé, lamentando a perda, Martin esquadrinhou com os olhos o tombadilho, à procura de Eon. Soltou um grito de terror quando o localizou: o corpo do príncipe de Nastalir jazia amontoado com os de outros homens, aos pés da roda de leme. Uma poça de sangue o cercava e não parava de se expandir.

CAPÍTULO XXII

O ULTIMATO DE MAYA

— Aqui está, Maya — disse Omar, colocando o embrulho sobre o balcão da livraria.

O pão recheado com geleia era a especialidade da padaria da família de Omar. Quando Maya o apanhou, sentiu os panos que o envolviam ainda quentes. O perfume que exalava alegrou o ar.

— Obrigada, Omar.

Omar lançou um olhar desconfiado.

— Para que você quer isso... — ele começou a dizer, mas se interrompeu: — Você também está doente — anunciou, franzindo as sobrancelhas. — Não tinha percebido no meio daquela confusão do outro dia...

Maya sabia que seu aspecto traía, com perfeição, a forma miserável como se sentia. A franja estava grudenta de suor e os olhos enxergavam o mundo do fundo de poços cercados por olheiras negras. Seu pai se achava em estado muito pior e continuava inerte na cama, como se já estivesse morto, para desespero da mãe.

— Estou, Omar — confessou ela, com o olhar perdido no mundo exterior. Lá fora, a Praça desfrutava um raro momento de silêncio; uma falsa paz, sabia bem, mas ainda assim bem-vinda.

A vitrine fora recém-consertada. Por sorte, o vidraceiro era amigo de seu pai e aceitou fazer o serviço sem cobrar nada.

Eles poderiam pagar depois, quando o pai melhorasse, dissera ele. Maya agradecera, mas a ideia de um "depois" a inquietava. O futuro parecia cada vez mais incerto.

— E quanto a Noa e Erick? Não a incomodaram de novo?

Maya sacudiu a cabeça.

— Não os vi mais. Imagino que estejam muito ocupados perseguindo os últimos simpatizantes de Heitor.

Omar aproximou-se, cruzou os braços sobre o balcão e disse em voz baixa:

— Acho que não demorará muito até que venham nos procurar também.

— É por isso que você não desgruda dessa frigideira? — Desde o episódio em que a salvara, Omar andava sempre com a arma improvisada.

Ele assentiu, nervoso.

Maya pensou em dizer alguma coisa para acalmá-lo, mas não conseguiu mentir para o amigo. Era evidente que corriam perigo: cedo ou tarde, os associariam aos heróis do *Firmamento* e a Heitor.

Decidiu mudar de assunto:

— O que você descobriu a respeito desta doença?

— Sei que um monte de gente está doente — respondeu ele. — Quebrei um pouco a cabeça, conversei com as morfélias lá da padaria e, de repente, entendi o que há de errado.

Maya voltou o olhar para o amigo e sorriu. Omar não se abatia, continuava com aquele jeito inocente de criança, mesmo com tudo que enfrentavam. Rogava que continuasse assim até o fim de seus dias — o que poderia chegar mais cedo do que ela desejava.

— Todas as pessoas que foram feridas pelos monstros adoeceram — concluiu ele.

Maya compreendeu na mesma hora que ele tinha razão.

— Meu pai foi arranhado pelo Knuck que me levou — disse ela. — Seu pai foi ferido defendendo a padaria.

Omar baixou o olhar.

— Como ele está? — perguntou Maya.

— Igual ao seu: deitado na cama como se já estivesse morto.

Gritos distantes de um tumulto cortaram o ar e interromperam a conversa. Depois de tantos deles, haviam criado um faro para identificar confusões já em seu início.

— Estão vindo para a Praça, Omar — disse Maya, preocupada. — Ainda dá tempo de correr de volta para a padaria.

Omar fez que sim, seus olhos nervosos vasculhando a Praça vazia.

— E você?

— Vou fechar a livraria e subir para casa.

Despediram-se. Omar disparou pela porta, sumindo na rua escura em instantes. Maya esperou tempo suficiente para que ele se afastasse, apanhou o embrulho, trancou a porta da livraria e correu para a Praça. Enquanto a atravessava, refletiu sobre o que andava fazendo. O sentimento de propósito proveniente daquilo era a única coisa que lhe dava forças.

Havia vários dias visitava o Bibliotecário; tinham passado longas horas conversando e lendo os livros que ele selecionava. A atividade a remetia ao clube de leitura, mas, então, recordava-se de que Martin não estava ali e sentia o ânimo esmaecer.

Com o passar do tempo, tornara-se uma boa amiga do Bibliotecário. A conversa passou a correr de forma espontânea: ele contava coisas inacreditáveis que lera nos livros da Biblioteca, e ela falava das pessoas da Vila, quem eram, do que gostavam e como se chamavam. Ele a escutava com um fascínio genuíno. Na última visita, prometera a ele que lhe traria o melhor pão da Vila para que experimentasse. Maya não encontrara mais com Dom Gregório, mas sabia que o tempo se esgotava e que precisava conseguir o livro.

Vencer o percurso até a Biblioteca exigia cada vez mais dela. Seu corpo febril enfraquecera pela combinação da doença misteriosa com noites insones e uma inapetência que parecia não ter solução. Até mesmo o cheiro de comida a nauseava. Apesar de tudo, encontrou o Bibliotecário no mesmo local e na hora de sempre.

— Você não parece bem — disse ele, em pé ao lado de uma estante. Equilibrando uma imensa pilha de livros com ambas as mãos, aproximou-se da mesa.

— Tenho tido um pouco de febre, mas não é nada de mais — disse Maya, sentando-se. As pernas fadigadas latejavam e agradeceram o descanso.

Com um baque, o Bibliotecário depositou de uma só vez a pilha de livros sobre a mesa. Logo depois, acomodou-se e estudou Maya longamente, seus olhos pequenos e nervosos saltando de um lado para o outro.

Maya lhe entregou o embrulho perfumado. Com um sorriso desajeitado, o Bibliotecário o abriu; o cheiro do pão recém-assado encheu o ar. Ele apanhou uma faca de uma das gavetas e cortou o pão em grandes fatias desiguais. O recheio vermelho-sangue de geleia de morango escorreu profusamente do miolo; colocá-lo lá dentro sem estragar o pão por fora era um dos segredos das suas morfélias, Omar havia explicado certa vez.

O Bibliotecário ofereceu um pedaço para Maya, que se forçou a aceitar. O gosto do pão, de algum modo, lembrou-a de tempos mais alegres. Recordou-se das inúmeras vezes que tinha comido aquele pão na companhia de Martin e Omar, quando eram crianças. Sentia saudades de tudo aquilo e de como bastava caminhar algumas quadras para encontrar Martin na sua casa, na rua Lis.

Como vinham fazendo todos os dias, conversaram por um longo tempo. Maya contou as últimas notícias da Vila, e o Bibliotecário comentou algo sobre os livros que tinha lido nas últimas horas de descanso antes de dormir. Maya sentia a mente inquieta e pouco ouviu do que ele falou.

Desde que conhecera o Bibliotecário, Maya ruminava de forma incessante como faria para localizar e tomar posse dos

Livros da Criação. Quanto mais aprofundava a relação de amizade com aquela estranha criatura que cuidava dos livros, mais compreendia que não conseguiria enganá-lo. Sentia uma profunda compaixão por essa vida aprisionada e decidira, mesmo sem saber, que não seria ela a pessoa que o enganaria mais uma vez. Por isso, percebeu que só existia uma alternativa: contar-lhe a verdade. O risco era imenso, mas não via escolha.

O Bibliotecário comentava a respeito do livro que lera; Maya colocou a mão sobre a dele por um segundo. O sujeito sobressaltou-se e parou de falar.

— Preciso pedir uma coisa para você — disse ela com cuidado, os olhos fixos nos dele, à procura de algum sinal de que tinha ido longe demais. — É muito importante, mas também perigoso.

— Sei que você quer alguma coisa... desde o início — murmurou ele. — Posso ter passado a vida nesta biblioteca, mas não sou burro.

— Escute bem: não vou mentir para você. É verdade, vim atrás de algo, mas me tornei sua amiga.

Ele a estudou por um longo tempo antes de dizer:

— Explique por que você veio.

Maya descreveu os acontecimentos que tumultuaram a vida na Vila. Detalhou o acordo secreto dos Anciãos com os Knucks, falou da incursão recente dos monstros e da missão de resgate do *Firmamento*. Explicou que o navio partira para o Além-mar em busca de respostas e, por fim, tocou no ponto mais sensível: a conversa com Dom Gregório.

O Bibliotecário, menos abalado do que ela imaginara (se é que era possível ler alguma coisa naquele rosto), disse:

— Sempre desconfiei que Dom Cypriano tratava com os Knucks... aquele capítulo dos Livros da Criação... acho que o que ele faz se destina aos monstros.

— As Lágrimas de Prana?

Ele fez que sim com a cabeça.

— E você e Dom Gregório creem que o acordo foi quebrado e que os monstros podem destruir a Vila a qualquer momento?
— Sim, é isso que achamos.
— E é por isso que Dom Gregório quer os Livros da Criação?
— Não sei ao certo porque ele precisa tanto do livro — respondeu Maya. — Ele acredita que Dom Cypriano está prestes a forjar um novo acordo com os Knucks e, ao que parece, esse acerto não incluirá a sobrevivência da Vila.
— Dom Cypriano não faria isso — disse o Bibliotecário.
— Não mesmo? Tudo que sabemos dele são coisas ruins... a maneira como ele o aprisionou aqui... — argumentou Maya. — Também estou confusa, mas acho que se Dom Cypriano arranjou uma maneira de se salvar, mesmo que isto signifique sacrificar a Vila, ele o fará. — Maya segurou o braço do Bibliotecário de forma gentil, mas firme: — Nosso tempo acabou. Eu preciso que você decida se vai me entregar o livro ou não.

Ele se soltou do aperto e ficou em pé. Com o rosto tomado pelos espasmos, disse apenas:
— Nunca tomei uma decisão assim antes... Necessito de tempo para pensar... — balbuciou.
— Diga-me quanto — pediu Maya, posicionando-se de forma a obrigá-lo a olhá-la nos olhos.
O Bibliotecário hesitou por um momento e então respondeu com a voz distante:
— Tenho muito trabalho a fazer... volte em...
Maya torceu para que fossem alguns poucos dias.
— Volte em dez dias — completou ele.
Dez dias...! O coração de Maya afundou.

CAPÍTULO XXIII

A DEFESA DE NASTALIR

Martin desvencilhou Eon do corpo sem vida de um marinheiro que havia tombado sobre ele. No mesmo instante, o príncipe começou a voltar a si.

Com um braço ao redor do ombro de Martin e outro usando a roda de leme como apoio, Eon aos poucos se pôs em pé.

— Você está ferido? — perguntou Martin.

O príncipe levou uma mão à cabeça e depois apalpou o tórax e o abdome.

— Não. Foi só uma pancada na cabeça. Aqueles coitados receberam os estilhaços no meu lugar — respondeu ele, apontando para os corpos empilhados ao redor da roda de leme.

Eon examinou a cena com o rosto impassível. Quando o olhar encontrou o corpo de Gunnar sendo levado do tombadilho por um grupo de marinheiros, porém, suas feições se enrijeceram, retratando a punhalada de dor que o atingira.

Percebendo que Eon voltara a si, Martin foi direto ao ponto:

— Veio do sul. O ataque veio do sul.

Eon compreendeu de imediato e soltou um grito de fúria.

Martin afastou-se, subiu na amurada e viu os galeões da Ordem do Comércio disparando contra a retaguarda desprotegida da frota. Pegaram os navios de Nastalir de surpresa e posicionavam-se à vontade para abrir fogo mais uma vez.

Rapidamente, a notícia se espalhara pela frota, mas havia pouco a ser feito. Obrigado a lutar em duas frentes, Eon não teve escolha senão dividir a armada. Enviou homens em botes com suas ordens para os capitães que se achavam nas vizinhanças. Dez navios foram destacados para deixar o combate e lidar com as naus da Ordem do Comércio. Como consequência, porém, o avanço sobre os Mortos foi frustrado e, para piorar a situação, perceberam que os monstros se organizavam para uma nova ofensiva.

Martin alertou Eon de que Rohr estava em apuros. O desfalque o deixara em uma situação crítica e ele via-se cercado por um número crescente de barcos Knucks. O *Estrela de Nastalir* ficara à deriva por vários minutos, enquanto resgatavam sobreviventes do Espírito da Fronteira, que fora a pique. Quando iniciaram a velejada em direção à vanguarda, onde Rohr estava encurralado, já era tarde.

Aproximaram-se o suficiente para ver o galeão de Rohr, e os outros que lutavam junto com ele, serem cercados pelos Mortos. Assistiram a Rohr liderar seus homens em uma luta desesperada sobre um convés em chamas. Ao passo que o Escudo de Nastalir adernava agonizante, observaram-no recuar até o tombadilho, com apenas um punhado de sobreviventes. Por fim, Rohr Talir ficou sozinho contra uma horda de monstros; perdeu um braço, mas seguiu lutando. Foi enfim conquistado pela montanha de criaturas que se precipitou sobre ele. Martin acompanhou tudo, horrorizado e impotente. Estavam afastados e nada podiam fazer.

A situação complicava-se a cada minuto, mas Eon não perdeu tempo: comandou que o *Estrela de Nastalir* avançasse; os demais seguiriam da melhor forma que pudessem. Apesar disso, os barcos inimigos jorravam através da linha de defesa quebrada, como água escorrendo entre os dedos de uma mão fechada. Martin identificou uma fileira de velas negras dirigindo-se para a baía de Nastalir. A *Última Guarda* entra-

rá em ação, pensou. *Que cumpra com seu juramento e mantenha a princesa a salvo.* Depois de ver Rohr tombar, aquilo era tudo que podia pedir.

O vento mudou de repente, virou para o norte e começou a soprar com força. Acompanhando as rajadas, irromperam gritos de batalha animados. Na posição em que velejavam, demoraram para compreender o que se passava. Foi apenas quando se aproximaram mais da linha de frente que entenderam: doze galeões vinham do norte, navegando com velocidade, e já disparavam seus canhões contra os Mortos. Sem dúvida eram recém-chegados da Fronteira; por certo tinham visto a batalha em andamento e passaram por Nastalir para unirem-se à luta.

Martin olhou para trás e viu os navios da Ordem do Comércio sucumbindo ao contra-ataque. Mas o grupo que Eon destacara não lutava sozinho: um galeão recém-saído de Nastalir disparava furiosamente seus canhões. Martin reconheceria aquela forma a qualquer distância: era o *Firmamento*. Sabia que não conseguiriam deixar Ricardo Reis fora de tudo aquilo.

Depois de longas horas de luta, algo parecido com uma vitória consolidou-se: os Mortos haviam sido destruídos ou afugentados de volta para a Singularidade, e, os galeões da Ordem do Comércio, afundados. Mas a conquista veio carregada com mais dor e pesar do que um triunfo tinha direito de estar. Tinha um gosto amargo e ambíguo. Venceram e estavam vivos, mas haviam perdido um número imenso de bons homens, incluindo grandes líderes. Uma vitória fora conquistada, pois Nastalir persistia, mas o custo para a frota da Fronteira era terrível demais para ser calculado.

Assim que a luta terminou, uma centena de pequenas embarcações manejadas por velhos, mulheres e crianças partiu do porto de Nastalir. Parte delas vasculharia o mar em busca de sobreviventes, enquanto a outra parte levaria um exército de curandeiros da ilha de Hess para cuidar dos feridos a bordo dos navios. Tão logo fosse possível, os conduziriam à terra firme, já sob atendimento. A quantidade de barcos que cobria o mar perto de Nastalir era tão grande que Martin imaginou que era quase possível caminhar até a ilha sem se molhar.

No trajeto de volta para o porto, via-se por toda parte o preço que a vitória cobrara. Os corpos boiavam em grande número; dois navios estavam sendo abandonados por tripulações desoladas, que haviam desistido de combater as chamas. Mais próximo da entrada da baía, um grande galeão era impedido de afundar apenas por estar escorado em duas galés menores. O próprio *Estrela de Nastalir* também sofrera danos e perdera muitos tripulantes.

Martin foi invadido por uma onda de pânico e desamparo ao avistar os telhados translúcidos de Nastalir. Finas linhas de fumaça negra erguiam-se de vários pontos da cidade e da torre Talir, retorcendo-se em direção ao céu encoberto. Seguindo o rastro dos focos de incêndio, mesmo a certa distância, era possível perceber que os Mortos tinham desembarcado e seguido diretamente para a torre. Fosse o que fosse que vivesse no Mar Morto e comandasse aquelas criaturas, era evidente que odiava os Talir mais do que qualquer outra coisa.

Ao desembarcarem, Martin e Eon receberam a notícia de que os invasores já haviam sido aniquilados. Os membros da Última Guarda relataram que os Mortos haviam avançado com rapidez à torre, evitando o combate direto na zona portuária. Mais ainda do que destruir Nastalir, desejavam matar Elyssa a qualquer custo. Os homens afirmaram que a princesa estava a salvo, mas que fora ferida sem gravidade durante a luta. Desolados, concluíram observando que a Última Guarda perdera mais da metade do seu contingente.

Martin e Eon seguiram apressados para a torre. Antes de deixar o atracadouro, porém, Martin identificou a galé que visitara previamente à batalha. O *Menina do Mar* tinha perdido as velas e parte da cabine para o fogo; sobre a madeira chamuscada do convés, jaziam cinco corpos cobertos por mantas verde-claras. Reconheceu o imediato Rinnar, o filho mais velho do capitão Renoir, sentado na amurada, com o olhar vazio e o rosto inexpressivo. Martin conhecia muito bem aquele sentimento e sabia a intensidade da dor que reunia forças para açoitá-lo assim que ele voltasse a si. Pensou em confortá-lo, mas Eon o apressou; precisavam encontrar Elyssa.

Relutante, Martin se afastou. Somado a todo o horror que presenciava, ainda guardava na retina a cena de Rohr tombando em meio aos Mortos. A dor e o sentimento de perda o rodeavam, intensos, sobrepujando-se ao resto. Sentiu uma pontada no peito, no entanto, obrigou-se a seguir em frente. Estava vivo; o tio teria ficado muito satisfeito com aquilo.

Depois de abrir caminho por entre os corpos de combatentes e as carcaças dos monstros que atapetavam o caminho, Martin e Eon chegaram à torre. A estrutura sofrera danos substanciais: um pedaço da muralha externa caíra e uma seção da parede da torre propriamente dita ruíra. A sacada no segundo andar, onde conversara com Brad e Elyssa, já não existia; tombara sob o próprio peso quando um incêndio no piso de baixo destruíra os pilares de sustentação. Outros focos de incêndio ardiam no pátio interno e eram controlados por uma multidão de mantos verde-claros e voluntários.

Encontraram Elyssa sentada na sala do mapa. Ao seu lado, a figura encapuzada de um curandeiro de Hess suturava um profundo corte no seu ombro direito. Na mão esquerda, ela trazia a faca longa das mulheres da Fronteira.

— Vocês precisam do Suspiro! — exclamou ela, horrorizada.

Martin olhou para o próprio corpo, e Eon fez o mesmo. Estavam cobertos de sangue.

— Não é nosso... — respondeu Eon em um tom hesitante, como se não tivesse certeza daquilo. — Deve ter sido quando o Espírito da Fronteira explodiu — completou com a voz embargada.

O rosto de Elyssa passou da preocupação para a raiva em segundos.

— Desgraçados... — disse entre os dentes.

Martin não conseguia nem pensar no assunto. Receava simplesmente explodir de ódio.

A princesa relaxou um pouco ao perguntar:

— Onde está o tio? Precisamos debater com ele sobre o que fazer agora. Os Mortos com certeza retornarão.

Martin não suportou fitá-la, logo, desviou o olhar para o chão. A expressão de Eon, porém, disse à irmã tudo de que ela precisava saber.

Elyssa arqueou o corpo em um movimento rápido e suave, como se tivesse sido golpeada por algo pesado na altura do tórax. As mãos perderam a firmeza por um instante, e a faca caiu no chão com um baque metálico. Uma longa sombra abateu-se sobre seu rosto e os olhos verde-jade perderam um pouco do brilho.

— Foi culpa do senhor Veress — declarou Eon. — Se não tivéssemos sido obrigados a quebrar a linha em plena batalha, o tio jamais teria sido encurralado como foi.

Einar Talir aproximou-se. Trazia as vestes verde-claras empapadas com o sangue negro dos Mortos.

— Meus pêsames, princesa — disse ele. — Tenho certeza de que Rohr estaria orgulhoso da vitória que obtivemos.

— Obrigada — disse Elyssa, com os olhos vermelhos. — O senhor precisa do Suspiro dos Vivos.

Ele assentiu.

— Ao que parece, a senhora também. — Fitava o ferimento no ombro de Elyssa. O curandeiro havia concluído a sutura, mas o corte estava tinto de negro.

— Já o recebi.

— E eu terei tempo para recebê-lo — disse Einar. — Antes, quero que vejam um de nossos prisioneiros.

Einar conduziu Martin, Elyssa e Eon pelo pátio interno, até uma das casernas que se situava junto à muralha. No trajeto, ficaram sabendo que fora ele quem trouxera os galeões ao fim da batalha, fundamentais para que conseguissem dominar os

Mortos. Einar também relatou que todos os navios da Ordem do Comércio foram afundados, exceto um, que conseguiu fugir.

— Não sei o que teria acontecido se você não tivesse chegado... — comentou Eon.

— Nos dirigíamos a Nastalir, seguindo as ordens de Elyssa, mas avistamos a batalha de muito longe. Decidimos contornar a ilha pelo lado oposto, para atacar pelo norte. Tivemos sorte: o vento acabara de mudar de direção... se não fosse isso, não teríamos chegado a tempo.

— Mas conseguiu, e somos gratos por isso — falou Elyssa. — Podemos esperar mais reforços?

— Sim — respondeu Einar. — Os navios que convocamos lutavam por todos os cantos da Fronteira, por isso demoraram a atender à convocação. Nos próximos dias, receberemos pequenos grupos isolados.

Elyssa permaneceu em silêncio, mas Martin sabia em que ela pensava: era certo que os Mortos retornariam; tinham de planejar como se defender de uma nova investida.

Dentro da caserna, velas e lampiões iluminavam fileiras de camas vazias; os marinheiros que ali viviam ainda estavam no mar. Nos fundos, um homem fora posto a ferros, com correntes e grilhões presos à parede de pedra. Era jovem, alto e magro. Seu rosto não transparecia nada do que sentia. Do corpo e das vestes do prisioneiro escorria água do mar.

— Este rato foi retirado d'água, junto a outros dois. Estava em um dos navios do senhor Veress — explicou Einar.

— Ele participou do Recital — disse Eon, visivelmente esforçando-se para controlar o ímpeto de saltar sobre o prisioneiro.

— Chama-se Joonas. É o assistente do senhor Veress — prosseguiu Einar.

Martin lembrou-se do nome e da fisionomia. Tinha-o visto durante o Recital, de fato, sentado ao lado de seu chefe.

Elyssa interrogou o prisioneiro com os olhos antes de fazê-lo com palavras.

— O que vocês pensam que as Vozes dirão desta traição da Ordem do Comércio?

Joonas ergueu o rosto e encarou Elyssa.

— Tar-Salatiel não é nada. — Girava os punhos para aliviar o aperto dos grilhões. — O senhor Veress os abastece com as suas preciosas Lágrimas, e eles lhe obedecem como cachorrinhos.

Eon não gostou do tom insolente da resposta.

— Você é um covarde e um traidor — disparou. — Tem sorte, pois não somos assassinos como os seus. Não será sentenciado à morte, embora mereça.

— Passará o resto da vida como prisioneiro em Nastalir. Pagará por seu crime trabalhando onde quer que seja necessário — completou Elyssa. — Esta é a sua sentença.

Joonas fez uma cara de desdém; teria dado de ombros se os braços não estivessem acorrentados à parede, acima da cabeça.

— Todos nós morreremos em breve — disse em voz baixa.

— O que o faz pensar assim? — a princesa indagou.

O prisioneiro não respondeu.

— As Lágrimas de Prana. O senhor Veress as consegue na Vila do Mar Negro — disse Martin.

Joonas o encarou e concordou com um aceno.

— O que ele pretende? — inquiriu Martin.

— Não sei. Sou apenas seu assistente.

Eon aproximou-se do homem acorrentado.

— Por que essa traição? O que ele teria ganhado com a vitória dos Mortos?

— O senhor Veress precisa acabar com vocês todos. Não me perguntem por que, mas escutei isto dele próprio.

— Está preparando um acordo com os Mortos... — Martin viu-se dizendo para si mesmo.

Joonas o observou novamente, daquela vez com espanto.

— É o que acho. Mas já disse que não sei do que se trata.

— Isso é uma insanidade — resmungou Einar. — Acordo com os Mortos...

— É possível — disse Martin. — Os Anciãos da minha Vila sempre mantiveram um acordo secreto desse tipo.

— Precisamos saber o que o senhor Veress pretende lhes dar em troca — disse Elyssa, virando-se de costas para Joonas.

— Além de nos ver fora do caminho? — observou Martin, também afastando-se do prisioneiro.

Eon e Einar permaneciam ao lado de Joonas.

— O navio que escapou era do senhor Veress? — perguntou Eon.

Joonas fez que sim.

— E para onde foi?

O homem pensou por um longo tempo antes de decidir se responderia.

— Não tenho certeza, mas acho que ruma para a Vila do Mar Negro.

— Ele está com os Anciãos. Farão um acordo juntos — ponderou Martin, voltando para perto do prisioneiro.

Joonas sacudiu a cabeça.

— Desta vez você errou. — Estreitou os olhos. — Os Anciãos também estão no caminho do senhor Veress.

— Então o que ele pretende no Mar Negro? — questionou Einar.

Martin já sabia a resposta; um aperto doloroso subiu pela garganta e o impediu de respirar por um instante.

— Não parece óbvio? — respondeu Joonas. — O senhor Veress vai destruir a Vila e pegar aquilo de que tanto precisa e que os Anciãos se recusam a lhe entregar.

CAPÍTULO XXIV

OS ÚLTIMOS GUARDIÕES

Ficou decidido que Martin e Eon partiriam o quanto antes para a Vila. Depois de interrogar o prisioneiro, tornou-se claro que todos os caminhos convergiam para o Mar Negro: precisavam descobrir do que se tratava o livro que tanto interessava ao senhor Veress e aos Anciãos, e também era necessário levar o Suspiro dos Vivos para os doentes. Ademais, deviam, com urgência, impedir que o galeão da Ordem do Comércio destruísse a cidade.

Os danos que o *Estrela de Nastalir* sofrera na batalha, porém, os impedia de zarpar imediatamente. Combinaram de partir em doze horas, tempo necessário para realizar reparos emergenciais no navio. Navegariam junto com o *Firmamento*; depois de ouvir as notícias, Ricardo Reis e os tripulantes ficaram mais do que ansiosos por partir. Muitos tinham família na cidade, e a perspectiva de ver a indefesa Vila arrasada por um grande navio de guerra apavorava todos.

Martin voltou para a torre Talir e nem cogitou descansar. Compartilhava o sentimento de extrema aflição dos tripulantes do *Firmamento*. Mesmo assim, foi até o seu quarto e descobriu que o local tinha sido quase inteiramente devastado pelo fogo. Constatou que perdera a maior parte de seus pertences; o livro que Maya lhe dera não passava de um amontoado de papel queimado. Sentou-se no chão e tomou as páginas enegrecidas entre os dedos. Assistir àquele pedaço luminoso da sua história se desfazer pareceu o mais sombrio dos preságios. No mesmo segundo, a imagem de Maya ardendo em febre no leito se impôs com toda força em seus sentidos. *É tarde. Devia ter partido antes...*, uma voz ecoava em sua cabeça.

Decidiu seguir para a sala do mapa. Lá, encontrou Elyssa na sacada voltada para o sul, onde ela gostava de ficar. Sua cadeira repousava no lugar de sempre, virada para o mar, mas ela estava em pé, apoiada na balaustrada, fitando o oceano. Elyssa chorava em silêncio, derramando lágrimas contidas e desamparadas. Martin aproximou-se e a abraçou. As lágrimas rolaram profusas em meio a um soluçar fraco.

No instante seguinte, ela se desvencilhou do abraço e limpou o rosto úmido com o dorso das mãos.

— Preciso me recompor... alguém pode entrar.

— Sei que Rohr era como um pai para vocês — disse Martin. — Você tem o direito de chorar por ele.

Ela fez que sim com um aceno.

— Mas também sou a princesa regente; ninguém pode me ver neste estado — disse ela, observando-o com os olhos vermelhos. — Não posso fraquejar... temos grandes comandantes lá fora, e eles confiam em mim e nas minhas decisões...

— Você tem se saído muito bem — argumentou Martin.

— Mas continua tendo dezoito anos.

Elyssa encolheu-se um pouco.

— Sei disso. Não pense que não sinto o peso... Margo ainda me trata como uma garotinha e, às vezes, tenho mesmo vontade de correr e me esconder atrás dela, como fazia quando era criança. Sempre tive o tio para me apoiar... não sei o que será de mim agora.

— Ainda temos uns aos outros — disse Eon, sua voz firme chegando à sacada antes dele. — Nós três.

Martin sentiu as palavras de Eon iluminarem, de uma forma muito tênue, a tristeza que vivenciava. Aqueles dois o acolheram nos seus dias mais difíceis, após a perda do pai. Havia lutado ao lado de Eon. Percebia uma profunda ligação com eles, que se fortificava mais e mais; era diferente com cada um dos dois, mas estava lá. Com Eon era mais a cumplicidade silenciosa de enxergar o mundo de maneira semelhante; durante a batalha, tinham tomado decisões apenas com uma troca de olhares. Em relação à Elyssa, existia uma estranha sensação de proximidade, como se a conhecesse desde sempre.

Elyssa abraçou o irmão por um instante. Assim que ela o soltou, Eon fitou Martin e sorriu. Talvez fosse a primeira vez que o via sorrir de verdade.

— E o que faremos agora? — perguntou Martin.

Elyssa o estudou por um momento.

— O que você tem em mente?

Martin perdeu o olhar no oceano. O céu encoberto tornava a superfície do mar cinzenta; sobre ela, espalhava-se um pontilhado de minúsculas formas dos navios que retornavam depois da batalha e das pequenas embarcações que ainda procuravam por sobreviventes na água. Do alto da torre, mesmo o maior dos galeões não passava de uma mancha clara no longo manto prateado.

— Não podemos nos defender para sempre. — A ideia tornara-se clara naquele instante. — Precisamos compreender por que os Mortos precisam manter o acordo com os Anciãos.

— Você acha que isso nos apontará a sua fraqueza — ponderou Elyssa.

— Você quer enfrentá-los — completou Eon, antes que Martin pudesse dizer qualquer outra coisa.

Elyssa o estudou com o mesmo olhar de espanto que Martin vira quando contara a ela e a Brad a respeito do seu sonho.

— Você acha que somos os Três Guerreiros... — disse ela.

— Não sei... A história não me sai da cabeça. E se fomos reunidos por algum motivo?

— Se pertencemos a uma fábula, não faço ideia — iniciou Eon —, mas não importa. Martin tem razão: não resistiremos para sempre. Prefiro ir até o Mar Morto e enfrentar o que houver para enfrentar.

— Nossos pais e muitos outros antes deles já defenderam esta ideia. Mas agora me parece... uma loucura — falou Elyssa. — O tio nunca teria concordado com isso. Significaria levar o que restou da nossa frota para longe de Nastalir.

Eon foi até a balaustrada e observou o oceano.

— Daqui você viu o que enfrentamos, Lyssa. Nunca nos deparamos com nada parecido... uma parte de mim ainda não acredita que sobrevivi, que saí vivo de lá. Daqui, você também observou quantos navios retornaram... pouco restou das nossas forças. A verdade é que a Frota da Fronteira está de joelhos: mais do que embarcações perdidas, como substituir homens iguais ao tio Rohr ou Gunnar? — Eon voltou-se para a irmã, seu rosto sereno e determinado. — O que o Martin quer dizer é que somos os últimos guardiões. Toda a esperança que resta está em nossas mãos. Se algo mudou nos Mortos, precisamos mudar também.

Elyssa pensou por um longo momento antes de responder, aceitando aos poucos a verdade das palavras de Eon:

— Nem sabemos como chegar ao Mar Morto. Não existem mapas ao norte da Singularidade.

— Pensaremos em alguma coisa — disse Martin. — Primeiro, precisamos salvar a Vila.

Elyssa suspirou, contrariada.

— Apenas voltem logo, e então falaremos sobre isso outra vez.

CAPÍTULO XXV

OS LIVROS DA CRIAÇÃO

Depois de escutar tudo que Maya havia contado, Omar ficou tonto, perdeu a força nas pernas e tentou se sentar em uma cadeira. Acabou errando o assento e estatelou-se no chão da livraria com um ruído surdo.

Johannes Bohr estava junto ao balcão e observara Maya atentamente, enquanto ela narrava toda a sua história, desde a conversa com Dom Gregório até os relatos do Bibliotecário a respeito das civilizações que existiam no Além-mar. O cientista exibia uma mistura de emoções mais complexa do que apenas o espanto e a perplexidade que Omar demonstrara.

— Sempre achei que havia outros povos no Além-mar. Alicia defendia essa ideia, como fruto de suas pesquisas. No entanto, ouvir que é mesmo verdade... é avassalador — disse ele. — Invejo Martin, Ricardo Reis e Cristovão por terem tido a oportunidade de ir até lá. Se eu não fosse tão velho, teria ido junto.

— Estou feliz por você ter ficado conosco — disse Maya, ajudando Omar a se levantar. — Contei isso tudo a vocês por um motivo: vou agora à Biblioteca, e é possível que o Bibliotecário tenha decidido não me entregar o livro e me delatar a Dom Cypriano. Eu preciso ter certeza de que as minhas descobertas não ficarão apenas comigo... caso algo me aconteça.

Johannes foi até ela e a abraçou.

— Tudo isso que você fez... sozinha... — soltou-a — você é muito corajosa... lembra-me demais do Martin.

— Faço isso por ele também. — Maya tentava manter a voz resoluta. — Agora eu preciso ir. Encontro o Bibliotecário sempre na mesma hora.

— Maya... — murmurou Omar. — Ficaremos aqui, esperando você voltar... Sei que nada vai lhe acontecer.

Ela sorriu e partiu de novo rumo à Biblioteca. Imaginou se esta vez seria a última.

****

Aterrorizada e sem força nas pernas, Maya cambaleava na passagem subterrânea, chocando-se contra as pedras úmidas das paredes.

Preciso sobreviver, chegar à escada e voltar à superfície... não quero morrer sozinha, em um corredor escuro...

Pouco pensou se o estado em que se encontrava se devia a um agravamento súbito da sua doença ou se era resultado do que finalmente ouvira do Bibliotecário. O mais provável era que fosse uma combinação das duas coisas. Fosse o que fosse, guardava na mente as palavras dele: *"Não posso lhe entregar o livro... mas decorei o capítulo que interessa a você. Está pronta para escutar?"*.

Ao tomar conhecimento do conteúdo, Maya transformara-se na portadora do maior segredo do Além-mar, como se ela própria houvesse virado uma parte dos Livros da Criação. Por isso, tinha de sobreviver; precisava contar a Omar e a Johannes o que descobrira.

O lampião pesava em seus braços e oscilava sem controle de um lado para o outro. Na luz tremeluzente que jogava na passagem, enfim revelou-se a forma dos degraus que a levariam para a casa vazia e, depois, para as ruas da Vila.

Maya enfrentou cada degrau como um enorme desafio. Cambaleou, caiu e esfolou os joelhos na pedra, mas seguiu avançando. Quando achava que não podia mais subir, que suas forças a tinham abandonado, olhava para cima e via que ainda havia uma longa distância a ser vencida. Apoiava-se no lampião e nas paredes e se punha em pé outra vez.

Com a roupa empapada de suor e a respiração reduzida a um arfar desesperado, abriu a porta do armário. A visão turva roubava os contornos do mundo e transformava tudo que via em sombras desfocadas, que se moviam rápido demais. Assim que entrou na sala vazia da casa, deixou o lampião cair no chão. Um passo depois, também desabou sobre o piso, levantando uma nuvem de pó. Tossiu, sentindo ainda mais falta de ar; aos poucos, virou-se de barriga para cima.

E foi então que os enxergou.

— É ela, vossa excelência — disse Noa, observando-a com desprezo. Parecia ter mil metros de altura.

A forma vestida de branco que se insinuou em seu campo de visão era muito mais assustadora do que Noa jamais poderia ser. E achava-se cercada por Capacetes Escuros.

— Como a descobriu? — perguntou Dom Cypriano.

— Após prender aquele traidor, foi fácil.

Mais um rosto surgiu em meio aos outros, estudando-a de cima para baixo: o de Alpio.

— Você fez muito bem em segui-la, filho.

— Eu sabia que Dom Gregório não demoraria a revelar seus segredos — completou Dom Cypriano.

— Vossa excelência tinha razão — concordou Noa. — O que devemos fazer com ela?

Dom Cypriano levou um segundo a mais para responder:

— Ela pisou na Biblioteca Anciã; uma blasfêmia terrível — declarou ele. — Deve ter o mesmo destino do traidor que a aliciou para esta loucura. Mate-a imediatamente, junto àqueles dois que estavam na livraria.

Maya fechou os olhos; não havia por que deixá-los abertos. Uma onda de pavor a invadiu, mais forte do que qualquer coisa que já tivesse sentido. Ao mesmo tempo, suas últimas forças a abandonaram. Aos poucos, o mundo, com todas as suas cores, cheiros e sons ia se apagando.

Mas Maya ainda estava consciente quando aconteceu: um ruído ensurdecedor veio subitamente, seguido por um tremor violento da terra. Era como se o chão sob a Vila se liquefizesse. Viu Noa, Alpio, os Capacetes Escuros e Dom Cypriano lutando para não perder o equilíbrio.

E então tudo se apagou.

CAPÍTULO XXVI

O RETORNO AO MAR NEGRO

Martin passara a vida inteira em meio à escuridão absoluta que imperava na Vila. Apesar disso, teve uma estranha e desconfortável sensação ao ver a luminosidade do crepúsculo ceder lugar a um brilho azulado pálido e, depois, a um céu negro cravejado de estrelas. O vento soprava intenso e fazia um pouco de frio no convés do tombadilho do *Estrela de Nastalir*.

Navegando próximo à Singularidade, mantinham-se em estado de alerta e vigilância constante. Todas as velas e os lampiões foram apagados; velejavam envoltos nas sombras. A uma centena de metros atrás, o *Firmamento* não passava da sugestão de uma silhueta impressa contra o breu.

Antes de partir, Martin participara de uma breve cerimônia de despedida dos que haviam perecido na Batalha de Nastalir. Uma miríade de pequenos botes foram lançados ao mar, contendo pertences dos marinheiros. Elyssa colocara em um deles um manto verde-claro e uma abotoadura em forma de galeão, que tinham pertencido a Rohr. Quando chegou a hora das Palavras ao Mar, Martin pegou-se repetindo-as mentalmente, apenas para si mesmo. No instante em que terminaram, arrependeu-se. Queria voltar no tempo e dizer as Palavras em alto e bom som, porém, o momento passara.

— Senhor, cruzamos a Singularidade — anunciou o navegador, subindo as escadas que conduziam ao tombadilho. Não se atreviam a acender velas para consultar o mapa no convés.

— Qual é o rumo da Radial até o Mar Negro? — perguntou Eon.

— Cento e nove graus, senhor — respondeu ele.

Eon fez um leve aceno com a cabeça, e o marinheiro que manejava a roda do leme começou a girá-la. O *Estrela de Nastalir* mudou lentamente de curso.

— Espere... — disse Martin, aproximando-se de Eon.

— O que foi, irmão?

A recordação distante de Maelcum sussurrando através das paredes da masmorra da Zeladoria retornou com força.

— O rumo está errado — falou, perdido nas próprias lembranças.

— Está no mapa, Martin — argumentou o navegador. — Podemos descer até a cabine para confirmar, se você quiser.

— O mapa está incorreto — insistiu, sua voz agora revestida de uma estranha segurança. — O rumo da Radial até a Vila é cento e sete graus.

— Se adotarmos o rumo errado e deixarmos a Singularidade fora da Radial, nos perderemos para sempre! — protestou o navegador.

Eon parecia confuso.

— Como sabe disso, Martin?

Martin contou tudo o que sabia a respeito de Maelcum e descreveu a ênfase que ele dera quanto ao rumo a tomar. Fizera Martin repetir o rumo certo, de modo a decorá-lo.

— Vivemos em um mundo pequeno — disse Eon, sorrindo.

— Você já ouviu falar de Maelcum? — indagou Martin, atônito.

— Há uma história bem conhecida na Fronteira sobre um cartógrafo e estudioso famoso da ilha de Z'blis. Se é verdade, não sei, pois teria acontecido muitos anos antes de eu nascer.

Segundo dizem, Maelcum era o melhor desenhista de mapas de todo o Mar do Crepúsculo. Era também um maluco, que tinha uma obsessão ainda mais insana: descobrir a Radial que leva da Singularidade até o Mar Morto. Estava farto de mapas incompletos, teria afirmado; queria finalizá-los de uma vez por todas.

— Ele descobriu o caminho para o Mar Morto?

— Ninguém sabe. Era tão doido que pegou um pequeno barco e partiu sozinho em direção à Singularidade, para descobrir o que queria. Nunca mais foi visto, obviamente.

— Foi encontrado por um navio que partiu da nossa Vila — completou Martin. — A tripulação o resgatou e o levou de volta à cidade.

— Só pode ser ele... o mesmo nome... Falando de rumos — virou-se para o marinheiro à roda de leme —, você escutou a história.

O homem fez que sim, arregalando os olhos. Sem que Eon precisasse dizer qualquer outra coisa, ajustou o rumo conforme Martin determinara.

— Você sabe o que isso significa? — perguntou Eon.

Martin assentiu. Sabia muito bem. Se havia alguém que pudesse indicar o curso para o Mar Morto, este alguém era Maelcum.

CAPÍTULO XXVII

O HERÓI IMPROVÁVEL

Os olhos se abriram para um clarão de luz. Grossas formas amareladas desfocadas rodopiavam à sua frente, como um enxame de vaga-lumes gigantes. Aos poucos, Maya foi enxergando outras, mais tênues, se unindo à dança. As silhuetas foram diminuindo de tamanho e seu movimento pareceu se aquietar.

Então, de uma só vez, criaram cores e contornos e viraram imagens.

Estava no mesmo lugar, sentada no chão da casa vazia. Homens estranhos, segurando lampiões e vestindo mantos prateados, a rodeavam. Um deles agachara-se ao seu lado e escorava suas costas, impedindo seu corpo de tombar outra vez no chão poeirento.

O homem que a apoiava tinha um meio-sorriso no rosto e segurava um pequeno frasco de barro. Maya sabia que ele forçara algum líquido em sua garganta; ainda podia sentir os lábios úmidos e um gosto cítrico queimando o céu da boca. Não interessava o que era: só importava que a fizera sentir-se ligeiramente melhor. Seu corpo permanecia sem forças, mas a mente se afiara de forma perceptível.

Passeou os olhos ao redor e os viu. Soltou um grito de terror e virou a cabeça.

Noa e Alpio jaziam mortos sobre uma grande poça de sangue, a poucos metros de distância. As gargantas haviam sido cortadas de um lado a outro, de tal modo que os ferimentos pareciam quase idênticos. Ao lado deles, o corpo de Dom Cypriano repousava; a bata branca exibia uma grande mancha vermelha-escura na altura da barriga. O homem temido por todos tinha agora um rosto pálido, que não era mais ameaçador, e sim apagado e sem vida.

Maya forçou-se a olhar ao redor. Precisava compreender o que estava acontecendo. Como que por instinto, supôs que aqueles homens vinham do Além-mar.

Os corpos dos Capacetes Escuros acarpetavam o chão. Houvera uma luta. Alguns sujeitos de mantos prateados traziam lampiões, segurando-os bem alto para iluminar todo o aposento, mas a maioria empunhava espadas, ainda desembainhadas. Antes que pudesse pensar em outra coisa, o homem agachado ao seu lado falou em uma voz suave e amigável:

— Como se sente? O remédio costuma agir rapidamente.

Maya torceu o tronco para observá-lo.

— Quem são vocês?

— Viemos do Além-mar. Há um assunto urgente a tratar. Em outra situação, conversaria com você e explicaria por que precisamos da sua ajuda. — Pôs-se em pé. — Mas, agora, nosso tempo se esgotou.

— Você os matou... — Maya lutou para se levantar.

— Como disse, o tempo para conversas acabou.

— Como poderia saber onde estávamos...? Este lugar é uma passagem...

— ...secreta? Sei tudo sobre a sua Vila, Maya.

Maya sobressaltou-se. Ele sabia o seu nome.

— Sim, sei seu nome também. A propósito, já que tocamos no assunto, sou o senhor Cael Veress. — O meio-sorriso abriu-se outra vez. — Se me ajudar a conseguir o que preciso, vou levá-la a Martin.

O coração de Maya disparou.

— Você o viu? — Cerrou os punhos.

— Sim, falei com ele alguns dias atrás... infelizmente, tomamos rumos opostos.

— Ele está bem?

O homem anuiu.

— O que você quer de mim?

— A única coisa que não sei sobre a sua Vila é a que mais importa... e que Dom Cypriano não quis me contar... — respondeu, apontando para o cadáver do Ancião-Mestre. Seus lábios estreitaram-se, apagando qualquer vestígio de simpatia. — Sei que você estava em busca de um livro na Biblioteca Anciã. Quero que me leve até ele.

Maya preparou-se para lançar outra pergunta, mas foi interrompida:

— Não é da sua conta como sei dessas coisas. Tenho olhos e ouvidos em toda parte — disse ele.

— Por que deveria ajudá-lo? — Vasculhou a sala com os olhos. Entre ela e a porta, havia seis soldados com espadas na mão. Estava cercada, não tinha como fugir.

— Não sou um homem mau, Maya. Pelo contrário. O que pretendo fazer salvará todos nós. Ou uma parte, pelo menos — respondeu o senhor Veress. — Mas tudo irá por água abaixo se não agirmos rápido. Por isso, preste a atenção: não quero lhe fazer mal, mas vou machucá-la se for preciso.

Um dos indivíduos de manto prateado moveu-se mais rápido do que Maya imaginava ser possível, imobilizando-a pelas costas e encostando a lâmina de um punhal em seu pescoço. Fazia uma pressão suave, no entanto, o fio afiado da arma abriu um pequeno corte. Maya sentiu uma gota de sangue correr pela pele.

— Por favor... — murmurou; o puxão que imobilizava seus braços atrás do corpo a machucava mais do que o punhal no pescoço. — Vou ajudar.

O senhor Veress fez um gesto com a mão, e o homem de manto prateado a soltou.

— Agora nos leve à Biblioteca — ordenou o Comerciante.

Maya viu-se obrigada a lhe entregar as chaves e indicar o caminho para a passagem secreta. Conduziu o grupo pelo túnel, sempre seguida de perto pelo soldado com o punhal. Percorreram o caminho em silêncio, com a luz dos lampiões desenhando suas sombras na parede de pedra.

Minutos depois, atravessaram a porta que conduzia à Biblioteca. Maya estudou seus captores, especialmente o senhor Veress. Se a grandiosidade do lugar os surpreendia, seu semblante não demonstrava. Pareciam obstinados a conseguir o queriam, fosse o que fosse. A ideia deixou Maya ainda mais assustada; era evidente que não hesitariam em matá-la, se julgassem necessário.

Com a cabeça latejando, tentou desesperadamente ordenar os pensamentos. Quem eram aquelas pessoas? O que queriam? Não haviam vacilado ao matar Dom Cypriano para levar adiante seus planos. O senhor Veress parecia sincero e falava em salvá-los, mas existia algo além de bondade naquele meio-sorriso. Sentia que não podia confiar nele. Torcia para que o Bibliotecário não estivesse na sua mesa.

Quando chegaram ao térreo, Maya os guiou ao centro do mar de livros. Na clareira do Bibliotecário encontraram apenas pilhas de obras bruxuleando à luz de velas. Maya percebeu que as velas eram compridas e que o lampião sempre carregado pelo Bibliotecário não estava sobre a mesa. Acostumado com aquele ambiente silencioso como uma cripta, ele devia ter escutado o ruído incomum da sinfonia de passos se aproximando.

— Ele não está aqui — gritou Maya, a voz muito mais alta do que o necessário. Se ele se achasse por perto, perceberia o perigo.

— Procurem o Bibliotecário — o senhor Veress ordenou aos seus subordinados.

Os homens sumiram entre os livros; a luminosidade de seus lampiões transformou-se em manchas de luz rastejantes que se insinuavam por entre as estantes. Maya permaneceu com o senhor Veress e outros dois soldados.

— O que está buscando neste livro? — ela inquiriu, criando coragem. — Fará um acordo com os monstros, como Dom Cypriano pretendia?

O senhor Veress franziu a testa e a interrogou com os olhos semicerrados.

— O que você sabe desse assunto, Maya?

— Sei que Dom Cypriano planejava forjar um novo acordo com as criaturas do Além-mar. Também sei que este acerto não incluía a sobrevivência da Vila.

O senhor Veress levou um longo tempo até responder.

— O que você precisa compreender é que estou do lado dos homens. Não há vitória possível contra os Knucks. É necessário um acordo, algo que permita a sobrevivência de, pelo menos, alguns de nós.

— Mas muitos terão de ser sacrificados.

Ele assentiu.

— Assim é a guerra. O lado perdedor não escolhe os termos.

— E quanto a Martin?

— Você tem a minha palavra de que vou salvá-lo, custe o que custar.

Maya sabia o que ele queria. Quando o Bibliotecário leu o capítulo crucial dos Livros da Criação, tudo passara a fazer sentido. A questão era: devia entregar o conhecimento àquele homem? De súbito, decidiu que não o faria. Maya via dissimulação no rosto do senhor Veress, da mesma forma com que lera sinceridade nos olhos de Dom Gregório. Além disso, não podia confiar em um homem que, em vez de lutar, preferia fazer concessões que custariam a vida de outros.

Os soldados começavam a retornar. Todos traziam a mesma notícia: o lugar era imenso, e não havia sinal do Bibliotecário.

— Você o conheceu, certo? — perguntou o senhor Veress com uma luminosidade sinistra no olhar.

Maya compreendeu o que ele pretendia, porém, era tarde: o senhor Veress a agarrou e a silenciou com uma das mãos. Depois, gritou a plenos pulmões:

— A moça mentiu. Não há ninguém aqui. Matem-na, agora mesmo!

O sangue de Maya congelou, mas os mantos prateados e seu líder permaneceram parados onde estavam. Em segundos, o Bibliotecário surgiu por debaixo de uma estante.

— Não a machuque — disse com a voz trêmula e o rosto tomado por espasmos.

O captor de Maya a empurrou para longe. Já os soldados cercaram a figura indefesa do Bibliotecário.

— Mostre-me o original dos Livros da Criação — exigiu o senhor Veress, fechando com força uma das mãos ao redor da garganta do pequeno homem.

— Não sei onde está — gaguejou ele, os diminutos olhos negros saltando nervosos de soldado a soldado.

— Não vou pedir outra vez. — De certa maneira, a voz calma apenas ajudava a transparecer sua raiva. — Se não me auxiliar, vou simplesmente cortar a garganta da sua amiga.

Com os olhos postos no Bibliotecário, Maya conseguiu recuar alguns passos e ficou com as costas quase encostadas em uma estante.

Ele decidiu ceder.

— Venha comigo — chamou.

O senhor Veress sumiu em meio aos livros, empurrando o Bibliotecário à sua frente. Maya, imóvel, tinha a atenção de todos os mantos prateados fixa nela; nem ousou se mexer.

Após quinze minutos, os dois retornaram. O Bibliotecário exibia o semblante do mais puro desamparo, e o senhor Veress tinha um sorriso de triunfo estampado no rosto e um livro nas mãos. Maya deu-se conta de que vislumbrava o mítico original dos Livros da Criação. Não que seu aspecto fosse algo impressionante, não era. O volume, de tão velho, parecia a ponto de se despedaçar; a capa de couro amarelado havia muito perdera qualquer inscrição.

— Vou partir imediatamente — anunciou o senhor Veress. — Matem esses dois e tratem de sair logo daqui.

O coração de Maya parou. Buscou os olhos do Bibliotecário e, quando os encontrou, abriu um sorriso que transmitia uma calma que ela não sentia. *Tudo ficará bem...*

Ele respondeu apenas movimentando os lábios, como se tivesse entendido o que o olhar de Maya dissera: *Está tudo bem... agora salve-se...*

No instante seguinte, o Bibliotecário saltou para cima da mesa com um único movimento. De lá, pulou para a estante mais próxima e a escalou com surpreendente desenvoltura. Pegos de surpresa, os soldados observaram, impotentes, o corpo franzino sumir no topo da estante. Os homens entreolharam-se e se viraram para o senhor Veress, que tinha o rosto vermelho de fúria.

No exato momento em que ele se preparava para disparar uma ordem, um suave ranger teve início, e a imensa estante começou a oscilar. Empurrada pelo lado oposto, a montanha de livros balançava cada vez mais; finalmente, com um estrondo, ela desabou sobre eles, lançando uma chuva de livros, à semelhança de projéteis, enquanto tombava em direção ao solo. Acertou em cheio os soldados e o senhor Veress. Maya sentiu um golpe de ar ao escapar por centímetros da extremidade do móvel.

A oportunidade abriu-se diante dela; era a sua única chance de fugir. Sumiu da clareira como um relâmpago, mas ainda teve tempo de ver mãos e pernas soterradas por grandes volumes, lutando para se libertar. Correu o máximo que pôde e logo deparou-se com o lance de escadas que a levaria para a galeria do primeiro andar. Conhecia bem o lugar e esperava que a vantagem fosse suficiente, mas não se iludia: sabia que ainda estava doente e que as pernas aguentariam por muito pouco tempo aquele ritmo alucinado.

Parou para recuperar o fôlego na galeria do quarto andar, já quase chegando à porta que a conduziria à passagem subterrânea. Ouviu gritos desesperados vindos lá de baixo. Cambaleou até o parapeito e assistiu aos soldados de mantos prateados cercarem o Bibliotecário. O desembainhar de suas espadas soou como um tênue assobio metálico; golpearam o corpo franzino até que ele parou de se movimentar. Maya sabia que eles o tinham matado.

Conteve um grito e deixou-se cair no chão, as lágrimas correndo pelo rosto. Forçou o corpo a se levantar e retomou a fuga. Atravessou a porta, que fora deixada aberta, e foi engolida pela escuridão do túnel. Não tinha um lampião.

Correu em meio às trevas, soluçando lágrimas que eram tanto de pesar quanto de ódio. A mais pura forma de ódio que já experimentara.

Malditos covardes...

Tropeçou no primeiro degrau, subiu as escadas e chegou à sala vazia. A penumbra que enchia o mundo não parecia mais luminosa do que a escuridão completa do túnel.

Ao longe, já escutava as vozes dos seus perseguidores. Em questão de minutos, a alcançariam.

CAPÍTULO XXVIII

O REENCONTRO

O primeiro vislumbre que tiveram da Vila, muito antes de avistar os lampiões enfileirados na rua do Porto, foi dos incêndios. Grandes labaredas se erguiam dos prédios na orla do mar. As chamas dançavam na noite e davam lugar a uma fumaça negra e espessa à medida que ascendiam ao encontro do céu. Ouvia-se o estalar de madeira queimando e, de vez em quando, o estrondo seco de alguma estrutura que desabava. Afora aquilo, a cidade parecia morta. Não se escutavam gritos ou quaisquer outros sinais de vozes humanas.

Chegamos tarde..., pensou Martin.

Fundeado a uma pequena distância da rua do Porto, flutuava um galeão da Ordem do Comércio. A grande forma do navio permanecia imóvel, mas começava a se agitar: minúsculas figuras dardejavam pelo convés, preparando-se para colocá-lo em movimento. Já os tinham avistado.

Desta vez, porém, o *Estrela de Nastalir* não seria pego desprevenido. Antes mesmo de avistar a Vila, Eon ordenara que a tripulação assumisse posições de combate. Todos foram armados e, os canhões, carregados. Não correriam mais riscos com aquela gente, afirmara ele. O *Firmamento* navegava um pouco atrás, mas logo estaria posicionado para unir-se à luta.

Deixaram o *Estrela de Nastalir* avançar um pouco mais. Em meio a rajadas de vento que sopravam do sul, o navio acelerava impetuosamente em direção à Vila. À medida que eliminavam a distância que os separava da cidade, Martin observou os contornos dos prédios que conhecia tão bem. Muitos queimavam na rua do Porto, mas outros resistiam; estes, ele reconhecia um por um. O coração trovejou no tórax e uma tormenta de medo e ansiedade o varreu; em parte por saudade de Maya, em parte pelo pavor de não saber o que acontecera com aqueles que amava. Desejou que o navio pudesse precipitar-se com ímpeto ainda maior sobre aquele pequeno pedaço de terra que era o seu lar.

O galeão da Ordem do Comércio já levantara âncora e começava a desfraldar as velas. O navio balançou a deriva por um momento, mas logo começou a navegar. Era tarde. O *Estrela de Nastalir* rumava direto para o inimigo, como se pretendesse abalroá-lo à meia nau. Eon comandou uma guinada violenta. Martin agarrou-se na amurada para não cair. As velas gritaram e estalaram nos mastros, enquanto mudavam de posição. Assim que a manobra foi concluída, tinham o bordo exposto para a embarcação inimiga.

Todos em Nastalir ebuliam dentro de si uma fúria vermelha contra o ato de covardia que os navios da Ordem do Comércio haviam perpetrado na Batalha de Nastalir. Atingir pela retaguarda, sem chance de defesa, os irmãos do Espírito da Fronteira, porém, tornara a questão pessoal para os homens do *Estrela de Nastalir*. Os artilheiros depositaram toda a sua habilidade no disparo, e as consequências foram devastadoras.

O som que o navio da Ordem do Comércio fez ao se desintegrar foi terrível: uma cacofonia de madeira se quebrando misturou-se ao rufar da combustão no interior da cabine; tudo entremeado por gritos de agonia que cortavam o ar. A embarcação foi atingida com tamanha violência e a tão curta distância que se partiu em incontáveis pequenos pedaços. Atordoado, Martin teve a sensação de que a nau não fora a pique, e sim deixara de existir. Tudo que restou do galeão foram amontoados de madeira fumegante nas extremidades: parte do espelho de popa e do convés da proa, os quais o mar negro tragou em questão de segundos.

Logo atrás, o *Firmamento* preparava-se para atacar, mas, percebendo que o inimigo já não existia, arremeteu e recolheu as velas. O *Estrela de Nastalir* fez o mesmo, embora tivesse precisado de mais uma volta diante da Vila para desacelerar. Instantes depois, os dois navios deslizaram quase ao mesmo tempo para uma posição de atracagem espremida no píer da rua do Porto. Martin ponderou que, provavelmente, era a primeira vez que duas grandes embarcações dividiam aquele espaço, concebido apenas para abrigar o galeão que partia da Vila a cada seis meses.

As duas tripulações foram reunidas nos conveses. Alguns apanharam espadas; outros, os arcos, prontos para o confronto. Não sabiam ao certo quantos homens de manto prateado estavam na embarcação que fora aniquilada e quantos permaneciam em terra. A preparação mais importante, porém, era conquistar o povo da Vila. Ficou decidido que cada tripulante do *Estrela de Nastalir* seria acompanhado por outro do *Firmamento*. Os marinheiros de Ricardo Reis buscariam suas famílias e seus amigos, revelando a estes tudo que sabiam. Cada homem tornar-se-ia um contador de histórias. Era chegada a hora do povo da cidade conhecer a verdade.

Assim que a Vila fosse declarada segura, os curandeiros da ilha de Hess, que tinham viajado a bordo do *Estrela de Nastalir*, desembarcariam para tratar os doentes espalhados pela cidade. Martin sentia-se à beira de um colapso; mal conseguia controlar a ansiedade de descobrir se Maya, Omar e Johannes haviam sobrevivido àquele caos.

O sentimento que teve ao pôr os pés na Vila foi como viver um sonho. Em tão pouco tempo, a percepção que tinha do mundo passara por uma revolução; não via mais as coisas com a simplicidade de antes e, mais ainda, não era a mesma pessoa.

Martin correu pela rua do Porto seguido por Eon, Ricardo Reis e duas dúzias de homens, tanto do *Estrela de Nastalir* quanto do *Firmamento*. A Vila retraíra-se silenciosa em si mesma; enquanto avançavam em direção à Praça, o único sinal de vida que detectaram foram alguns olhares aterrorizados espiando pelas frestas das janelas. Entendia o terror daquelas pessoas: tinham passado a vida inteira convictas de que no Além-mar só existiam os monstros. Subitamente, sua cidade era arrasada por homens iguais a eles próprios. Que golpe insano do destino teria sido aquele? Que maneira bizarra e cruel de descobrir que tudo que se sabia a respeito do mundo não passava de uma mentira pueril.

O grupo encontrou a Praça vazia e imersa em um silêncio sepulcral. Viam-se sinais de luta, mas não muitos: espalhados pelo chão, os corpos de dez ou doze Capacetes Escuros se misturavam aos de alguns habitantes da Vila. Os lampiões nos postes seguiam acesos, mas o comércio que rodeava a Praça achava-se às escuras. A cena era tão sinistra que Martin quase preferiu ter se deparado com uma luta feroz. Vasculhou os prédios e localizou a livraria. A loja parecia tão sem vida quanto o resto.

— Alguém se aproxima! — anunciou Eon.

Os homens se puseram a postos para lutar. Ao longe, insinuava-se o som ritmado de passos no calçamento de pedra. Pareciam pertencer a uma única pessoa e, pela cadência das passadas, vinha correndo como o vento.

A forma solitária e indistinta surgiu apressada de uma das ruas transversais que desembocavam na Praça. Não tinha o porte de um homem: era uma moça. Quando os avistou, a figura se deteve num único gesto sobressaltado, que encerrou a disparada. Por uma fração de segundo, ficou imóvel.

Martin sentiu um arrepio percorrer todo o corpo; o coração explodia de felicidade. Foi o único a reconhecê-la — sabia muito bem quem ela era.

— Maya! — gritou com toda força, enquanto corria e deixava o grupo para trás.

Ela demorou o tempo de um suspiro para compreender e reagir.

— Martin!

Venceram o último lapso de distância que os separava, impulsionados por alguma força estranha e poderosa. Martin estava exausto. Tinha enfrentado a batalha, seguida por uma longa viagem quase sem descanso. Mas sentiu o vento agitando seus cabelos, denunciando que corria mais rápido do que jamais o fizera.

Encontram-se quase no meio da Praça, aos pés da estátua do capitão Robbins. Martin a beijou e abraçou com força em meio a uma profusão de lágrimas e gemidos de alegria e incredulidade. Sentiu o corpo dela colado ao seu e a apertou o máximo que pôde. Maya estava tão magra que percebia a saliência de seus ossos sob as mãos. Afastou-a apenas o suficiente para estudar seu rosto: a Febre ardia implacável, e ela apenas não sucumbira porque era forte. Tinha certeza daquilo.

As pernas dela perderam a firmeza, e Martin a amparou, agachando-se aos poucos para evitar que Maya caísse. Em instantes, Eon e Ricardo Reis estavam do seu lado.

— Precisamos sair daqui, Martin — disse ela com a voz trêmula, carregada de medo. — Estão atrás de mim e chegarão a qualquer momento...

Maya foi interrompida pelo rufar de passos irrompendo pela Praça. Seus perseguidores surgiram vindos da mesma rua que ela percorrera um minuto antes. Os mantos prateados tinham estampadas nos rostos a surpresa e a incredulidade. Confusos, interromperam seu avanço com um gesto desajeitado.

— Gostam de lutar pelas costas — trovejou Eon, o rosto transfigurado pela ira. — Vamos tentar do nosso jeito: frente a frente. O navio de vocês já experimentou.

Imediatamente, os soldados do senhor Veress perceberam que já não tinham mais o galeão que os levaria de volta para casa. Além disso, também estavam em menor número, cerca de uma dúzia. O impasse durou o tempo que o primeiro homem da Ordem do Comércio levou para depositar a espada no chão, em rendição. Num piscar de olhos, foi seguido pela maior parte dos seus companheiros.

— Ataquem, seus covardes! — berrou aquele que parecia ser o líder, mas disse as palavras conforme ele próprio dava um passo para trás.

Cinco homens mais destemidos obedeceram ao comando e avançaram com as espadas em punho. Cinco flechas cruzaram silvando por Martin e encontraram cinco gargantas do outro lado da Praça. Os homens morreram antes mesmo de caírem ao chão. Aquilo fez com que os demais se rendessem com convicção redobrada: ajoelharam-se e colocaram os braços atrás da cabeça.

Martin ajudou Maya a levantar. Juntos, seguiram o grupo até os homens de manto prateado. Recolheram as armas e os imobilizaram. Naquele momento, o imediato Higger chegou à Praça, acompanhado por seis marujos do *Firmamento*. Ele apresentou-se a Ricardo Reis:

— Encontramos pequenos grupos de ratos na orla do mar — disse, ofegante. — Poucos lutaram; a maior parte decidiu se entregar. Já tinham visto seu navio ser destroçado.

Ricardo Reis virou-se para Eon.

— Você tem lugar para prisioneiros no *Estrela de Nastalir*?

Eon assentiu.

— Arranjaremos espaço — respondeu. Falou aos seus homens: — Levem os prisioneiros para o navio e ponham-nos a ferros.

— A Vila está segura — avisou Ricardo Reis para Higger.

— Dê ordens aos rapazes para que se juntem ao restante e procurem suas famílias. Que contem logo tudo o que vimos no Além-mar para o maior número possível de pessoas.

Os prisioneiros foram conduzidos à rua do Porto pelos tripulantes do *Estrela de Nastalir*.

Eon e Ricardo Reis aproximaram-se de Martin e Maya.

— Olá, Maya. É bom revê-la — disse Ricardo Reis.

Ela abriu um sorriso em resposta.

— Obrigada por trazer o Martin inteiro. Gostei da hora em que chegaram.

Antes que Martin pudesse perguntar por que os homens do senhor Veress a perseguiam, Eon falou:

— Então você é a Maya. Estou feliz por finalmente encontrá-la, sou Eon.

Assim que Eon apertou a mão dela, seu semblante ficou tenso. Ele voltou-se para Martin:

— Martin, ela arde com a Febre dos Mortos.

— Eu sei. Quero dar o Suspiro para ela o quanto antes.

— Você deve ser o príncipe de Nastalir — disse Maya.

Martin a observou com os olhos se abrindo em espanto. Foi acompanhado na reação de surpresa por Eon e Ricardo Reis.

— Como é possível que saiba disso, Maya?

— Visitei uma biblioteca, Martin. E aprendi coisas em que você não acreditaria... mas algo me diz que as viu com os próprios olhos.

Ele sorriu.

— Sei que você foi à Biblioteca Anciã. O senhor Veress, líder destes mantos prateados que a perseguiam, me contou.

— O que é a Febre dos Mortos?

— É uma doença que se abate sobre aqueles que foram feridos pelos Mortos — respondeu Eon.

— Mortos?

— É como eles chamam os Knucks, Maya — explicou Martin.

— E vocês têm um remédio para isso? Meu pai está muito mal, e há muita gente doente na Vila.

Eon assentiu.

— Temos o remédio e trouxemos curandeiros que sabem tratar esta doença. Todos receberão ajuda.

À medida que Maya perdia um pouco mais da firmeza, Martin a sentia apoiar-se com mais força nele.

— Estou muito cansada. Não consigo mais ficar em pé. Podemos conversar na livraria?

— Vamos, Eon. Fica aqui do lado. — Martin apontou para o local.

— Seu pai está ali? — perguntou Eon.

Maya fez que sim.

— Vou providenciar um curandeiro para vocês. Nos reencontramos em seguida.

— E eu vou procurar Heitor. Ele também deve estar doente — disse Ricardo Reis. — Precisaremos dele para recuperar a ordem na Vila.

Separaram-se, e Martin amparou Maya até a livraria. Enquanto percorriam o curto trajeto, perceberam murmúrios vindos de todos os cantos da Praça. Aos poucos, as pessoas decidiam sair de casa e investigar o que estava acontecendo em seu mundo.

Martin acendeu um lampião e algumas velas, e as prateleiras de livros, que conhecia tão bem, criaram vida. Acomodou Maya em uma cadeira junto ao balcão e se ajoelhou na frente dela, que tremia de exaustão e de medo.

Maya o estudou longamente.

— Algo aconteceu... você passou por alguma coisa — disse a garota. — Seu pai...

Ninguém no mundo o conhecia melhor. Martin deitou a cabeça em seu colo.

— Eu sinto muito, Martin. — Maya inclinou-se e o envolveu nos braços. — Conte-me o que aconteceu.

Martin endireitou-se, respirou fundo e forçou os músculos cansados a colocá-lo em pé. Apanhou uma cadeira e sentou perante Maya. Deram-se as mãos, e ele contou a sua história.

O rapaz não sabia o quanto ela havia aprendido a respeito do Além-mar na Biblioteca, mas supôs que devesse ser bastante, pois Maya não o interrompeu para perguntar sobre os lugares e as pessoas que mencionava. Quando terminou, ela o abraçou por um segundo.

— Todos nós devemos muito ao seu pai. Ele iniciou essa busca pela verdade de que tanto precisamos.

Martin suspirou outra vez e, como se para pontuar tudo aquilo que passara, completou:

— O nosso livro... eu o perdi...

Com a boca colada em seu ouvido, ela sussurrou:

— Faremos outros...

— Não acredito que estamos juntos outra vez. — Colou a testa na dela. — Nunca devia ter me afastado de você.

Eon entrou na livraria trazendo um curandeiro de Hess. Uma faixa de tecido fenestrada estava pendurada em um dos ombros da figura encapuzada; cada uma das reentrâncias acomodava um pequeno recipiente de barro: o Suspiro dos Vivos. Ele analisou Maya por apenas um segundo e anunciou:

— Está doente, mas já recebeu uma dose. Tome tudo de uma só vez — disse em um tom monocórdio, entregando à Maya uma dose do remédio. — Suas forças demorarão um pouco para retornar, mas estará curada no momento em que terminar de ingerir o líquido.

Martin olhou para ela, confuso.

— Aquele homem, o senhor Veress, me deu um pouco disso — explicou Maya, bebendo o conteúdo do recipiente em pequenos goles.

Maya subiu para o apartamento da família, acompanhada pelo curandeiro, que ia examinar seu pai. Assim que ela desapareceu, Omar e Johannes entraram na livraria em um rompante.

Martin os abraçou e apresentou-lhes Eon. Uma mistura de perplexidade e espanto se evidenciou no semblante dos dois amigos. Ambos transpareciam a curiosidade que sentiam acerca do príncipe. Sabiam muito bem que ele vinha do Além-mar.

Como não havia tempo para apresentações mais demoradas, Martin apressou-se em contar logo a sua história. A expressão de espanto de Johannes e Omar se intensificou à medida que iam absorvendo os acontecimentos. Quando terminou o relato, os dois ofereceram condolências pela morte do pai. Johannes ficou arrasado com a notícia.

— Uma perda irreparável, Martin... — disse, inconsolável. Martin sabia o quanto eles tinham sido próximos.

Eon, que até então escutara em silêncio, falou:

— O senhor tem razão. Cristovão era um grande líder, todos lamentamos a sua morte. — Completou, dirigindo-se a Martin: — Acabo de ser informado que os sentinelas do *Estrela de Nastalir* avistaram uma única embarcação dos Mortos a distância, velejando em direção à Singularidade.

Martin estudou Eon, fitando-o nos olhos.

— Sim, Martin. Sei o que você está pensando: aquele barco leva o senhor Veress.

— Isso só pode significar que ele conseguiu o livro — concluiu o outro, desolado.

O príncipe concordou com um aceno relutante.

— Temos que conversar com Maya para saber o que ela descobriu sobre o livro. É o momento de nos cercarmos de informações para tomarmos uma decisão acertada.

Johannes descreveu para Martin e Eon o que Maya havia lhe contado de seu propósito na Biblioteca Anciã.

— Tudo se encaixa — ponderou Eon. — Esse livro é a essência do acordo com os Mortos, e é por este motivo que o senhor Veress veio até aqui e atacou a Vila.

Maya surgiu por entre os livros, visivelmente mais leve.

— O curandeiro diz que meu pai ficará bom. Foi por pouco...

Martin sentiu uma onda de alívio relaxar a tensão do seu corpo. Em meio à tormenta em que estavam, saber que ao menos tinham chegado a tempo para socorrer a Vila já era uma grande coisa.

— Você conseguiu o livro, Maya? Era por isso que os mantos prateados a perseguiam? — perguntou Martin.

Ela contornou o balcão e sentou-se em um banco alto, onde gostava de ficar para atender os clientes.

— Na verdade, eu não consegui o livro, mas o Bibliotecário me contou o que havia lá de tão importante. Quando eu estava voltando, fui apanhada por Dom Cypriano na saída da passagem secreta que leva à Biblioteca. Eles iam me matar, mas, bem na hora, o chão começou a tremer e as ruas encheram-se de gritos de pavor. Acho que deve ter sido quando o senhor Veress desembarcou na Vila.

— Seu galeão abriu fogo contra a rua do Porto — explicou Martin.

— Desmaiei e, ao recobrar os sentidos, era o senhor Veress e os seus soldados de manto prateado que me mantinham refém.

— E quanto a Dom Cypriano? — perguntou Omar, assustado.

— Vocês não vão acreditar... estava morto, junto com Noa, Alpio e alguns Capacetes Escuros.

Um relâmpago de espanto percorreu a livraria. Martin sobressaltou-se. Omar abriu a boca, estupefato, e Johannes desabou numa cadeira.

— Então o grande Ancião-Mestre está morto... — balbuciou.

— Com Dom Cypriano morto e Heitor afastado pela Febre dos Mortos, a Vila está sem governo — observou Martin.

— E os outros Anciãos não são nada na ausência de Dom Cypriano. Foi sempre ele quem mandou — completou Maya.

— O que houve com Dom Gregório? — indagou Martin.

— Pela maneira como Dom Cypriano falou, acho que foi morto. Imagino que ele tenha sido apanhado logo antes de mim.

— Ricardo Reis deve comandar a Vila até a melhora de Heitor — sugeriu Martin. — Há muito o que fazer: combater os incêndios, tratar os feridos e preparar a cidade para uma nova invasão Knuck.

— E o livro? — perguntou Eon.

— O senhor Veress o roubou. Depois de consegui-lo, pretendia matar a mim e ao Bibliotecário. Ele se sacrificou por mim... — respondeu Maya, baixando o olhar.

Eon aproximou-se do balcão e coçou o queixo. As rugas de preocupação que trazia no rosto o tinham envelhecido além da sua idade.

— Então é verdade: o senhor Veress conseguiu o livro.

— Forjará um novo acordo com os Mortos — disse Martin. — O que você descobriu, Maya? De que os monstros tanto precisam?

Maya os observou por um momento antes de responder.

— Segundo o que o Bibliotecário me explicou, os Knucks são criaturas incompletas, feitas apenas de uma faceta da consciência humana, o ódio. Como tal, são uma forma de vida instável e morreriam se não fosse por uma cerimônia muito específica. Esse ritual necessita de dois elementos: um ser completo, ou seja, qualquer ser humano, e uma substância denominada Lágrimas de Prana.

Martin e Eon entreolharam-se, estupefatos.

— Lágrimas de Prana! — exclamaram em uníssono.

— Vocês sabem o que é?

— É usada pelas Vozes, a ordem religiosa que governa o Mar do Crepúsculo — respondeu Eon.

— Se esses religiosos têm a substância, o que os impede de também tentar firmar um acordo com os monstros? — perguntou Johannes.

Eon sacudiu a cabeça.

— As Vozes usam as Lágrimas apenas pelo seu efeito na mente humana. Ao consumi-la, experimentam uma série de sensações prazerosas que os distancia da realidade. Alguns chegam a escutar palavras que parecem ditas por alguém que não está presente, e é daí que surge a ilusão de se estar ouvindo a voz de um deus — explicou Eon. — Ao se tornarem dependentes dessa substância, mergulham em um mundo fantasioso. Por isso, tenho certeza de que eles não fazem a menor ideia que as Lágrimas têm uma outra finalidade tão crucial.

— A verdade é que os Anciãos sempre fizeram um jogo duplo: negociavam as Lágrimas com a Ordem do Comércio por dinheiro, e com o Mar Morto pela sobrevivência da Vila. Dessa forma, lucravam duas vezes com a mesma coisa — comentou Martin. — O senhor Veress compra as Lágrimas dos Anciãos há muitos anos. É uma tremenda ironia que o segredo do acordo com os Mortos tenha estado debaixo do nariz dele o tempo todo. Mas agora que tem a fórmula, ele está em posição de fazer o acordo sem necessitar de mais ninguém.

— Tem uma coisa que não compreendo. Se os monstros precisam tanto dessa substância, por que não invadiram a Vila e tomaram posse do livro que ensina a fazê-la? — perguntou Johannes.

Maya sacudiu a cabeça.

— O Bibliotecário leu para mim o capítulo que ensina a fazer as Lágrimas de Prana. Não é apenas uma mistura de substâncias. O ritual para a sua criação é complicado.

— Como assim, Maya?

— De nada adianta a pessoa apenas misturar os ingredientes. Enquanto o faz, ela precisa acrescentar uma gama complexa de sentimentos, emoções e memórias de coisas pelas quais passou, tanto boas quanto ruins. As Lágrimas de Prana só podem ser criadas por um ser dotado de emoções. Mesmo se seguissem os passos indicados no livro, os Knucks simplesmente não as obteriam.

As verdades que Maya tinha trazido à tona apenas mergulharam Martin em mais dúvidas. Conforme a mente trabalhava, deixou o corpo cair em uma cadeira ao lado Johannes. Por fim disse:

— Faz parte do acordo que o senhor Veress forjará a destruição de Nastalir.

— Somos os únicos no caminho dos Mortos — concordou Eon.

— Isso explica a traição durante a batalha — prosseguiu Martin. — Já o ataque à Cidade do Crepúsculo deve ter sido um aviso dos Mortos ao senhor Veress, para não deixar dúvidas do que eram capazes. Por isso, a sua ansiedade em nos ajudar. Ele sabia que Dom Cypriano também preparava um novo acordo.

— Dom Cypriano tinha a posse do livro — ponderou Maya. — Faltava apenas recuperar o controle político da Vila, coisa que ele conseguiria em pouco tempo, manipulando pessoas como Noa. Foi por isso que Dom Gregório me procurou: precisava evitar que o acordo fosse firmado e sabia que tinha muito pouco tempo para isso.

Eon lançou o olhar através da vitrine para a Praça silenciosa.

— Naquele momento ele já tinha a traição desenhada em sua mente como forma de nos aniquilar — concordou Eon. — Ele não contava que sobrevivêssemos à Batalha de Nastalir.

O círculo se fechou na mente de Martin de forma tão clara, que quase imaginou escutá-lo. A compreensão do significado de tudo aquilo roubou toda a esperança que lhe restava. Com o rosto encoberto por uma sombra, anunciou:

— Chegamos tarde.

Já a expressão de Eon era uma mistura de tristeza e resignação.

— Devemos nos preparar para o confronto final.

****

Como havia muito a ser feito na Vila, decidiram se separar e ajudar da melhor forma possível. Martin acompanharia Omar até a padaria, levando um frasco do Suspiro dos Vivos para seu pai. Eon e Johannes reuniriam alguns homens e seguiriam até a masmorra da Zeladoria. Tentariam obter de Maelcum alguma indicação sobre como navegar ao Mar Morto, embora ainda não tivessem discutido abertamente o que fariam com aquela informação. Maya decidiu ficar na livraria junto ao pai.

Martin perdeu a noção do tempo, conversando com Omar na padaria. A chegada de um marinheiro do *Estrela de Nastalir* o alertou de que demorara mais do que imaginava; os dois amigos tinham muitos assuntos para pôr em dia. O tripulante o avisou que Eon pedia a sua presença no navio com máxima urgência.

Más notícias, pressentiu Martin.

Voltou à livraria para buscar Maya; juntos, seguiram em direção ao mar. Aproximaram-se da orla pela Alameda do Anciãos. A via desembocava na rua do Porto, abrindo-se diretamente para o negrume das águas. Assim que avistou extensão suficiente do oceano negro além da mureta, Martin compreendeu por que Eon o chamara. Por detrás da forma majestosa do *Estrela de Nastalir*, despontavam três mastros menores. Deviam trazer notícias da Cidade de Cristal.

Na rua do Porto, os incêndios haviam sido controlados, mas a maior parte dos prédios do local fora reduzida a uma montanha de escombros enegrecidos e fumegantes. O ar achava-se impregnado por fuligem e fumaça. Alguns habitantes da Vila, acompanhados por tripulantes dos dois navios, trabalhavam na remoção dos escombros e na busca por sobreviventes. Martin percebeu que olhavam os homens que vinham do Além-mar com uma mistura de fascínio e desconfiança, como se eles fossem provenientes de algum sonho que tinha se esquecido de terminar ao acordar. Prefeririam não fitá-los por muito tempo, como se aquilo fosse afastar a estranha visão.

Maya soltou uma exclamação de espanto ao vislumbrar a imponência do galeão de Nastalir e subiu a prancha de embarque com os olhos bem abertos e atentos. Através da amurada voltada para o mar, Martin viu três galés rápidas com as cores de Nastalir. Para a sua surpresa, identificou uma delas como sendo o Menina do Mar. Todas tinham lançado âncora ao lado dos navios maiores, pois cada centímetro do pequeno ancoradouro da rua do Porto fora ocupado pelo *Firmamento* e pelo *Estrela de Nastalir*.

Foram conduzidos para a cabine do capitão sob o convés de popa. O ambiente pequeno, mas aconchegante, cintilava à luz de lampiões pendurados nas vigas de madeira que corriam no teto. Ao redor de uma mesa retangular, sentavam-se Eon, Ricardo Reis, Johannes e Rinnar. Enquanto o cumprimentava, Martin o estudou por um instante: seu rosto estava marcado com profundas linhas de tensão e suas vestes verde-claras achavam-se tintas com o sangue negro dos Mortos. Era evidente que, com a morte do pai na batalha, caíra sobre seus ombros o comando do Menina do Mar.

Martin e Maya acomodaram-se lado a lado entre Eon e Ricardo Reis.

— Rinnar lidera o grupo de galés que acaba de chegar do Mar do Crepúsculo — disse Eon para Martin. — As notícias não são boas.

Rinnar observou Martin com olhos cansados e preparou-se para falar. Ao que parecia, faria o relato pela segunda vez. Pelo semblante sombrio dos seus companheiros, Martin presumiu que todos já estavam a par das notícias.

— Fomos enviados pela princesa pouco tempo depois que vocês partiram. Éramos um grupo de seis galés, mas encontramos os Mortos no trajeto, e três de nossos companheiros lançaram-se contra eles para nos permitir escapar e transmitir a nossa mensagem.

— O que houve? — perguntou Martin.

— Nossas embarcações de patrulha identificaram dois grandes grupos de Mortos rumando para Nastalir. O primeiro está estacionado ao norte e é composto por sobreviventes da primeira batalha, reforçados por forças recém-chegadas. O segundo veio do Mar Morto e cruzou a Singularidade há um dia; foi difícil estimar na escuridão, mas nossos marinheiros acreditam que existam entre cem e cento e vinte navios neste grupo.

— A frota ao norte está mais próxima de Nastalir. Por que não atacam? — indagou Eon.

— Elyssa acredita que os Mortos aguardam a chegada do grupo maior para realizar um grande ataque conjunto. Enquanto a nossa armada enfrenta a força recém-chegada, o grupo ao norte poderia arrasar Nastalir livremente.

O ânimo de Martin afundou. Então era assim que tudo terminaria.

— Como Elyssa pretende defender Nastalir? — perguntou Ricardo Reis.

— A princesa enviou barcos rápidos, convocando o retorno do restante da frota que permanecia guarnecendo a ilha de Vas, no extremo oeste da Fronteira — respondeu Rinnar. — Não sei quantos virão, mas, quando partimos, havia sessenta e quatro galeões e galés de guerra ao largo de Nastalir.

Martin afastou-se da discussão ao mergulhar em uma tormenta de pensamentos diferentes.

Como ninguém disse nada, Rinnar prosseguiu:

— Não se deixem enganar por esse número. Pelo menos um terço dos navios está tão danificado que não deveria nem mesmo navegar em mar aberto, muito menos participar de uma batalha. Além disso, as ruas de Nastalir foram transformadas em uma grande enfermaria a céu aberto. Os feridos apinham as praças e calçadas e não existe nem uma única tripulação que não esteja seriamente desfalcada.

— Não há esperança de vitória — disse Eon, colocando em palavras o sentimento que pairava no ar.

— A princesa sabe disso — emendou Rinnar —, mas não se abate. Ela passa o tempo todo ajudando os feridos ou conversando com os marinheiros no porto.

— O que ela quer que façamos? — perguntou Eon.

— Ela pede que retornem para casa, para que estejam todos reunidos quando a hora chegar.

Um longo silêncio se impôs sobre a cabine. Martin sentia na pele o seu peso. Fitou um dos lampiões que dançava de forma quase imperceptível com o balanço do navio. Observou o rosto de cada um na mesa e percebeu os amigos tão impotentes quanto ele próprio. Quando deu por si, viu-se dizendo:

— A hora de investir contra o Mar Morto é agora. Com tamanha força reunida, o lugar deve ter sido esvaziado. — Martin respirou fundo e completou: — Quero ir até lá, sozinho.

— Ficou louco, Martin? — perguntou Eon. — Prometemos à Elyssa que discutiríamos este assunto no nosso retorno.

— Isso foi antes do tempo se esgotar, Eon.

Martin viu Eon afundar em dúvidas.

— Você está vivendo o sonho daquela fábula, eu sei. Se eu deixá-lo seguir com esta loucura, Elyssa nunca me perdoará — disse ele e, depois de um suspiro, completou: — Por outro lado...

— Elyssa vai entender.

— Brad me contou a fábula, Martin — interveio Ricardo Reis. — Confio em você, mas também acho que é loucura. Diga-nos: por que o deixaríamos ir desacompanhado para o Mar Morto? Nem sabemos o que existe por lá. Como pretende lutar sozinho?

Martin examinou seus sentimentos, porém, não encontrou resposta.

— Não sei. — Suspirou. — Mas precisamos fazer algo.

Johannes falou pela primeira vez:

— Desconheço o que pretende, contudo, apoio a sua decisão. Talvez seja por isso que o destino nos enviou Maelcum.

Martin voltou-se surpreso para o velho cientista.

— Ele descobriu o rumo para o Mar Morto?

Johannes assentiu.

— Eu insisti que precisava da informação, que era para você, e ele simplesmente me disse. O louco afirmou que o rumo para o Mar Morto é através da Radial cinco graus. Ele conta que chegou a navegá-la, mas pouco depois de cruzar a Singularidade, o mastro quebrou e o seu barco ficou à deriva. Foi assim que o encontramos. Nunca imaginei que viveria para ver toda essa história explicada.

Eon inclinou-se para a frente, titubeou por um momento e, enfim, declarou:

— Martin, você é meu irmão. Não posso deixar que faça isso. Volte comigo para Nastalir. Venceremos os Mortos outra vez e, então, partiremos para o Mar Morto com a força que nos restar.

Martin sentiu o espanto transbordar de Maya: estava em seu olhar, nas sobrancelhas franzidas e na exclamação que era para ter sido uma pergunta, se ela não a tivesse engolido no último momento.

Ele a fitou.

— Sim, Maya. Eon e Elyssa, a princesa regente de Nastalir, são meus irmãos. Meu pai e minha mãe me encontraram na rua do Porto, em um bote vindo do Além-mar.

— Inacreditável! Você tem certeza disso?

Martin viu a resposta tomando forma; trazia toda a força que tinha dentro de si.

— Tenho. — Mirou Eon. — E o meu pai também tinha.

Perplexo, Johannes olhava para Martin.

— Conhecendo seu pai e os detalhes da sua vida, diria que faz bastante sentido. Sempre achei que a reserva com que ele vivia era ligada, de alguma forma, a você. Nunca imaginei que fosse isso... mas também explica por que Cristovão Durão sempre desejou partir para o Além-Mar. Melhor do que todos nós, ele sabia que havia muito lá fora; afinal, tinha em você a prova definitiva disso.

Depois daquela revelação, um novo silêncio caiu sobre a cabine. Martin percebia que todos estavam desnorteados. Por fim, Eon falou, resoluto:

— Seja lá o que o senhor Veress pretende, está fora do nosso alcance impedi-lo. — Pausou e, na sequência, prosseguiu: — Tudo que eu posso fazer é retornar a Nastalir e lutar. Eu compreenderei se você preferir ficar aqui, junto dos seus amigos.

— Estamos todos cansados e ainda há muito a consertar na Vila — disse Ricardo Reis.

Eon concordou com um aceno.

— Vou permanecer aqui por mais algumas horas, enquanto os homens trabalham com os rapazes do *Firmamento*. Após, navegarei o mais rápido possível para casa.

O grupo se separou, cada um tomando rumos diferentes. Martin despediu-se de Maya e decidiu ir até a sua antiga casa, na rua Lis. Queria vê-la novamente e dormir na própria cama, nem que fosse por alguns minutos. O céu seguia encoberto, e o ar estava úmido e impregnado de tensão, como se um temporal se preparasse para desabar sobre a Vila. No trajeto, percebeu as ruas ainda quase desertas; as poucas pessoas com quem cruzou lançaram olhares desconfiados e aceleraram o passo para se afastar. Martin deu-se conta de que vestia um manto verde-claro de Nastalir. Deviam tomá-lo por um dos desconhecidos do Além-mar.

Encontrou a casa como a deixara. Não achou um lampião que funcionasse, mas iluminou o ambiente com várias velas pequenas. Tinha fome, contudo, o cansaço suplantava qualquer motivação para ir procurar comida. Acendeu o fogão a lenha e fez quatro ou cinco viagens até o poço da rua, que ficava quase em frente da casa. Ao passo que esquentava água para o banho, reservou um pouco para preparar um chá.

Martin mergulhou na água quente e sentiu os músculos latejarem. Tomou o chá dentro da banheira e considerou-se sortudo por ter encontrado um bom pedaço de sabão. Assim que terminou o banho, foi até o quarto, deitou-se no colchão que repousava sobre o chão e espalhou-se nos lençóis com um leve cheiro de pó. Precisava lavá-los.

O corpo relaxou e a mente deixou-se levar. Sentiu o medo e as preocupações se desvanecerem, à medida que as pálpebras pesavam. Soltou um longo suspiro e fechou os olhos.

Abriu-os instantes depois, com o ranger da porta da frente. Por algum motivo, sabia quem era; continuou deitado e esperou que acontecesse. Maya surgiu na soleira da porta do quarto. Seus olhos cintilavam um brilho diferente, ainda mais intenso, à meia-luz das velas que espalhara pelo chão.

O coração aos pulos lhe apontava o que viria depois. Sem dizer nem uma palavra, Maya levantou um ombro, depois o outro, e deixou o vestido cair no chão. Em alguns movimentos, livrou-se também da roupa de baixo. A silhueta do seu corpo nu bruxuleava como uma visão à luz amarelada; sua forma era um pouco mais angulosa do que deveria ser, como consequência da doença. Mas nenhuma enfermidade seria capaz de roubar a beleza avassaladora que possuía.

Maya percorreu, quieta, a distância que os separava e deitou-se sobre Martin. Os lábios tocaram os seus, quentes e cheios de vida; mais vivos do que qualquer coisa jamais esteve. Martin a beijou. Podia estar vivendo num mundo prestes a ruir, mas sentia o gosto de uma vida inteira na boca.

Martin acordou algumas horas depois. Na penumbra da última vela que ainda queimava, viu o corpo nu de Maya enroscado no seu. Ela dormia profundamente, o sono da convalescença. Perguntou-se se podia se permitir estar feliz, depois de tudo que passara e sabendo de tudo que o esperava. Achou que sim. Assim deveria ser a vida: fazer o melhor possível, com aquilo que tinha dentro de si e no tempo que lhe fosse concedido.

Pensou em como era injusta a guerra contra os Mortos. Descrever o que sentia por Maya era algo que o fazia lembrar-se da explicação de Elyssa para Prana: devia ser sentido, e não explicado. Aquilo definia a sua intensidade. Tentou imaginar o amor de Rohr Talir pela esposa e pela filha. Justamente isso tornava a guerra desigual: tinham tudo a perder, enquanto os monstros nada possuíam.

A compreensão desse fato fez com que Martin percebesse o que devia fazer. Tratava-se de uma viagem sem volta, uma loucura e uma estupidez. Era tudo aquilo ao mesmo tempo, mas também era o caminho natural para seguir do ponto onde estava.

Se não fosse pelas descobertas de Maya, podiam iludir-se quanto à existência de esperança, esperança de que ainda seria possível continuar a guerra. Mas Martin agora entendia a lição mais importante extraída por ela dos Livros da Criação: não podiam mais continuar lutando da mesma forma. O senhor Veress tinha em mãos a essência do acordo com os Mortos; estava tudo acabado. Talvez resistiriam por mais algum tempo, mas acabariam todos tombando. A queda de Nastalir daria lugar a um mundo que Martin nem ousava imaginar. Alguns poucos sobreviveriam num Além-mar repleto de ódio e monstros, dedicando a sua existência a produzir a substância que permitiria a sobrevivência das criaturas.

Fechou os olhos e, quando tornou a abri-los, tinha certeza de que iria ao Mar Morto. Com cuidado, desvencilhou-se do corpo de Maya. Pousou o mais suave dos beijos em sua testa e se levantou. Observou-a pela última vez: ela permanecia entregue à exaustão, seus olhos bem fechados e a respiração apenas um arfar suave do tórax. Não suportaria se despedir dela novamente.

Vestiu-se e saiu porta afora. Começou caminhando, mas logo corria em direção à rua do Porto. Precisava do sossego das horas de descanso para levar adiante o que pretendia. Restava muito pouco tempo.

Com um suspiro de alívio, constatou que o cais e os conveses dos dois navios estavam desertos. Avistou apenas a sentinela no cesto da gávea, vigiando o *Estrela de Nastalir* do alto do mastro de popa. O marinheiro certamente o reconheceria e o deixaria em paz. Os demais tripulantes, tal como tinha previsto, ou achavam-se espalhados pela Vila, ajudando os curandeiros e conversando com as pessoas, ou nas cabines, descansando antes de se lançarem ao mar mais uma vez.

Martin subiu a prancha de embarque do *Estrela de Nastalir* com cuidado, vasculhou o convés e não viu sinal de vida. Dirigiu-se até a outra amurada e examinou as três galés ancoradas: não eram barcos grandes, mas, ainda assim, eram desajeitadas demais para serem manejadas por um único homem. *Não há outra forma*, pensou. Teria de navegar sozinho. A mais próxima delas flutuava a meros cinco metros de distância, como um filhote à sombra do grande vulto da mãe.

Enquanto pensava num meio de chegar até a galé mais próxima, uma voz suave emergiu do silêncio:

— Olá, Martin.

Martin virou-se em um salto. Era Brad. O plano afundara.

— Brad — sussurrou, espantado. — O que está fazendo aqui?

O atchim aproximou-se. Tinha uma garrafa de leite vazia nas grandes mãos brancas e, apesar do tamanho, não fazia nem um som ao pisar na madeira do convés.

— Desde aquele dia na torre... entendi o que você acabaria fazendo... — respondeu ele. — Precisava me despedir, por isso insisti que Rinnar me trouxesse junto.

O rapaz permaneceu em silêncio, apoiado na amurada, os olhos perdidos no negrume do mar. Brad parou ao seu lado.

— No que você está pensando? — perguntou o atchim, depois de algum tempo.

— Em Tanir. Se uma grande civilização como aquela não pôde enfrentar Tenebria, como teremos esperança? Como é possível que o que estou prestes a fazer não seja uma loucura completa?

— Você tem razão. O esplendor de Tanir é algo que não conseguimos nem sequer iniciar a imaginar. Ciência, leis, comércio, prosperidade... não há nada parecido no Além-mar atual. Na cidade de Tanir viviam mais pessoas do que hoje existem em todo o Mar do Crepúsculo e no Mar Negro combinados. Mas a queda de uma civilização formidável como essa nos ensina uma lição.

Martin virou-se para fitá-lo. Brad o observava com seus grandes olhos redondos. Apenas naquele instante, deu-se conta de um dos motivos pelos quais eles pareciam sempre tão atentos: o atchim nunca piscava.

— A pior coisa que pode acontecer a um povo é o silêncio dos justos — concluiu ele.

O coração de Martin iluminou-se. As dúvidas restantes se dissiparam, e a mente ficou em paz.

— Estou fazendo a coisa certa — anunciou para si mesmo, em voz baixa.

— Eu acho que sim, Martin. Aquele seu sonho... ver Tanir e o sol, ambos desaparecidos há dois milênios... tem que significar alguma coisa.

— Mas você acha que deve se despedir...

Brad aproximou-se um pouco mais. Tinha os olhos úmidos e a postura encurvada de tristeza.

— Aconteça o que acontecer, nunca mais nos veremos.

O atchim deu mais um passo e abraçou-o com força. Ficou com o rosto colado no tórax de Brad por alguns segundos. Quando se separaram, lágrimas involuntárias enchiam seus olhos.

— Eram três guerreiros, Brad. Eu não sou nem um...

A criatura sorriu antes de responder:

— Por que você veio até aqui?

A resposta ergueu-se como uma torre sólida dentro de si, afugentando as lágrimas.

— Em um momento como este, poderíamos desejar ter nascido mais fortes, inteligentes ou, quem sabe, mais espertos e, assim, sermos mais adequados a uma tarefa como esta. Poderíamos desejar ter vivido em outros tempos menos conturbados, em vez de agora, quando toda a vida que há pende por um fio. Se nada disso fosse possível, quem sabe não desejaríamos que houvesse outra pessoa, mais nobre e valente, que pudesse tomar o nosso lugar. — A certeza crescia a cada palavra. — Mas não sou outro, estes não são outros tempos, tampouco há outra pessoa que possa ir no meu lugar.

— Então você está certo — sussurrou Brad. — Aprenderá coisas na hora final e estará preparado.

Martin tornou a olhar para o mar, imaginando como faria para se apossar de uma das galés.

Outra voz surgiu e, com ela, uma nova silhueta postou-se atrás de Brad.

— Levarei você.

Era Rinnar.

Martin sorriu. O capitão do Menina do Mar não era muito mais velho do que ele próprio. Tinha o espírito da Fronteira em cada pedra fundamental de si; tão forte como poderia ser.

— Por que me ajudaria? — perguntou Martin.

— Perdi meu pai e meus quatro irmãos na Batalha de Nastalir — disse ele, com a voz calma. — Você é o filho mais novo da *Princesa Riva*; aquele que foi perdido no mar. E, agora, retornou e lutou conosco na maior batalha desde o Êxodo. Depois disso, diz que quer ir ao Mar Morto tratar do Mal que governa os Mortos. — Fez uma pausa antes de completar: — Será uma honra acompanhar alguém assim; e uma grande homenagem à minha família.

O destino conspirava a seu favor, podia senti-lo.

— Vamos logo — Rinnar o apressou. — Temos muito pouco tempo até que os rapazes voltem.

Preparou-se para perguntar como chegariam à galé, mas logo descobriu: Rinnar pendurou-se para fora da amurada e desceu do *Estrela de Nastalir*, usando como apoio qualquer coisa que encontrasse. Assim que chegou perto o suficiente da linha d'água, pulou no mar.

Martin projetou-se para fora da amurada e fitou Brad uma última vez: o atchim abanava com a mão que ainda segurava a garrafa de leite.

— Queria pedir uma coisa a você, Brad.
— O que você quiser.
— Queria que estivesse com Maya quando o fim chegar.
— Eu a encontrarei e faremos companhia um ao outro até... — Sua voz se extinguiu.

Martin preparou-se para a descida, mas uma pergunta veio à sua mente e o deteve:

— Você já pensou no bem? Morfélias são o que há de racional, atchins são emoções e, os Knucks, o mal. Então onde está o Bem?

— Já pensei nisso muitas vezes — respondeu ele. — E não sei para onde foi. Quem sabe você não descobrirá?

Com aquilo, Martin iniciou a descida. Quando saltou no mar, sentiu a água gelada aguçar seus sentidos e transmitir força ao corpo. Tendo a espada e a adaga negra que ganhara do senhor Veress presas à cintura, nadou desajeitadamente até a galé.

Rinnar o ajudou a subir a bordo. Martin se endireitou, espremeu a água das roupas e olhou para o pequeno convés: naquele curto intervalo de tempo, o barco já fora preparado para partir.

— Bem-vindo ao Menina do Mar. Ajude-me com a âncora e já estaremos a caminho.

Assim que a âncora foi puxada até o convés, Rinnar correu para a amurada, manipulou o cordame e, em segundos, as duas velas quadrangulares que ocupavam o único mastro se desfraldaram. Martin empurrou o leme e manobrou o barco em direção ao mar aberto. Ganharam velocidade com as rajadas de vento sul.

A galé era leve e tinha velas desproporcionalmente grandes para seu porte; fora concebida para ser uma embarcação rápida, que levava homens e informações com igual rapidez ao longo da vasta Fronteira. Navegava com uma tripulação que variava de seis a dez marinheiros, mas podia ser manejada por apenas dois, em caso de necessidade.

Um minuto depois, o Menina do Mar já corria pelas ondas, adernado com o vento de través. Martin olhou para a cidade: os contornos do *Estrela de Nastalir* e do *Firmamento*, emoldurados pela Vila, afastavam-se a olhos vistos.

— Aqui no Menina do Mar temos o costume de dizer as Palavras juntos. Você as diria comigo? — indagou Rinnar.

— É claro que sim — respondeu Martin.

Em uníssono, disseram as Palavras ao Mar, enquanto observavam as luzes da Vila se perderem na escuridão. Assim que terminaram, Martin estremeceu:

O que foi que eu fiz...

CAPÍTULO XXIX

O MAR MORTO

Depois de contornar a Singularidade em segurança, ajustaram o rumo para o norte, ao longo da Radial indicada por Maelcum. Martin não fazia ideia do quanto ele conseguira avançar na sua insana aventura, mas achava que era muito provável que fossem os primeiros a navegar naquelas águas desde a época dos homens de Tanir.

A galé tinha uma pequena cabine, onde Martin e Rinnar se revezavam para descansar. O estoque de suprimentos de que dispunham contava com barris de água e arcas com peixe salgado, frutas secas e pão duro. Martin não sabia quantos dias teriam que viajar para chegar ao Mar Morto, mas calculou que a comida seria suficiente, pelo menos, para a viagem de ida.

Velejando com pouco peso e com o vento de popa, a galé parecia voar sobre as vagas do mar aberto. Martin agradeceu pela intensidade das rajadas. Tinha pressa em atingir o seu destino. Se nutria esperanças de obter alguma vitória, era melhor que o fizesse logo, pois com tamanha força de Mortos dirigindo-se para Nastalir, não tinha dúvidas de que, se demorasse, encontraria apenas ruínas no lugar da Cidade de Cristal. Quanto à Vila, sabia que uma vez que Nastalir caísse, seria apenas uma questão de tempo até que os Knucks a arrasassem também.

Durante o percurso, teve pouco tempo para descansar ou conversar com Rinnar. A força do vento aumentava a cada hora, e as ondas se tornaram montanhas de água, que pareciam enormes bestas prontas para engoli-los. Manter o barco estável e velejando a pleno naquelas condições exigia extremo esforço e atenção permanente de ambos.

No sexto dia depois de terem cruzado a Singularidade, Martin já havia se desligado por completo do mundo exterior. Realizava suas tarefas a bordo de maneira quase automática.

Desde a partida, o céu permanecera encoberto; apenas um manto negro contra o breu do oceano. O clima era implacável, e não era raro serem açoitados por trombas d'água que pareciam surgir do nada, ou se verem envoltos por uma névoa espessa, quase sólida, de um tipo que conhecia muito bem. De tempos em tempos, uma onda atravessada, que ia contra a lógica do vento, irrompia das trevas e tentava virar o barco. Quem estivesse no comando da roda de leme precisava manter-se atento, mesmo que a mente implorasse por descanso. Mas o protesto contra o seu avanço se restringira à fúria dos elementos; não avistaram nenhum sinal dos Mortos. *Eu tinha razão*, pensou Martin, *estão todos lançando-se sobre Elyssa e Eon.*

A voz de Rinnar gritando desde a proa soou distante, como o chamado de alguém que tenta arrancar uma pessoa de um sono profundo. Era a primeira coisa que escutava havia dias, fora o farfalhar das ondas ou o assobio do vento. Quando a ouviu, pensou que a sorte deles poderia ter mudado.

— Há terra em frente — disse Rinnar, retornando à popa, onde Martin tinha o leme. — Duas ilhas.

Lumya e Tenebria... Maelcum nunca chegou tão longe, como saber qual delas é Tenebria?

Martin entregou o leme para o companheiro e foi até a amurada observar as ilhas. O negrume que os envolvia era tão intenso que a linha do horizonte desaparecera e, sem ela, era difícil discernir onde começava o céu e terminava o mar.

As duas massas de terra que se avolumavam ao norte não passavam de tênues sombras impressas contra a escuridão. Ficou admirado que Rinnar as tivesse localizado.

Aos poucos, os contornos de Lumya e Tenebria ganharam forma, e as ilhas passaram a encher um pedaço cada vez maior do seu campo de visão. Tinham um relevo ondulado e ligeiramente acidentado, mas, devido à ausência de luminosidade, tornava-se impossível dizer se existia algum tipo de vegetação sobre elas. Eram muito mais compridas do que largas e repousavam uma ao lado da outra, com pouca distância as separando.

Tão logo o Menina do Mar penetrou nas águas entre Lumya e Tenebria, o vento diminuiu em intensidade e começou a variar de direção em função do relevo das ilhas. A galé perdeu velocidade, e Rinnar teve trabalho para manter as velas corretamente postas frente ao vento variável. Martin viu-se perdido por um momento: não havia luz em parte nenhuma e, para onde quer que se olhasse, não existia nenhum sinal de vida.

Aos poucos, as ilhas iam se afastando uma da outra, à medida que uma enseada se abria em cada uma delas. Pareciam ter sido posicionadas diante de um espelho, sendo uma o reflexo, tal como Brad as descrevera. A distância entre elas era difícil de calcular, mas permanecia pequena.

Martin tentou esvaziar a mente de qualquer pensamento que pudesse influenciá-lo e estudou as duas com atenção. A da esquerda, mais ocidental, parecia deserta e abandonada; não sentiu nada ao vislumbrá-la. A da direita, mais oriental, parecia tão erma quanto a irmã, contudo... alguma coisa emanava dela. O rapaz não conseguia explicar o quê. Ao observá-la mais uma vez, porém, sentiu uma estranha e complexa mistura de angústia, aflição e medo.

Suspirou e pousou a mão no cabo da espada. Teve certeza de que a visão que enchia seus olhos era de Tenebria.

Sinalizou para Rinnar, e manobraram em direção à enseada do que se afigurava ser Tenebria. Nas águas abrigadas, a galé passou a se arrastar, lenta e silenciosa. O ar era espesso, viciado, cheirava a algo ruim. Martin sentiu a temperatura aumentar e, logo, suava em profusão.

O ancoradouro desenhou-se à frente deles, quando já se achavam ao ponto de abalroar terra firme. A madeira velha de que era feito aparentava estar prestes a se desfazer a qualquer momento. De cada lado, a costa era pedregosa e de difícil acesso. O terreno a partir dela subia em um aclive suave, mas encontrava-se oculto pelo breu e por uma névoa que se espalhava por toda parte.

Atracaram, e Martin preparou-se para desembarcar. Não tinha a mais vaga ideia do que procurar, ou para onde ir, mas sabia que o que buscava estava naquela ilha, portanto, tinha de explorá-la. Instruiu Rinnar para ficar a bordo, atento. Ao menor sinal de perigo, ou se não retornasse dentro de algumas horas, deveria zarpar o mais rápido que pudesse.

Martin percorreu a curta extensão do trapiche com todo o cuidado, iluminando o caminho com um lampião, para não pisar em falso e enfiar o pé em uma das incontáveis falhas no revestimento da superfície do atracadouro. A madeira apodrecida rangia e estalava, como se fosse ceder sob seus pés. Segundos mais tarde, pisou na terra rochosa e estéril da ilha de Tenebria. Caminhou alguns passos, e tanto a galé quanto o píer foram engolidos pela combinação de névoa e escuridão.

Afrouxou a espada do cinto e seguiu em frente, erguendo o lampião alto acima da cabeça. Viu-se no centro de uma esfera de luz amarelada, avançando em uma subida cada vez mais acentuada. No chão, identificou pedaços irregulares de pedra escura, dispostos de tal forma que, em eras passadas, deviam ter demarcado algum tipo de caminho. Martin decidiu segui-lo.

A fraca luminosidade não revelava mais do que alguns poucos metros de cada lado da trilha. Não que fizesse alguma diferença; nada havia para se ver. A superfície de Tenebria era arenosa, pontuada por rochas semienterradas e por raízes mortas de árvores deformadas. Um pesado silêncio caía sobre todas as coisas; também não havia nada para se ouvir, nem mesmo o som de insetos ou do mar, que não estava tão distante. Até os seus passos contra o basalto pareciam incapazes de gerar qualquer ruído. Toda aquela desolação achava-se envolta por redemoinhos de névoa espessa, que se intensificavam e desvaneciam, como se dotados de vontade própria.

Minutos depois, o caminho passou a serpentear, e a subida se acentuou. O terreno que flanqueava a estrada tornou-se íngreme, e Martin percebeu que percorria o fundo de um vale entre duas elevações. No entanto, como não parava de subir, logo descobriria o que havia na parte mais alta.

À medida que avançava, sentia o medo crescer. Primeiro, imaginou que encontraria Knucks saltando de repente da escuridão. Depois, foi assolado por um temor poderoso e menos definido. Era intenso, difícil de ser explicado. Subitamente, viu-se receoso de cada coisa que fazia, mesmo que fosse apenas o simples ato de respirar.

Após, vieram as visões.

Sem nenhum aviso, a paisagem desfocada e monocromática deu lugar a imagens de pessoas ou de lugares. Viu o pai em vários momentos diferentes da vida. Enxergou-se com Rohr, conversando em um banco à beira-mar, em Nastalir. Compreendeu que representavam pessoas que perdera. Com aquilo, perceber a raiva crescendo dentro de si foi uma consequência natural.

Malditos Mortos... Espero que apareçam agora... quero acabar com todos, pensou, cozinhando no caldo da própria ira.

Então a visão de Maya encheu seus olhos. Não a garota que deixara na Vila, mas uma Maya criança, da época em que se encontraram pela primeira vez. Em seguida, enxergou Brad e, numa rápida sucessão, o pai e uma mulher que nunca tinha visto, mas que sabia muito bem quem era: Joana Durão, a mãe que o acolhera.

Ao sentir a raiva se dissipar, entendeu que Tenebria acabara de testá-lo. Aquela terra precisava saber do que era feito o visitante. O que carregava dentro de si? Quais sombras e que luzes se combinavam para compor sua alma? Trazia consigo algo além de ódio e rancor?

De alguma forma que não podia compreender, Martin também se deu conta de que, tendo chegado onde estava, a ilha não o libertaria. Mesmo se enfrentasse o Mal, sentia claramente que existia um preço a ser pago. Por algum motivo, porém, lhe foi permitido ver o que existia no fim da estrada que tomara.

O caminho de pedra irregular subia em uma inclinação tão acentuada que estava prestes a se tornar uma escada. Martin arfava com o esforço e sentia pérolas de suor escorrerem pelo rosto. Havia vários dias que não se alimentava com uma refeição decente, e o corpo lento já não lhe obedecia. Quando chegou ao topo, deparou-se com um planalto e, logo adiante, desenharam-se os contornos do prédio mais antigo que já vira.

Era uma espécie de templo, feito de uma pedra escurecida, fosca e rachada pela passagem dos anos. Não parecia muito grande, mesmo quando visto de perto. Na parte da frente, grossas colunas sustentavam uma fachada triangular, na qual existira alguma inscrição que havia muito desaparecera. Os pilares tinham contornos irregulares, devido ao colapso de grandes seções da rocha da qual eram feitos. O acesso se dava por uma escadaria de pedra, com os degraus lascados e entulhados pelo material que caíra do prédio.

Parecia morto e esquecido havia milênios. Mas Martin sabia que não estava.

Deteve-se aos pés da escadaria. Recuperou o fôlego antes de enfrentar os degraus. Não eram muitos, mas subiu-os um de cada vez, refém de um medo cada vez maior. Seu coração disparava sem controle, o suor empapava o rosto e a inspiração vinha faminta por ar. No fim da subida, uma ampla abertura, onde antes existira uma porta ou portão, deixava entrever o negrume que ocupava o interior do templo. Apesar disso, largou o lampião no chão e entrou.

Viu-se em um ambiente retangular, com o chão revestido de pedra. O teto e as paredes perdiam-se na escuridão, mas Martin percebia que o lugar não era amplo. O ar parado e rançoso fedia a ozônio e à carne em decomposição. Enxergava à direita e à esquerda fileiras de colunas do mesmo tipo das do lado de fora, lascadas e decadentes. Mas não desabariam, pois alguma forma de poder as segurava em seu lugar, tal como o resto.

Na extremidade oposta, uma grande pira ardia diretamente no piso. Grandes línguas de fogo alaranjado dançavam em movimentos ondulantes, como se desafiassem umas às outras. As labaredas não faziam nenhum som, tampouco delas emanava qualquer calor. Queimavam um fogo intenso e implacável, mas gelado e sem vida. Assim ardia o fogo do ódio.

Acima da pira, pairava uma nuvem indistinta de fumaça negra. Martin a observou aterrorizado: às vezes, assumia as feições de Noa, do tio Alpio, de Dom Cypriano ou até mesmo de um Knuck. Sabia que nenhum daqueles era o seu rosto verdadeiro. Não que tivesse um. Nunca esperara que o Mal possuísse feições. Ao dar-se conta daquilo, os rostos se dissolveram.

Ajoelhado perto do fogo, quase sendo engolido por ele, estava o senhor Veress. Ele tinha um livro muito antigo, com uma capa de couro amarelado, acomodado sob um braço. Ao escutar passos, voltou-se para a entrada. Seu rosto perdeu a autoconfiança que sempre ostentara, transfigurando-se no retrato do mais puro terror.

— Martin! — berrou com a voz rouca. — Que loucura é esta?! — Voltou-se para o Mal, o qual flutuava acima. — Isso não foi combinado!

A nuvem negra pareceu juntar-se sobre si própria, quase assumindo uma forma humana.

— Aguardei dois milênios... por isso...

O Velho disse que você viria. — A voz do Mal soava inumana, parte suave, parte gutural. Emanava de toda parte, como se não fosse falada, e sim apenas palavras criadas no ar. — Eu esperava um grande guerreiro.

Dominado pelo pavor, Martin sentiu vontade de dar meia-volta e correr para o barco. No entanto, aproximou-se. Tudo dependia do que fizesse a partir dali, ele sabia. Forçou-se a imaginar que, naquele exato momento, uma batalha selvagem ardia em Nastalir, ainda maior e mais feroz do que aquela da qual participara. E, mais ainda, sabia que seus irmãos não tinham esperança de vencer. Se falhasse, Nastalir, a Vila e tudo mais que havia no Além-mar seriam destruídos.

— Temos um acordo — disparou o senhor Veress com a voz trêmula.

— Vejo que conhece o guerreiro. Era a sua intenção me trair?

— Não! Não... — gaguejou ele, ainda de joelhos. — Permita-me que explique ao visitante o que pretendo. Ninguém precisa lutar.

— Não quero o seu acordo. Você é um covarde e um assassino — disse Martin, surpreso ao perceber uma estranha calma imbuída na própria voz.

— Martin, você não entende. Não sabe com o que está lidando — apressou-se o senhor Veress. — Não há vitória contra o Mal...

Martin deu um passo em direção à pira.

O senhor Veress sacudiu a cabeça.

— Fiz um acordo, Martin. Poupará a Cidade do Crepúsculo. Lá, haverá lugar para você e para todos que ama. Viveremos em segurança...

— Desde que façam as minhas Lágrimas — acrescentou o Mal.

— E quanto ao resto?

O senhor Veress desviou o olhar. Martin prosseguiu:

— Sacrificará os outros, milhares de vidas! — Andou mais um passo. — Tenho vergonha de você.

Desde que decidira viajar até o Mar Morto, entendia que estava cometendo um ato de desesperada insanidade. Três guerreiros deviam enfrentar o Mal. Por que, então, sentia-se mais forte a cada passo?

O Mal o estudou de perto.

— O outro era um tipo comum, como você — disse, com um tom de voz que poderia ter sido de desdém.

O outro... é sempre um só.

Martin ergueu a cabeça e fixou os olhos no que imaginou ser o rosto da nuvem de fumaça.

— Sou Martin Durão — anunciou com a voz firme —, e também Alan Talir. Sou filho de Cristovão e Joana, tanto quanto de Rolf e da *Princesa Riva* de Nastalir.

— Talir! — trovejou o Mal, a voz transformada num rugido. — Sei tudo sobre você e seus irmãos.

Martin preparava-se para dar mais um passo, porém, sobressaltado, deteve-se.

— Vou lhe dizer o que tenho preparado para aqueles dois: o príncipe, matarei aos poucos, arrancando braços e pernas com todo o cuidado para que ele sobreviva por tanto tempo quanto seja possível. Já a princesa... mudei de ideia quanto a ela. Eu a manterei viva para que as minhas criaturas e eu nos sirvamos à vontade.

Martin, atordoado por uma poderosa mistura de fúria e terror, quis gritar. Jamais permitiria que aquela coisa tocasse em seus irmãos.

— Sim, pequeno tolo — continuou o Mal. — Posso assumir uma forma humana quando bem entender. Já fui um mercenário, político e até mesmo um maníaco famoso na Cidade do Crepúsculo. Já vivi muitas vidas e visitei inúmeros lugares. De nada adiantaria todo o poder que tenho, se não pudesse desfrutar os prazeres dos homens. Talvez você conheça o meu papel mais célebre. Já ouviu falar de Dom Laurêncio?

Martin lembrou-se da história por trás daquele nome de um dos livros que lera no clube de leitura. Ele havia sido o responsável por minar a liderança do capitão Robbins e, logo depois, se tornou o primeiro Ancião da história.

— Você viajou junto aos navios que fundaram a Vila, sob o comando de Robbins Talir?

— Como é possível que sejam tão idiotas? — disparou o Mal. — Havia um grande centro de conhecimento no local onde hoje fica a Vila, mas quando os sobreviventes de Tanir lá aportaram, o lugar estava deserto. Por quê?

Ainda mais estarrecido, Martin começou a compreender o que o Mal iria lhe explicar.

— Você os matou... e guiou os navios para a Vila.

— Sim. Acha mesmo que seis galeões cheios de mulheres e crianças teriam sido páreo para a minha armada? Disfarçado como um homem comum, viajei a bordo do *Altavista* de Robbins Talir, desembarquei com ele e, aos poucos, destruí a sua liderança. Tirá-lo do comando foi simples. Homens honrados são sempre os mais fáceis de enganar. Depois, instaurei o regime Ancião, e a partida dos navios teve início.

— Então toda a história da Vila... — Martin não conseguia acreditar naquilo.

— Sim. A sua existência não passa de um capricho meu, ditado pelas minhas necessidades; um plano para garantir que eu recebesse as duas coisas de que preciso: homens e Lágrimas de Prana. Durante dois mil anos tudo correu como planejado, mas então alguns heróis estúpidos da sua cidade resolveram quebrar o acordo.

Martin reuniu toda a força de que foi capaz e disse:

— Foi minha a ideia de resgatar aqueles que tinham sido levadas. Eu participei da missão e matei algumas das suas criaturas durante a batalha. — Mal acreditava na calma com que dissera as palavras.

De imediato, o Mal reagiu: a ira que transbordava da nuvem de fumaça parecia quase sólida.

— Por que pensa que pode me desafiar?! — urrou, cheio de desprezo.

Ao mesmo tempo em que gemia de fúria, a fumaça negra espalhou-se. As labaredas cresceram e, por um segundo, fundiram-se com o Mal.

Martin assustou-se e deu um pulo para trás quando uma forma arredondada foi vomitada pelas chamas. A massa esbranquiçada rolou alguns metros e foi parar perto de onde o senhor Veress estava ajoelhado. Ele soltou um grito de pavor e caiu de lado, rastejando para longe do estranho objeto. Martin estudo-o: tinha a superfície irregular e achava-se embebido por um muco espesso. Em instantes, começou a se movimentar e expandir. A forma esférica foi se perdendo, à medida que despontavam protuberâncias da massa pegajosa.

Uma das saliências assumiu o formato de um braço; na sua extremidade, brotavam quatro garras afiadas inconfundíveis, das quais pendiam longos fios do líquido espesso. No mesmo momento em que compreendeu que testemunhara o nascimento de um Knuck, Martin também entendeu como eles eram gerados: toda vez que o Mal odiava alguém ou algo, uma parte de sua consciência se destacava, e uma das criaturas ganhava vida.

Martin fechou os olhos. Por alguns instantes, não pensou em nada a não ser no medo que o consumia. E então, sem nenhum aviso, as coisas tomaram os seus devidos lugares.

Viu-se na Vila, na companhia de Ricardo Reis e de Heitor. Os dois o observavam estupefatos, pois Martin acabara de dizer: *"Precisamos resgatar as pessoas que foram levadas"*.

Quando, movido pelo amor que nutria por Maya, decidiu enfrentar os monstros em pleno Além-mar, havia se tornado o Jovem.

Depois, no pesar pela perda do pai, cego em uma pira de ódio, tornou-se a Ira.

E, finalmente, ao aprender a dominar a raiva que havia dentro de si, usando-a para torná-lo mais forte, sensato e preparado para o mundo, transformou-se também na Razão.

Carregava dentro de si os Três Guerreiros. Com isso, não precisava de mais nada.

Martin desembainhou a espada. O cintilar do aço resplandeceu pelo templo; seu brilho intenso era pernicioso para a criatura que ali habitava. Cristalizou-se ao seu lado a imagem de um homem simples, vestido como um pescador, também empunhando uma espada. Subitamente, sabia tudo a seu respeito. O herói de Lumya não fora um grande guerreiro, mas apenas um homem comum, que deu um passo adiante quando outros vacilaram, que empunhou a sua arma quando outros as largaram.

A visão desvaneceu-se, e Martin avançou contra o fogo.

— Não! — berrou o senhor Veress, tentando segurá-lo pela cintura.

Martin desvencilhou-se e saltou em direção às chamas, cravando a espada fundo nas entranhas incandescentes.

Mas nada aconteceu.

Sentiu a lâmina ser tragada pelo Mal e, com as mãos vazias, recebeu o impacto de uma só vez. Uma violenta onda de choque o expeliu para longe, estatelando-o de costas no chão.

A dor lancinante roubou sua razão. Viu o corpo ensanguentado e o braço direito dobrado de uma forma improvável. Lutou por ar e percebeu o osso estilhaçado roçar na pele. Rastejou para longe da pira, que passara a expelir mais Knucks em formação, enquanto o Mal urrava acima.

Sou a Ira...

Uma fúria vermelha amorteceu toda a dor que sentia. Martin se pôs em pé e puxou a adaga negra da cintura. Avançou primeiro sobre o Knuck parido há mais tempo; a criatura crescia em um ritmo alucinado e quase já tinha atingido a forma adulta.

Como se fosse um animal, Martin cravou a adaga no pescoço do monstro repetidas vezes, até que a cabeça ficou presa por apenas alguns tendões enegrecidos. Depois, tratou dos outros com fúria semelhante.

Cambaleou para a frente do Mal e deixou a raiva se dissipar.

— Vim pará-lo. Posso viver ou morrer, não me importo. Estou aqui em nome daqueles que amo. E saiba de mais uma coisa: se eu falhar, outros virão. Pode ser que demore milênios, mas alguém o encontrará e acabará com você.

Tinha entrado como um garoto, mas agora havia um homem diante da pira.

Quando preparava-se para investir contra o fogo mais uma vez, Martin foi surpreendido pelo senhor Veress, que se colocou na sua frente, lançando-se nas chamas. Trazia um pequeno punhal numa das mãos, enquanto a outra ainda agarrava os Livros da Criação.

Martin observou, chocado, o corpo do senhor Veress ser destroçado por uma tormenta de fumaça negra e fogo, enquanto brandia a sua lâmina. Aos poucos, ele fundiu-se às labaredas. Antes de desaparecer por completo, porém, o líder da Ordem do Comércio ainda balbuciou:

— *Filho...*

Martin usou a carcaça do Knuck maior como plataforma e saltou até o Mal. Golpeou com a adaga negra e a sentiu vencer uma resistência. Percebeu que conseguira tocá-lo e que o ferira. A arma havia sido forjada em Nastalir, o lar dos maiores inimigos da força que governava Tenebria. Além disso, fora dada a Martin em parte como presente e, por outra, como um ardil. A combinação tornara a lâmina a mais poderosa das armas. Com o braço bom, enterrou-a com toda a força e, com outro golpe de ar, sentiu a nuvem negra se desfazer.

Foi mais uma vez arremessado à entrada, mas, nesta, aparou a própria queda e logo se pôs em pé. Teve tempo de ver a nuvem se dissipar e as chamas se extinguirem. Colou os olhos por vários segundos na pira exaurida, para forçar a mente a acreditar que tinha conseguido.

Caiu de joelhos; aos poucos, dor e exaustão retornaram. Fitou o chão de pedras, tão morto quanto toda aquela terra. Ergueu os olhos de novo e preparou-se para ir embora.

E foi então que escutou:

— *Você pagará o preço...*

A voz vinha das próprias entranhas de Tenebria.

Martin procurou ao redor, mas nada viu afora a escuridão que se avolumara após o fogo apagar-se. Na entrada do templo, apanhou o lampião e desceu os degraus que o levariam até o caminho de pedra.

Descendo a parte íngreme da estrada, sentiu os primeiros sinais. Parecia ter areia nos olhos. Esfregou-os com força e forçou-os a se fecharem, mas, a cada vez que o fazia, a sensação virava mais incômoda.

Agradeceu por ter conseguido chegar à parte plana do trajeto ainda capaz de enxergar. Uma névoa escondia o caminho que tinha sob os pés. Martin sabia que ela não vinha do terreno: estava em seus olhos. Compreendeu que aquele era o preço de Tenebria: consertara o mundo, mas lhe fora roubada a capacidade de vê-lo inteiro outra vez.

Ficaria cego.

O mundo desfazia-se rapidamente à sua frente. Arremessou o lampião para longe assim que se tornou incapaz de perceber a luz que ele gerava. Um manto negro deslizou sobre seus olhos, e Martin passou a tentar adivinhar o caminho. Logo após, sem poder ver nada, nem mesmo a mais tênue sugestão de luminosidade, tropeçou em uma irregularidade nas rochas e caiu.

Tateou o chão com o braço que ainda podia usar, em busca das pedras que marcavam o caminho, mas nada encontrou. Estava perdido. Virou-se de barriga para cima e entregou-se ao desamparo e à dor que vinha do osso quebrado.

Ao menos consegui...

Martin sentiu o silêncio impenetrável de Tenebria assombrá-lo. Preferia ter escutado qualquer som que não fosse aquela ausência de vida que pairava no ar. Com as costas apoiadas contra o chão duro e frio, começou a tremer. Fechou os olhos e, aos poucos, memórias de coisas passadas vieram ao seu socorro. Enxergou-se criança, correndo pelas ruas da Vila, ao lado de Omar; fugiam da escola das morfélias após uma travessura qualquer. Em seguida, conversava com o pai na Praça dos Anciãos. Por fim, vislumbrou o corpo nu de Maya como o vira visto pela última vez; sentiu o cheiro doce que tinha e então sorriu. Sua vida fora curta, mas também tinha sido boa. Amara e fora amado, vivera coisas incríveis, e poucos haviam viajado tão longe. Era muito mais do que a maioria poderia ter desejado. Naquele momento, a única coisa da qual se arrependia era de que nunca chegaria a ter filhos. Jamais compreenderia aquele olhar que o pai lhe lançava: afeto misturado à infinita preocupação. Ante este pensamento, aprendeu a conviver com a dor, relaxou e, vencido pelo cansaço, adormeceu.

Sonhou com estranhas formas luminosas perfiladas, pairando sobre seu corpo. Martin fez um esforço para estudá-las e, pouco a pouco, seus contornos se tornaram mais distintos. Pareciam... bebês. As pequenas figuras que se aglomeravam ao seu redor estavam nuas; outras chegavam, caminhando com dificuldade para se juntar àquelas que já o cercavam. Sentiu uma multidão de olhos inocentes postos sobre si e pensou escutar uma risada.

Sabia que ainda sonhava, pois agora era cego. No entanto, a visão não parava de ganhar detalhes e alcance. Com uma gargalhada, Martin percebeu que tinha os olhos bem abertos e que não dormia, pois sentia o braço quebrado latejar. Ergueu a cabeça e viu as crianças desaparecerem, desajeitadas, na névoa de Tenebria.

—Voltem...—sussurrou.

Precisava contar a Brad. Vira... o Bem. Tinha a forma de bebês, e eles haviam devolvido a sua visão.

CAPÍTULO XXX

O PRIMEIRO AMANHECER

A voz e a imagem de Elyssa chegaram ao mesmo tempo:
— Como se sente? — perguntou a irmã.
Martin levou alguns segundos para conseguir fazer algo além de apenas abrir os olhos. Repousava sobre uma superfície macia, não estava mais em Tenebria. E aquilo foi o suficiente para colocá-lo em alerta. O que teria acontecido?
Com o corpo amortecido de cansaço e o braço doendo tanto quanto antes, forçou-se a erguer o tronco e examinar o ambiente. Elyssa ajudou-o, colocando travesseiros para apoiar suas costas. O lampião pendurado no teto da pequena cabine de madeira oscilava com o balanço inconfundível do alto-mar. A cama onde descansava estava cercada pela cadeira onde Elyssa sentava, um pequeno armário e por uma mesa, sobre a qual um candelabro cintilava.
— Estou no *Estrela de Nastalir*... como é possível? — perguntou, voltando-se para Elyssa.
— Já fazia tanto tempo que você e Rinnar andavam desaparecidos... Quase perdemos as esperanças.
Martin sentiu-se confuso. Tudo que ocorrera em Tenebria não parecia ter levado mais do que algumas horas.
— Você partiu para o Mar Morto há praticamente vinte dias, Martin.

Ele olhou para o braço quebrado: fora imobilizado por grossas ataduras. Seus ferimentos haviam sido tratados; de alguma forma, o resgataram.

— Rinnar? — perguntou sobressaltado, lembrando-se do companheiro.

— Ele está a bordo, não foi ferido. O Menina do Mar navega ao nosso lado, conduzido por uma tripulação descansada.

Martin endireitou o corpo um pouco mais antes de perguntar:

— O que aconteceu?

— Segundo Rinnar nos contou, no terceiro dia após o seu desembarque, ele decidiu ir procurá-lo. Encontrou-o delirante e à beira da morte por desidratação, a poucos metros de uma trilha arruinada. Arrastou-o até o barco e partiu. — Inclinou-se e tomou as mãos de Martin nas suas. Estreitou os olhos e perguntou em voz baixa: — O que houve lá, Martin?

Lembrar em detalhes o que se passou em Tenebria cobrou um preço imediato. Martin sentiu o coração acelerar, as palmas das mãos umedecerem e, apesar de tudo, uma sensação de pesar cair sobre seus ombros. Contou à Elyssa tudo que enfrentara, incluindo o destino do senhor Veress, a verdade a respeito dos Três Guerreiros e o fim do Mal. Descreveu também a cegueira e o encontro com os bebês.

Assim que começou a falar, Elyssa soltou sua mão e encolheu-se na cadeira. Absorveu cada palavra em silêncio, com o semblante estampando um espanto cada vez maior. Ficou tão perplexa que era quase como se ela houvesse estado com ele em Tenebria. De certo modo, Martin considerava que ela estivera mesmo presente.

— O que você fez, Martin... não há palavras. Você salvou todos nós...

— O senhor Veress morreu acreditando que eu era seu filho.

Elyssa o estudou com os olhos verdes bem abertos.

— E o que você acha?

— Tive certeza de que sou mesmo seu irmão quando disse ao Mal que era Alan Talir.

A princesa sorriu:

— Diz-se que nada na vida é certo, mas eu sempre tive certeza de que era o nosso irmão. Você me perguntou sobre Prana. Pense nisto: você era um bebê indefeso, sozinho em um bote à deriva no Além-mar; teve que cruzar a Singularidade infestada de Mortos e tomar a Radial correta até a sua Vila. Sobreviveu a tudo isso sem morrer de fome ou de frio... é impensável. A não ser que se aceite que Prana o guiou. Imagine aquelas duas mulheres, a mãe que o gerou e a mãe que o acolheu: nunca tinham se visto, tampouco chegariam a se conhecer. Mas o amor por aquele bebê era tão poderoso que criou um caminho de segurança que se estendeu pelo Além-mar. Depois daquilo, nada o impediria de chegar em segurança ao seu destino. O amor delas o guiou e o manteve seguro. Se você puder enxergar em sua mente esta ligação, verá Prana. Não existe explicação mais direta do que esta para a sua essência.

Martin fechou os olhos e sorriu, envolto por um estranho manto de conforto e paz. Pela primeira vez, a dor que vinha do braço ferido perdeu um pouco de força. Tornou a abrir os olhos e fitou Elyssa.

— Os Livros da Criação se perderam no fogo junto com o senhor Veress... Perdemos o que restava da civilização de Tanir — lamentou-se Martin, passado algum tempo.

— Uma grande perda, sem dúvida — disse Elyssa. — Mas tenha em mente que aquele volume apenas resumia a essência de Tanir, não representava todo o seu saber. No futuro, podemos recuperar esse conhecimento com o bom uso da Biblioteca que fica sob a Vila. Ela é o verdadeiro legado de Tanir.

Martin refletiu e então perguntou:

— Você disse que salvei todos. Como assim?

Naquele instante, Eon entrou na cabine. O irmão deu um pulo de alegria ao ver Martin acordado.

— Por que não me avisou? — disse à Elyssa, enquanto se sentava na beira da cama.

— Desculpe se fugi — falou Martin. — Não queria arrastar ninguém para o Mar Morto. Afora o coitado do Rinnar...

Eon precipitou-se sobre Martin e o abraçou com força. Viu estrelas e quase perdeu os sentidos quando o irmão apertou seu braço enfaixado.

— Você precisava ter visto a batalha...

Eon e Elyssa descreveram como as forças da Fronteira repeliram duas investidas dos Mortos contra Nastalir.

— Organizavam-se para uma terceira ofensiva — disse Eon. — E não sei o que teria acontecido se tivessem chegado a lançá-la...

— O que houve? — indagou Martin.

— Não sabemos. Subitamente os Mortos começaram a desaparecer, como poeira soprada ao vento.

Martin supunha que aquele deveria ter sido o momento exato em que as chamas na pira do Mal foram extintas.

— Depois daquilo, só nos restou afundar os barcos vazios. Eram vários, nos deram bastante trabalho, mas foi um momento mágico para quem passou a vida lutando contra os Mortos.

— Queria que o tio Rohr tivesse visto tudo isso — acrescentou Elyssa.

Eon suspirou e baixou o olhar.

— Como vocês acharam o Menina do Mar? — perguntou Martin.

— Depois da batalha, ordenei a todos que estivessem em condições de navegar que se lançassem ao mar à sua procura. A busca contou com dezenas de navios vasculhando as águas entre o Mar do Crepúsculo e a Singularidade. Eon e eu levamos o *Estrela de Nastalir* até a Vila.

— Pensamos que você pudesse ter retornado...

— Falamos com seus amigos e descobrimos que você não estava lá — completou Elyssa. — Voltamos à Singularidade e foi então que nos deparamos com o Menina do Mar navegando no sentido oposto.

Martin sentiu o ar fugir dos pulmões.

— A Vila!

— Acalme-se — pediu Elyssa. — Nada aconteceu por lá. A luta se concentrou em Nastalir.

Martin sentiu as batidas do coração se arrefecerem. Estavam todos salvos...

Com um relâmpago de excitação percorrendo o corpo, deu-se conta:

— Se vocês passaram na Vila...

Foi interrompido pelo ranger da porta da cabine se abrindo mais uma vez. Maya entrou e ficou parada junto ao pé da cama. Sorria com tanta simplicidade que era como se houvessem se despedido um minuto antes.

Eon e Elyssa os deixaram a sós.

O sorriso de Maya transformou-se em uma explosão de lágrimas de alegria. Ela correu para abraçá-lo e o fez com toda a sua força — manteve fora do aperto somente o braço quebrado. Beijou-o longamente, se afastou e disse, juntando as sobrancelhas:

— Nunca mais me deixe. Da próxima vez que tiver de ir ao Mar Morto ou a qualquer lugar parecido, apenas me leve junto!

****

Algumas horas mais tarde, Martin já sentia as forças retornando ao corpo. Fizera uma farta refeição e descansava no convés de proa do *Estrela de Nastalir* com Maya, Elyssa e Eon.

O navio velejava impulsionado por um vento suave; a superfície do mar achava-se oculta pela escuridão, mas o balanço gentil do galeão contava que as ondas que ali se agitavam eram pequenas e comportadas. Navegavam em direção à Vila sob o véu de um céu estrelado e ao som da sinfonia proveniente da dança da água com o casco.

— Onde está Brad? — perguntou Martin, quebrando o silêncio que pousara sobre o convés. — Tenho uma coisa para contar para ele.

Os três o estudaram com compaixão, mas foi Maya quem respondeu:

— Ele sumiu, Martin. Assim como todos os outros atchins e todas as morfélias.

O coração de Martin afundou. *Eu provoquei isso...*

— Quando acabou com aquele afloramento do Mal em Tenebria, você consertou o mundo. Singularidade, Radiais e os Mortos deixaram de existir, mas também atchins e morfélias — falou Elyssa.

Martin levantou-se e andou até a amurada. Sentiria falta do gigante de olhos tristes...

Na posição em que estava, foi o primeiro a perceber a estranha claridade que se insinuava no céu que se abria adiante, ao leste.

— Como é possível? Estamos a dias de viagem do Mar do Crepúsculo!

Elyssa juntou-se a ele.

— Só é possível, Martin, porque você arrumou o mundo...

Uma profusão de tons de vermelho e laranja explodia cada vez mais intensa no céu oriental. Em resposta, a superfície irregular do oceano passou de um cinza-escuro lúgubre para um laranja-vivo.

Uma faixa incandescente incendiou o local onde a linha do horizonte repousava. A partir dela, o oceano começou a expelir uma grande forma avermelhada tremeluzente; tinha os contornos arredondados e brilhava como a própria vida. O nascimento ocorreu em instantes e, logo depois, o que se via era um imenso círculo que não parava de se afastar do oceano.

Enquanto subia, se tornava mais redondo, e as bordas ganhavam nitidez.

À medida que o sol ascendia, tragava a luz laranja da aurora para si, tornando-se mais amarelo e transformando o céu em um azul-claro de profunda beleza. O sol clamara seu reino, transfigurando-se em algo brilhante demais para ser admirado diretamente, mas cuja energia agora banhava todas as coisas que existiam, animadas e inanimadas. Como deveria ser; como sempre deveria ter sido.

Martin admirou, estupefato, o brilho intenso colorir o rosto de Maya. Sabia que ela era bonita, mas não fazia ideia do quanto. No convés, os homens gritavam e cantavam olhando para o alto, ou apenas caíam de joelhos e choravam. Eon e Elyssa estavam em pé sobre a amurada. De lá, pendurada para o lado de fora, quase ao ponto de cair, ela gritou:

—Venham ver! O mar é azul!

CAPÍTULO XXXI

PRANA

Depois de um ano do primeiro amanhecer, a vida na Vila enfim começou a retornar à antiga calma. Claro que pouca coisa se parecia com o que havia antes, e todos sabiam que agora viviam sob uma tranquilidade verdadeira.

Quando retornou à Vila, Martin encontrou a cidade paralisada pelo efeito do surgimento do sol. As pessoas vagavam pelas ruas ébrias com a intensa luminosidade e entorpecidas com a explosão de cores que enfeitava seu mundo. À nova luz, redescobriram os rostos conhecidos de amigos e familiares; maravilharam-se com o céu e perceberam, embasbacadas, que o mar que reverenciava a rua do Porto vibrava com um azul-turquesa cuja beleza era quase inacreditável.

No primeiro ocaso, houvera um princípio de pânico nas ruas, pois os habitantes da cidade acharam que o sol os deixaria mais uma vez entregues à escuridão sem fim. Na noite que se seguiu, grandes aglomerações de gente se formaram ao relento para aguardar a aurora horas depois. Levou algum tempo até que se acostumassem com a ideia de que o astro-rei sempre retornaria para marcar o fim de cada noite. Aos poucos, as expressões "horas de trabalho e descanso" cairiam em desuso, substituídas apenas por "dia" e "noite".

Com o tecido do qual o Além-mar era feito reconstituído, a Cerca que margeava a Vila pôde enfim ser derrubada. Descobriu-se que a Vila ficava em uma ilha enfeitada por suaves colinas e ricos bosques; a extensão de terra não era grande, mas possuía um solo negro fértil onde tudo crescia. Alguns optaram por mudar-se para esses locais mais afastados e passaram a cultivar o campo. Os que permaneceram decidiram transformar a cidade. Com a luz do sol, uma miríade de cores antes desconhecidas despontava por toda parte; não havia sentido em manter as ruas e casas no tom monocromático de pedra e reboco. Pintaram as construções com a mais variada gama de tons que puderam encontrar.

Martin foi recebido por um Heitor curado da Febre dos Mortos. Ao lado de Ricardo Reis, ele tinha restabelecido a ordem na cidade e iniciado os trabalhos de reconstrução da rua do Porto. A princípio, o povo tivera dificuldade em compreender que havia se tornado livre do jugo do regime Ancião e que todos podiam andar e conversar livremente pelas ruas. Com o passar do tempo, porém, foram se habituando à nova realidade.

Durante aquele período, Martin visitara várias vezes os irmãos em Nastalir e, em todas elas, levara Maya consigo. Fizera questão de que ela conhecesse a Cidade de Cristal e o lar dos pais que o geraram. Desde que a Singularidade e as Radiais haviam desaparecido, a navegação no Além-mar se tornara mais simples; apenas poucos dias de viagem os separavam.

Ricardo Reis declarara seu amor ao mar, transformando-se em um explorador. Reunira uma tripulação leal e decidira levar o *Firmamento* para águas longínquas e nunca antes navegadas. Depois de uma escala na ilha de Vas, pretendia rumar para o oeste, velejando mais longe do que qualquer outro jamais o fizera. Martin torcia para que ele permanecesse em segurança. No dia em que retornasse, não tinha dúvidas de que ele teria muitas histórias para contar e até já imaginava como as chamaria: *As viagens do Firmamento*.

A Biblioteca Anciã, rebatizada de Biblioteca do Além-mar, foi aberta ao público de todos os mares. Como não poderia deixar de ser, Omar havia sido nomeado o curador e recebera a incumbência de organizar e catalogar os livros que lá estavam. Era uma tarefa para uma vida inteira; ou muitas vidas, dissera ele.

O corpo do Bibliotecário foi encontrado em meio a uma montanha de livros. Heitor pediu que ele fosse enterrado com honras e fez questão de que todos soubessem o que ele tinha feito e de como fora forçado a viver.

Johannes Bohr escalou-se como ajudante de Omar na Biblioteca. Vivia o momento mais excitante da sua vida, conforme afirmara. Naqueles livros, buscaria reviver a ciência da grande civilização de Tanir e, por isso, entusiasmava-se ao dizer que a sua carreira como cientista estava prestes a começar de verdade. Martin não duvidava de nem uma palavra e mal podia esperar para pôr os olhos nos seus novos inventos que, tinha certeza, mudariam a vida de todos.

Por solicitação das Vozes, Elyssa e Eon assumiram o governo de todo o Mar do Crepúsculo. A tarefa seria dura e, o caminho até a ordem, tortuoso. Muitos interesses conflitantes se entrechocavam, e havia a oposição constante da Ordem do Comércio, enfraquecida pela perda do seu líder, mas ainda atuante.

Rinnar acabou sendo um dos amigos que Martin encontrava com maior frequência. O capitão do Menina do Mar se casara com uma moça da Vila, mudando-se para uma casa próxima à rua Lis. Certo dia, quando Martin saía de casa, encontraram-se, e Rinnar lhe confidenciou que ele e a esposa esperavam um filho. Martin comparou o semblante iluminado de Rinnar ao dar a notícia com o seu olhar perdido ao lado dos corpos do pai e dos irmãos depois da Batalha de Nastalir. A vida impunha-se sobre a perda, pensou. Era aquela a mensagem que deveriam extrair da guerra contra os Mortos.

Apesar da ligação com os irmãos, Martin decidiu permanecer na Vila. Com a ajuda de Maya e Omar, planejava reabrir a editora que seu pai fundara tantos anos antes.

Assim que entrou na rua do Porto, Martin sentiu a brisa perfumada de maresia enchê-lo de vida. Viu Maya sentada na mureta com uma perna no calçamento e a outra para o lado de fora, pairando sobre a água; fitava, ao mesmo tempo, tanto o mar quanto a cidade. A silhueta do seu corpo emoldurava-se contra o oceano alaranjado e o céu claro da aurora. Em pouco tempo, o sol despontaria por detrás dos prédios e um novo dia teria início. Já estavam todos prontos para recebê-lo: um pequeno grupo de pessoas aguardava sentado com os joelhos dobrados, repousando em esteiras postas sobre o chão de pedra. Assim que vissem o sol, iniciariam um ritual que era parte dança, parte saudação: a Cerimônia do Sol.

A cerimônia fora criada como uma arma contra o esquecimento. Tinha sido concebida para que as pessoas contemplassem o nascer do sol e se recordassem que antes dele havia apenas a escuridão. Havia sido instituída para que todos se lembrassem que a luminosidade e o calor que faziam o mundo renascer a cada dia tiveram um preço — para muitos, o preço mais alto de todos. O rito deveria ser repetido a cada alvorada, a fim de que o passar do tempo não roubasse o seu significado. Precisavam relembrar seus heróis e como o amanhecer a eles tudo custara. Reviveriam em sua memória Cristovão Durão, Rohr Talir e as vidas perdidas na defesa da Fronteira e nos galeões oferecidos aos Mortos ao longo da grande noite.

"*Liberdade que vem de graça, sem luta, é um veneno para a alma...*", dissera um grande homem, na véspera de o mundo ruir.

Martin e Maya gostavam de assistir à cerimônia e ao nascer do sol. Por isso, criaram o hábito de acordar cedo e escolher um ponto qualquer ao longo da rua do Porto para ver a dança que o saudava. Observavam em silêncio, abraçados, enquanto Martin pensava em tudo que havia se passado para tornar aquele momento possível.

Martin aproximou-se, guiado pelo sorriso luminoso de Maya. Sentou-se atrás dela, envolvendo-a em seus braços. Sentiu o perfume que vinha dos seus cabelos misturar-se ao cheiro do mar de que tanto gostava. Abriu caminho entre as madeixas e beijou seu pescoço. E foi então que uma estranha energia percorreu seu corpo.

Endireitou-se e sentiu os pelos dos braços e das pernas se eriçarem. A mente deixou de pensar e passou a voar. Confuso, olhou em volta, mas nada de especial viu. O local era semelhante a qualquer outro na rua do Porto; as casas eram todas parecidas naquela vizinhança. Do outro lado da rua, identificou uma creche. Achava-se fechada àquela hora e estava cercada por outros prédios igualmente adormecidos. A placa envelhecida na entrada dizia: "Creche da rua do Porto".

Martin percebia cada vez mais intensa a estranha energia que emanava daquele local. Perplexo e fascinado, permitiu-se levar por ela. Com aquela força permeando seu corpo, vislumbrou os elos que ligavam tempo, pessoas e lugares dispostos no grande tecido do universo. Sentiu-o sussurrando em seus ouvidos, infinitamente complexo e belo; as partes ligadas umas às outras pela energia de Prana.

De alguma forma, compreendeu: *Algo importante aconteceu aqui...*

Teriam Cristóvão e Joana vivido ali algum momento importante de suas vidas? Era aquela a explicação para o afloramento de energia que emanava do lugar?

Mesmo sem poder ter certeza, pensou que sim. Através do tempo e do espaço sentiu a presença do pai e da mãe e os percebeu mais próximos do que nunca. Quase pôde vê-los sentados do seu lado.

Martin sorriu e abraçou Maya com mais força. Olhou para o mar que começava a se colorir. Voltou-se para o outro lado e viu os contornos dos corpos dançando e se esticando à contraluz do sol que nascia.

Maya virou-se, e se beijaram por um longo momento. Com os olhos bem fechados, Martin sentia apenas o calor do sol envolvendo-os e o gosto doce na boca. Quando o beijo terminou e ele tornou a abrir os olhos, o sol já reinava sobre a Vila.

Este livro foi composto em Alegreya (corpo) e Cheap Pine (títulos) para a AVEC Editora em fevereiro de 2022, e impresso em papel Pólen Soft 80g/m² (miolo) e Supremo 250g/m² (capa).